未亡人獄
【完全版】

夢野 乱月

フランス書院文庫X

未亡人獄【完全版】

もくじ

フランス書院文庫X

未亡人獄
【完全版】

プロローグ

青々とした緑に囲まれた北の杜の斎場におごそかな読経の声が響き、しめやかな葬儀が執り行なわれていた。

晩夏のうだるような暑さにもかかわらず、焼香の列に粛々と並ぶ会葬者の多さが故人である川奈良一の人となりを大いに偲ばせている。

北日本屈指の大都市であるこの北之宮市に和食、イタリアン、フレンチ、スパニッシュと四店舗の本格レストランを立ち上げた北都フーズコーポレーションの社長であった良一は理想家気質で、人望も厚く、ゆくゆくは市の経済界のリーダーになると目されていた若手実業家だった。

その良一の名を一躍高めたのは、ＪＲ北之宮駅の南側に広がる北之宮新地と呼ばれる大歓楽街のピンクゾーン浄化運動だった。「二百万石城下町の情緒と伝統を守ろう」を合言葉に良一は新旧の商店主を草の根的に説得、組織し、みずからそのリーダーとして二年前の選挙で市会議員に当選、ピンクゾーン撲滅条例案をまとめた。

その条例案が秋の市議会でいよいよ可決されようとする目前、突然の災厄が良一に襲いかかった。雨の国道を走る良一の車に、対向車線から暴走してきたダンプが激突したのだ。事故の原因は飲酒による居眠り運転。

享年三十五――死ぬには若過ぎる歳だった。

その悲劇的な死を弔う斎場でひときわ会葬者の耳目を集め、涙を誘ったのは、喪主であり、二十七歳の若さで未亡人となってしまった理佐子夫人の哀しみに打ちひしがれる美しい姿だった。

高貴な黒を基調とした喪服は女の虚飾を剝ぎとり、その素地である美しさを際だたせる。艶やかな額と涙でうっすらと潤んだ黒目がちな瞳――小作りな顔を心持ちうつむかせたその姿は百合の花のように楚々と美しく、丹後ちりめんの高貴な黒から覗く白い襟足が仄かな色香をにじませていた。

（……ああ……理佐子さん……）

悲しみに沈む理佐子の悄然とした姿に、焼香の列に並ぶ森村多江は思わず目頭をハンカチで押さえた。

多江も五年前に愛する夫を亡くしていた。夫人の夫は闘病生活の末の病死でもあり、ふたりのあいだには愛の結晶である娘もいた。死に対してある程度の覚悟はあり、よすがとする愛娘がいてもなお、夫の死はつらかった。

それが理佐子の場合は、事故という突然の災厄でたったひとり残されてしまったのだ。その哀しみの深さは想像の域を超えていた。

(……なんとか支えになってあげなくては……)

夫の死後、北之宮の老舗の料亭を女将として女手ひとつで支えてきた多江は、良一とは小中高と同じ学校に通った幼なじみであり、「多江」「良一君」とたがいに名前で呼び合う親友だった。そして本格レストラン経営者と老舗料亭の女将であるふたりは、ピンクゾーン浄化運動をリードする同志でもあった。

(……良一君、心配しないで……理佐子さんは私が支える……あなたの遺志は私が継ぐわ……)

涙で潤んだ切れ長の瞳をあげて、多江は持ち前の気丈さで良一の遺影をまっすぐに見つめた。艶やかな唇をキリリと引き結んだその顔に凛とした美しさがにじみでる。

理佐子の美しさが楚々とした百合だとすれば、多江の美しさは茎を天空に向かってまっすぐに伸ばし、その頂点に絢爛たる大輪の華を咲かせるシャクヤクそのものだった。

「……理佐子おばさま、可哀そう……」

多江の横で娘の恵里香が涙ぐんだ。

ひと目で名門北之宮女学館の制服とわかる濃紺のクラシックなセーラー服に身を包んでいる。まっすぐに背中に伸びる黒髪とつぶらな瞳、赤いリボンに飾られた清らかな胸の膨らみ——あどけなさを残した蕾そのものの可憐な少女だった。

「……ええ、できるかぎり、私たちが力になってあげましょう……」

多江は恵里香にうなずくと、華奢な娘の肩にそっと手をまわして抱き寄せた。

「……お、お母さま……あの人……」

怯えたような恵里香の視線を追った多江が愕然と眼を見開いた。

焼香に並ぶ会葬者の隣の列からがっちりした体躯の男が淫猥な笑みを浮かべて、美しい母娘を露骨なまでに見つめていた。

（……梶原……どうして……）

喪服の胸元で夫人の白い手がギュッと数珠を握りしめた。

角刈り風に短く刈り込んだ頭、猛禽類のように獰猛な眼光と鷲鼻、分厚く意志的な唇——すべてが不気味なまでに大作りなその男は、梶原輝義。ピンサロ、キャバレー、ナイトクラブにソープランドといった風俗業を仕切る梶原興業の社長、大歓楽街北之宮新地のボスだった。

その梶原の横に、グラマラスな肢体を洋装の喪服に包んだエキゾチックな美女が酷薄そうな笑みを浮かべて寄り添うように立っている。女の名は園田ルミ子——北之宮新地の会員制高級クラブのママであり、梶原の情婦でもあった。

梶原とルミ子——この歓楽街の王と女王は、良一と多江にとって単に北之宮の伝統回復、ピンクゾーン撲滅運動の敵であるにとどまらなかった。奇しくもこのふたりは良一と多江と同年齢、しかも中学高校時代からの名うての不良で、ことごとく対立してきたいわば宿敵だった。

（……よりによってこの場所に……）

厳粛な葬礼の場所に最も似つかわしくないふたりの闖入に、多江は激しい憤りを覚えた。勝気な多江がからくもその感情を抑えこんだのは、取りも直さずここが葬礼の場所であるからだった。村八分の制裁でも火事と葬式はその限りではないという古来からの道理としきたりに従ったからに過ぎない。

（……それにしても……なぜ……）

この半年あまり、良一の精力的な活動もあって、梶原はおもてだった動きを見せずに鳴りを潜めていた。ピンクゾーン撲滅条例の成立――それはすでに揺るぎない市の既定路線となっていて、梶原とその一派を封じ込める手立ては完了しようとしていたと言ってよかった。

にもかかわらず良一という重石が取れた途端、その葬儀に傲岸不遜にも梶原自身が姿を現わす――多江にはこれがなにか不吉な兆候のように思えてならなかった。

（いい顔をしているぜ、多江）

ニヤリと頰をゆがめた梶原は正面に向き直ると、焼香台の前に歩を進めた。

梶原に気づいた理佐子夫人がハッと息を呑み、遺族席にさざ波のように緊張が広がる。その気配を心地よく味わいながら梶原は祭壇に飾られた良一の遺影を昂然と睨みつけた。

（ふふ、良一、おまえの運も尽きたな。もうおまえには俺を止めることはできない。俺はこの北之宮に王国を築き、王となって君臨する。俺がすべてを手に入れ、おまえにはなにも残らない）

梶原の獰猛な眼が良一の遺影から、理佐子夫人に向けられる。憂いに満ちた美貌から喪服に包まれた胸の膨らみ、そして丸い腰まわりへと淫らな視線が舐めるように這った。

（川奈理佐子――いい女だ。俺が尻の穴までしゃぶりつくしてやる。良一、おまえは冥土で指を咥えて見ているがいい）

梶原は香を摘むとパラパラと香炉の上に撒いた。ふだんならいとわしく不吉なものとして忌避する抹香の匂いが、このうえなく芳しい淫らな匂いとして梶原の鼻腔を心地よくくすぐった。


斎場を出た梶原とルミ子の前に黒塗りの大型車が音もなく停まった。Sクラスをリムジンタイプに改造した特別仕様のメルセデスである。

「宣戦布告の儀式は終わった。幹部会を開く。招集しろ」

ゆったりとした対面式の後部座席に乗り込んだ梶原が助手席の山岡に指示をだす。

「はい。――しかし、秋の市議会まであとひと月あまり、すでに固まってしまった市の大勢を切り崩せますか」

梶原の参謀である山岡が縁なし眼鏡に指をあてて振り返る。決して感情に流されない冷静な状況分析――それが弁護士の資格を持つ怜悧な顔つきの山岡の持ち味であり、梶原に重用されている理由でもあった。

「切り崩せるかではない。切り崩すんだ。ふふ、俺の力のすべてを注ぎ込んでな。良一という旗頭を失ってしまえば奴らはもう一枚岩ではない。ただの烏合の衆に過ぎん。まとめ役がいなければ大義などでは動かん。金と欲で動く奴ばかりということだ。ボロボロに切り刻んでやる」

ニタリと嗤った梶原はおもむろにベルトを弛めると、ズボンの前を開き、女たちの淫水を絞りとってどす黒く変色した野太い逸物を解き放った。

「ルミ子、尻を掲げろ」

「……はい……」

ルミ子は対面式の前の座席に手をつくと、梶原の膝を跨ぐように二肢を開き、喪服のタイトスカートにピッチリと包まれた双臀を掲げた。

梶原の手がスカートの裾を掴み、生皮を剝ぐようにめくりあげる。ルミ子はショーツを身につけていなかった。白く熟れた双臀が鮭紅色もなまめかしい女の亀裂も露わに剝きだしになる。梶原はためらいも見せずに亀頭を花口にあてがうとズブリとルミ子の女芯を深々と刺し貫いた。

「……あひいっ……ああっ……」

エキゾチックな顔をのけぞらせてルミ子が喜悦の声を慄わせる。

「……ああ……こ、声をあげても……ああ、よろしいでしょうか……」

「かまわん、思いきり淫らな声をあげて啼け」

梶原はルミ子の腰を掴むと前後に揺すりたてるようにして、肉壺を抉りぬいた。

「……ああっ……ああんっ……あひぃっ……」

たちまち車内にきざしきった啼き声が響き渡り、甘く饐えた淫らな女の匂いが充満していく。

良一の死によって、伏魔殿の封印が解かれ、淫獣がついに野に放たれた。

底知れぬ野望と悪魔の奸計を乗せて、戦艦さながらの黒いメルセデスが白昼の大通りを街の中心部に向けて滑るように走り抜けていった——。

第一章　弔い　未亡人理佐子

1

市内を東西に流れる神仙川沿いにある料亭「もりむら」。

いつになく赤い夕陽に染めあげられたその表玄関に、たたずむふたりの美しい女の姿があった。

初七日の法要と墓所への納骨式を終え、ごく内々の精進落としの会食を終えた丹後ちりめんの喪服に身を包んだ理佐子夫人と、見送りにでた女将の多江である。

「本当に家まで送らなくてもいいの？」

「多江さん、これからお忙しい時間でしょ。お気遣いなさらないで」

「店のことなら大丈夫。あなたのことの方が心配ですもの」

「ありがとう。でも、いつまでも甘えているわけにはいかないわ」

理佐子は料亭の建物を眩しそうに振り返った。

「多江さんだってご主人を亡くされてから、女手ひとつで恵里香ちゃんを育て、この料亭を取り仕切ってきたんですもの。私も多江さんみたいに強くならないとあの人に笑われてしまうわ」

理佐子はそう微笑むと多江に礼を言って、黒塗りのハイヤーに乗り込んだ。

「……理佐子さん……」

走り去っていくハイヤーを見送る多江の脳裡に理佐子の寂しげな微笑みが残像のように残った。

神仙川の河原からカラスの鳴き声が聞こえた。なにかの前触れのような、どこか不吉な鳴き声だった。

やはり家まで送った方がよかったのではないか——虫の知らせのような思いが多江の心を暗い影のようによぎっていく。

その第六感は正しかった。この日、家まで送り届けていたら理佐子夫人の運命も、その後の多江自身の運命もすくなからず変わっていたかも知れない。

神仙川の上流、北之宮市の西側の小高い丘の上に西が丘と呼ばれる閑静な住宅街があった。その住宅街にある洋風のモダンな二階家――それが理佐子夫人が夫の良一と四年間暮らした家である。

その家の石造りの門の前に見慣れぬ黒塗りの車が停まっていた。傍らにふたりの男が影のように立っている。

いぶかしい思いで夫人はハイヤーを降り、ふたりに近づいた。

「……堀田さん？」

男のひとりは堀田安男だった。良一の会社の経理担当常務である。もうひとりはダークスーツを着た眼つきの鋭い大柄な男で、夫人の知らない男だった。

「奥さん、こんな時間に、それもお疲れのところをすみません」

堀田が蒼ざめた顔を引きつらせて言った。

「菅原が裏切りました」

「……裏切った？　それはどういうことですか……」

「持ち株を手放してしまいました。それも最悪の相手に――あの梶原にすべて譲渡してしまったんですよ。それだけではありません。梶原のヤツ、どんな汚い手を使ったのか、北之宮信金が持っていた株も手に入れています」

「なんですって……」

夫人は驚きのあまり言葉を失った。

菅原は会社の営業担当常務だった。思い返すと、葬儀の日以来、菅原からは一度として連絡がない。

そもそも北都フーズコーポレーションは、学生時代の仲間だった良一、堀田、菅原の三人が立ち上げたベンチャー企業だった。

株は非公開で、増資する際に融資を受けた地元の銀行が一〇%を保有し、残りを三人が三〇%ずつ保有しているはずだった。その均衡が崩れたばかりか、いまや梶原が筆頭株主の座についてしまったのだ。

夫が心血を注いだ会社が、あろうことか夫が最も忌み嫌っていた男の手に渡ってしまうかも知れない——理佐子夫人が言葉を失うのも無理はなかった。

「今日の午後、梶原から連絡がありました。——私と奥さん、三人の株主で今後の経営方針について話をしたいから自宅に来いというふざけた申し出です」

堀田が歯嚙みしながら言った。声が震えている。

「これからヤツと会ってきます。私は良一が好きでした。あいつの形見同然の会社をあんな悪党に渡してなるもんですか。そのことを奥さんに伝えたくて、お待ちしていました」

「……ま、待ってください……」

一礼して去ろうとする堀田を夫人が呼び止めた。堀田の言った形見という言葉が夫人の琴線に触れたのだ。

「……私もご一緒いたします……」

「なんですって——」

愕然と堀田が振り返る。

「あの人が……いえ、主人が残した大切な会社です。私にとっても形見です」

梶原と会ったところで株にも経営にも詳しくない自分になにができるかわからなかったが、良一への熱い思いを語る堀田をひとりで行かせるわけにはいかない——、それでは夫に申し訳なさ過ぎると夫人は思った。

北之宮市の北東に剣山という小高い山がある。鬱蒼とした木々の生い茂るその山の中腹に梶原の私邸はあった。

理佐子夫人と堀田を乗せた車がほとんど対向車のないつづら折りになった道路をヘッドライトで照らしながら登っていく。梶原の配下の男が運転しているということもあったが、車中、ふたりはほとんど言葉を交わさなかった。

人と争うことを好まぬ優しい気性、というよりもむしろ気が弱い夫人だったが、不思議と恐怖心はなかった。こんな理不尽なことを許すことはできない——静かな憤りが夫人の心を満たしていた。

ほとんど人家のない山道をどれほど登っただろう。やがて木々の合間から梶原の私邸が闇にそびえる影のように忽然と姿を現わした。

周囲にめぐらせた高い塀も建物もすべてコンクリートの打ちっぱなし。高名な設計家のデザインによるというその無機質な外観は、住居というよりも忌まわしい研究所か要塞のように見えた。


ボディガード風の黒ずくめの男ふたりに先導されて理佐子夫人と堀田は、広いリビングに通された。深いグレイで統一されたその部屋は正面の壁一面がガラス張りになっていて、北之宮市街の夜景が一望できた。

パノラマさながらの夜景と対峙するように黒革張りのソファが置かれ、梶原が腰をおろしていた。黒いタオル地のナイトガウンを身にまとい、甘い香りのする煙草をくゆらせている。リラックスしたその姿は、とても敵対する客を迎えて重要な会談をするという態勢には見えない。

「ふふ、ようやく美しい未亡人と良一の腰巾着のご入来か」

ニヤリと嗤った梶原は喪服に包まれた夫人の肢体を露骨な視線で舐めるように見た。

「俺はまわりくどい話は嫌いだ。率直に言おう。おまえたちが持っている北都フーズの株を全部譲って欲しい。もちろん金は払ってやる。それも時価総額の倍だ。悪い取り引きではないだろう」

「貴様、藪から棒にふざけた話をするな。盗人猛々しいにもほどがあるッ」

怒りにかられて堀田が梶原に摑みかかろうとした。だがボディガードたちの動きの方が速かった。鋭い蹴りが背後から堀田の腰を襲った。弾き飛ばされるように堀田の身体が床に転がる。その腹に男の蹴りが入った。堀田が呻き声を放ってのたうつ。

「社長に対する口のきき方が間違ってるぜ」

襟首を摑まれ引き起こされた堀田の顔に強烈なビンタが飛んだ。

「どうやら腰巾着氏は平和的な解決を望んでいないようだな。そいつとの交渉はおまえたちに任せる。地下室でたっぷり揉んでやれ」

不愉快そうに梶原が顎をしゃくった。

堀田はふたりの男に腕を取られ、引きずるようにして部屋から連れだされた。

「……ほ、堀田さんを……どうするの……」

生まれて初めて眼の前で暴力を見た理佐子夫人の顔は蒼ざめ、声が慄えていた。

「お嬢様育ちの社長夫人はご存じないかも知れないが、たいていの人間は暴力に弱い。ふふ、ものの二時間もしないうちに堀田の持ち株も俺の物になる。菅原もそうだったようにな」

「……菅原さんも……どうしてこんな酷いことを……あ、あなたがしていることは犯罪です……」

「外の世界ではな。だが、ここでは違う。──あれを見てみろ」

梶原が窓の外に広がる夜景に向かって顎をしゃくった。

「街の中でひときわ明るくきらめく場所、おまえたちがピンクゾーンと呼んでいる北日本一の大歓楽街だ」

赤、青、黄──けばけばしい原色のネオンで彩られた不夜城を夫人は見つめた。良一が駆逐しようとした忌まわしい北之宮の恥部だ。

「あれは俺の王国──やがてこの街全体を覆い尽くす王国だ。俺はこの街に王として君臨する」

「……狂っています……そんなことがゆるされるはずがありません……」

「良一が生きていれば、あるいはできなかったかも知れない——だが、不運なことに良一は斃れ、おかげで俺は息を吹き返した。まず手始めに、俺に刃向かおうとした良一の持ち物をすべて奪いつくし、ズタズタに切り裂いてやる。ふふ、見せしめというヤツだ」

「……見せしめ……そ……それだけの理由で北都フーズを……」

驚きのあまり理佐子夫人の声が慄えた。

「あたりまえだ。俺がレストランチェーンに興味があると思うか」

「……そ、そんなことはゆるされないわ……北都フーズは主人だけのものじゃない……あの会社で働くみんなのものなのよ……」

怒りが恐怖に打ち勝った。錦地織りの黒帯の前で握りしめた華奢な手が怒りにワナワナ慄える。気の優しい夫人は人に対してこれほどの怒りを感じたことはいまだかつて一度としてなかった。

「そんなことは俺の知ったことではない。だが、女の社員やウェイトレスは俺のピンサロやソープで働かせてやってもいい。めぼしい女は俺がじきじきに味見をしてやる。ふふ、俺は女には目がないんでね」

梶原が淫猥に頬をゆがめて嗤った。

「……ゆ、ゆるさない……絶対にそんなことはさせないわ……」

「ふふ、面白い。お嬢様育ちの若後家になにができる？　その小さな拳で俺に殴りかかってくるか？」

せせら笑うように言われて、夫人は唇を噛んだ。怒りをぶつけようにも、助けを呼ぼうにも、ここは梶原の牙城なのだ。堀田とともに感情にまかせて軽率に行動してしまうべきではなかった——夫人の心を無念さと後悔の思いがよぎる。

「いい顔だ、理佐子。俺は女のそういう顔が好きだ。無性にヒイヒイ啼き狂わせてやりたくなる」

名前を呼び捨てにされ、下劣な言葉を浴びせられた夫人の背筋におぞけが走った。

「若後家のおまえにできることを教えてやろう。いや、もっと正確に言えば、理佐子、おまえにしかできないことだ。それができれば、北都フーズは今の形のままで残してやるし、堀田も手遅れにならないうちに家に帰してやる」

「……私にしか……できないこと……」

「ふふ、たいして難しいことではない」

梶原がニヤリと嗤った。淫猥極まりない視線が喪服に包まれた夫人の肢体を舐めるように這う。

「脱げ――。そのご大層な喪服を脱いで素っ裸になるんだ」

「……な、なにを言っているんですか……」

理佐子夫人は愕然とした。淫猥な視線から身を守るように喪服の襟元に手をあて、思わずジリッとあとずさる。

「良一の持ち物はすべて奪い尽くすと言ったはずだ。ところが実際は、あの糞真面目な堅物の持ち物などたかが知れている。北都フーズにしたところで、俺はまったく魅力を感じない。しかし、理佐子、おまえだけは違う。おまえには奪って、俺の女にするだけの価値がある」

「……わ、私を、ここに呼びだしたのも……それが狙いだったのね……」

あろうことか亡き夫の宿敵が自分の身体と操を狙っていた――この日初めて、夫人を真の恐怖が襲った。総身が鳥肌だち膝頭がガクガク慄える。

「そうとも、葬式の日に良一の霊前に誓ったんだ。おまえを俺の女にするとな」

梶原はおもむろにソファから腰をあげた。

「ひっ……こ、こないでっ……」

ビクンッと身体を慄わせ、夫人がさらにあとずさった。

「ふふ、おまえはもう逃れられない」

ニヤリと嗤った梶原は夫人の方へは向かわず、リビングの隅に設えてあるミニバーの前に立った。悠々と冷蔵庫の扉を開けると、キンキンに冷やしたワイルドターキーの17年のボトルとロックグラスを取りだす。

「俺がその気になれば、力ずくでおまえを素っ裸に剝きあげ、犯すこともできる。だがその時は、堀田は半殺しの目にあうし、北都フーズはぶっ潰して女たちにはソープで客を取らせる。おまえが自分から素っ裸になって俺に身体を開けば、堀田も社員もみんな救われる——ふふ、どっちを選ぶ」

氷をたっぷり入れたグラスに琥珀色の酒精をなみなみと満たした梶原はふたたびソファに腰をおろした。芳しい香りを放つ極上のバーボンを嘗めながら、喪服の襟元に手を合わせ身をこわばらせる理佐子夫人の肢体を眼で愉しむ。

高貴な黒に包まれた柳腰のしなやかな腰まわり、きつく締められた黒帯の上のたおやかな胸の膨らみ、そして小作りに整った憂い顔——おごそかな喪服が夫人の清楚な素地をひときわ際だたせていた。

（つくづくいい女だ）

数時間後にはこの美しい未亡人を身も世もなくヨガリ狂わせているかと思うと、股間の逸物が痛いほど疼いた。この楚々とした美貌をどのようにゆがめ、どんな声をあげてヨガリ啼くのか――淫らな想像とともに、逃れようのない美しい獲物の怯えを肴に酒を嘗める。それは嗜虐者にとって至福の時間だった。

「どうした、脱がないのか？　それがおまえの答か――。会社はみんなのものだの、許さないだの、偉そうな御託《ごたく》を並べてみても、ふふ、結局は自分が可愛い。それが人間だ。三途の川の向こうの良一もきっと納得してくれるだろうぜ」

「……そ、そんな……」

梶原の悪意に満ちた言葉が理佐子夫人の心を鋭く抉った。

愛する夫が遺したものを守るためには、みずから肌をさらして女として最大の恥辱を受け入れなければならない。しかし、それは取りも直さず夫を裏切ることになるというジレンマに夫人の心が揺れた。

「……私が……は、裸になれば……堀田さんにも、会社にも手を出さずにいてくれるのですね……」

梶原の牙城にみずから足を踏み入れてしまった以上、魔手から逃れる方策はない。拒絶したところで、梶原がすでに口にしたように無理矢理犯されるに違いなかった。それならば自分がみずから犠牲になることで夫が遺したものを守ろう――夫人は悲壮な決意とともに声を慄わせた。

「裸になればではない。素っ裸になって俺に身をまかせればだ。間違えるな」

「……わ、わかっています……ですから約束をしてください……」

夫人は憂いに満ちた瞳でまっすぐに梶原を見た。

「俺が欲しいのはおまえだけだ。約束してやる。だが、こうしているあいだにも堀田は俺の部下にいたぶられている。やめさせたければ、とっとと脱いで見せることだ」

「……ぬ、脱ぎます……脱ぎますから、すぐに堀田さんを自由にしてあげて……」

「俺は他人の言葉は信用しない。まず帯を解いて喪服を脱げ。襦袢姿になったらやめさせてやる」

そう言われてしまえば脱がないわけにはいかない。理佐子夫人は唇をきつく引き結んだ。慄える指先で帯締めをほどいていく。

（ふふ、最高だ――）

梶原は淫猥このうえない嗤いを満面に浮かべて、酒精を嘗めた。

凌辱の予感に怯えながらみずから帯を解いていく清楚で貞淑な人妻――泣き叫ぶ女を無理矢理全裸に剝きあげていく醍醐味とはひと味違う、えもいわれぬ嗜虐の悦びがあった。

（手の込んだ芝居を仕組んだ甲斐があったな）

首をうなだれ、両手を背後に回して帯の太鼓を崩していく夫人を見つめながら、梶原はほくそ笑んだ。

実は堀田は梶原の部下にいたぶられてなどいなかった。良一を失った北都フーズの次期社長は人望からも菅原になるだろう——それが社内の空気であり、権力欲の強い堀田には忸怩たる思いがあった。そこに梶原がつけ込んだのだ。

菅原は梶原の脅しに屈し、時価総額の倍の値で持ち株を譲渡して、すでに北之宮にはいない。菅原を裏切り者として失脚させた堀田は念願の社長の座に着き、梶原は筆頭株主として会社を遠隔操作すると同時に、理佐子夫人を手に入れる——それが悪魔たちの書いたシナリオだった。

シュルシュル衣擦れの音をたてて帯が崩れ、夫人の足元にとぐろを巻くように滑り落ちた。

「……ああ……」

悪辣な罠にはめられたとも知らずに、理佐子夫人はせつない喘ぎとともに腰紐をほどき、喪服から両肩を抜いていく。黒い衣の下から純白の長襦袢が露わになった。

伊達締めで引き絞られた細腰から優美な弧を描く丸い双臀のシルエットが浮かびあがり、喪服で封印されていた女の色香が匂うように露わになった。

夫人は羞恥に慄えながら、脱ぎ終えた喪服の始末に戸惑いの色を浮かべた。

「喪服など足元に捨てておけばいい。これは未亡人川奈理佐子のストリップショーなんだ。ストリッパーが脱いだ衣装を畳み始めたら興醒めもいいところだ」

梶原が意地悪く言葉で嬲る。

「……そ、そんな……」

夫人はせつなく首を振ると、握りしめていた喪服を床に落とした。

「……じ、襦袢になりました……ですから堀田さんを……」

長襦袢の胸の膨らみを両手で隠しながら、声を慄わせて訴える。

「俺は肌襦袢と言ったはずだが」

梶原はどこまでも意地が悪い。

「……それでは……約束が違います……」

「違わない。そもそも素っ裸になるというのが話の筋だろう。長襦袢も肌襦袢もそう違わないはずだ。それとも理佐子、堀田が解放されたら脱ぐのをやめようという魂胆か」

「……ああ……そんなこと……」

理佐子夫人はせつなく首を振ると、観念して伊達締めを解いていく。こうしているあいだにも、堀田は痛めつけられているのだ。

「憎い男の前で裸になっていく気分はどうだ。口惜しくて、羞ずかしくてたまらないだろう。ふふ、俺にはおまえのそんな風情がたまらない。並のストリップでは到底味わえない愉しさだ」

長襦袢の合わせを開き、肩を抜こうとする夫人の羞恥を梶原が言葉でさらに煽る。

「……あ、あなたは……鬼です……」

「光栄だな。女に鬼呼ばわりされるほど嬉しいことはない。だが、鬼の本領を思い知るのはまだこれからだぜ」

身を守る用をなさなくなった長襦袢がハラリと床に滑り落ちた。

「……ああ……」

肌襦袢と腰巻――下着姿を淫らな視線の前にさらす羞恥に夫人は肩を抱くように身を縮ませる。細身の身体がブルブル慄え、顔をあげることもできない。

「……ほ、堀田さんを……自由にしてあげて……」

床に視線を落としたまま、声を慄わせて訴える。

「いいだろう。約束だからな」

梶原がテーブルの上のスマホを手に取った。

「で、どうする？　自由にしてやった証拠に堀田をここに引き立ててこさせるか？」

「……そ、それは……しないで……あ、あなたを信用します……」

　理佐子夫人はそう答えざるをえなかった。惨めな下着姿を堀田や梶原の部下たちの視線にさらす恥辱にはとても耐えられない。

「ふふ、そう言うと思ったぜ」

　ニヤリと嗤った梶原は液晶画面をタップするとスマホを耳にあてた。呼びだしたのは堀田の携帯だった。

「俺だ——こっちの話はついた。堀田を解放してやれ。——ふふ、そういうことだ、奥さまは俺のオモチャになるそうだ。——ああ、堀田を街まで丁重に送り届けてやるんだ。おまえたちはもう戻らなくていい。新地で女でも買って愉しめ」

　堀田には新地のシティホテルにスイートルームを予約してやっていた。極上の女も用意してある。

（ふふ、俺に犯される理佐子の姿を想像しながら、女を啼かせてやるがいい）

　通話を終えたスマホを置くと、梶原はジロリと夫人を睨みつけた。

「聞いての通りだ。俺は約束を守った。今度は理佐子、おまえが約束を守る番だ。ふふ、まず良一御用達の乳を見せてもらおうか」

「……ああ……」

夫人は弱々しく首を振った。理屈ではわかっていても、慎ましやかな夫人には夫にしか見せたことのない肌をさらすことにはやはりためらいがある。

「脱げッ――」

バシンッとテーブルを平手で思いきり叩いて、梶原が怒声を浴びせた。

鬼畜がとうとう牙を剝き、地金を出したというよりも、育ちの良い女はどう扱えばいいかを知り尽くした梶原のこれもまた手管のひとつに過ぎない。その効果はてきめんだった。

「ひっ……」

暴力に耐性のない理佐子夫人はビクンッと身体を慄わせた。

梶原の見せかけの怒気に追われるように細く華奢な指先が動いた。左手で胸元を覆いながら右手で肌襦袢の前をくつろげ、白磁のように白く滑らかな肌をさらしていく。

羞恥と恐怖に膝頭がガクガク慄え、露わになった雪肌がたちまち鳥肌だった。

「……ああ……こんな……」

肌襦袢がハラリと床に舞い落ちた。それが夫人の限界だった。

気の遠くなるような羞恥に膝の力が抜け、夫人はその場に屈み込んでしまう。覆うもののなくなった乳房をヒシと両手で抱きしめ、剝きだしの肩をせつなく慄わせる。つぶらな瞳に涙がみるみるあふれ、ツーッと頰を伝い落ちた。

（ふふ、泣いたか。なかなか乙な見世物だったが、ここまでということだな）

梶原が満足げに頰をゆがめた。

女の涙は屈服のきざしだ。涙を流すことで男の前に屈してしまう自分を許すのだ。

「どうした、理佐子。まだ腰巻が残っているぞ。さっさと脱いで、オマ×コと羞ずかしい毛の生えっぷりをさらして見せろ」

ダメを押すように露骨な言葉で嬲る。

「……ああ……も、もうゆるして……」

理佐子夫人はせつなく首を振って、かぼそい哀訴の声を慄わせる。

「それは俺流に扱っていいという意味だろうな」

ソファから腰をあげた梶原が半裸の夫人を見おろした。

細腕のあいだから垣間見える思いのほか深い乳房の谷間、剝きだしの背中の白く滑らかな肌理、屈み込むことでくっきりと浮かびあがった丸く熟れた双臀のシルエット――梶原の淫らな視線が舐めるように夫人の肢体を這っていく。

「ふふ、自分で素っ裸になっていればよかったと後悔させてやる」

壁際のキャビネットから黒革製の細い枷を四つ取りだした梶原は、夫人の傍らに屈みこむと、細い手首を摑んでグイと力まかせに引き剝いだ。

「ひいっ……いやっ、やめてっ……」

悲鳴を噴きこぼすのも構わず、捻じりとった手首に革枷を巻きつけ、カチリとスライド式の留め具をかけてしまう。

「いやっ……やめてっ……は、離してっ……」

夫人は懸命に身を揺すりたて、手足をばたつかせて必死の抵抗を試みた。

しかし、お嬢様育ちの令夫人と、場数を踏み、抵抗する女を扱い慣れた梶原とでは最初から勝負の帰趨は見えている。たちまち夫人は手首と足首に革枷を嵌められ、白足袋もむしり取られた。

梶原は女を責め嬲り、屈服させることを無上の快楽とする男である。私邸にはその快楽を最大限に味わうための様々な仕掛けが設えてある。

市街をパノラマで一望できる広いリビングの左右の壁際に立てられた一対の丸柱もそのひとつだった。梶原は左右の柱から二本ずつ四本の細い鎖を引きだすと、先端に付けられたフックを革枷の鉄環にそれぞれ繫ぎ留めた。

「……な、なにをするのっ……」

不気味な鎖で繋がれた四肢を縮ませて理佐子夫人が恐怖と不安に声を慄わせる。

「ふふ、こうするのさ」

黒いリモコンを手に取った梶原がボタンのひとつを押した。

と、二本の柱の上部から引きだされた鎖がジャラジャラ微かな音をたてて左右に巻き取られ始める。夫人の両手首の革枷に繋がれた鎖だ。

「……ああっ……こ、こんな……いやですっ……」

機械仕掛けで無理矢理身体を開かされる——悪辣な意図に気づいた夫人が悲痛な声をあげた。

「自分で素っ裸にならなかった報いだ。まずは揉んでくれる相手を失った乳を拝見させてもらおうか」

「……そんなこと……いやですっ……や、やめてっ……」

哀訴もむなしく、手枷と柱を結ぶ鎖が一直線にピンと張りつめた。夫人は胸の前で組み合わせた両手を硬く握り締め、歯をギリギリ食い縛って、懸命に乳房をさらすまいと抵抗を試みる。だが、所詮機械の力にかなうはずもない。きつく組み合わせていた両手が無情にも離れてしまうと、もう腕に力の入れようがなかった。

「ああっ……いやあっ……」

悲痛な叫びとともにガクンと肘が伸び、腕が左右に開いた。白桃のように瑞々しい乳房がおののくようにプルンッと慄え、梶原の淫らな視線の前に隠しようもなくさらされてしまう。

「ほお、こいつは綺麗な乳だ」

女の乳房を見慣れているはずの梶原が思わず感嘆の声を洩らしたのは無理もなかった。ツンと上を向いた見るからに張りのある乳房は大きすぎも小さすぎもせず、細身のしなやかな肢体とのバランスも絶妙で、美術品さながらの美しさだった。白磁を思わせる白い肉丘の頂点を桜色に煙る乳暈が淡く彩り、やや小粒な乳首が羞じらうように埋もれている。

「……ああ……いや……見ないで……」

夫にしか見せたことのない乳房を、その夫が最も嫌った男の視線にさらさなければならない羞恥と屈辱に、理佐子夫人はせつなく首を振り、消え入りそうな声で訴える。だが、そうしているあいだにも鎖は無慈悲に巻き取られ続けていった。いまや夫人の細腕は斜め上方にまっすぐに伸びきり、しっとりと汗ばんだ腋窩の肌理すらも隠しようもなく露わになった。

「……い……痛い……」

肩の関節の軋むような痛みに苦鳴を洩らした夫人の腰が、耐えきれずに床から浮いた。膝立ちになって懸命にこらえようとするが、その姿勢すらも長くは続かない。

「……ああっ……いやっ……」

せつない喘ぎとともに膝が床を離れ、ついにはたたらを踏むように床を踏みしめ、膝が伸びてしまう。

夫人の身体がYの字に開いたことを確認すると、梶原はリモコンを操作して鎖の動きを停めた。

「……ああ……」

ようやく肩の関節の痛みから解放された夫人は安堵とも絶望ともつかぬ喘ぎを洩らしてガクリとうなだれた。荒い息遣いとともに白い乳房が波打つように揺れる。

「ふふ、お楽しみはこれからだぜ」

ニヤリと嗤った梶原がリモコンの別のボタンを押す。

と、今度は足枷に繋がれていた鎖が左右の柱に巻き取られ始める。

「ひっ……い、いやっ……いやですっ……やめてっ……」

開脚を強いられると知った理佐子夫人が声を引きつらせ、総身を激しく揺すりたてた。二肢をあられもなく割り裂かれる——女にとってこれほど羞ずかしい姿はない。

「……ああっ……お願いっ……と、停めてっ……こんなことはしないでっ……」

夫人は涙で濡れた瞳を見開き、すがるように梶原を見つめて哀訴した。

「素直に素っ裸にならなかった報いだと言ったはずだ。思いきり羞ずかしい格好で素っ裸に剝きあげてやる」

「……ああ……そんな……ゆ、ゆるして……」

悲痛な声を洩らす以外に夫人にできることはなかった。二肢はジリジリと左右に割り広げられ、純白の腰巻の裾が床をむなしく掃いた。

「……ああ……いやっ……」

膝が伸びきり、股関節が軋む。二肢が限界近くまで開いたところでようやく非情な鎖の動きが停まった。

2

「ふふ、理佐子、俺の戦利品にふさわしい格好だな」

パノラマで広がる北之宮の夜景の前に供物さながらにX字にさらされた白い裸身。しかもその美しい女は宿敵であった男の最愛の妻なのだ。北之宮の闇の王となる野望を抱く梶原にとって、これにまさる生贄はいない。

（グウの音もでないほど屠りぬいてやる）

打ちひしがれる理佐子夫人の裸身を、酒精を嘗めながらひとしきり眼で愉しんだ梶原はおもむろに腰をあげ、美しい贄の前に立った。

細い顎を摑み、泣き濡れた顔をグイとさらしあげる。

「どうだ、俺の女になる覚悟ができたか」

「……わ、私は……あなたの女になんかなりません……」

涙で潤む黒目がちな瞳で梶原を見つめ返して、夫人が声を慄わせる。

「ふふ、堅物亭主の貞淑な女房らしい答だな」

夫人の秀麗な額の輪郭をなぞるように黒髪の生え際を撫ぜた梶原の無骨な指がこめかみを左右からグッと押し込む。

「それはここで考えた答だ。だが、女は頭で生きてはいない」

こめかみを離れた指が夫人の白い二の腕を撫ぜおり、ジットリと汗ばんだ剝きだしの腋窩を円を描くように嬲った。指に吸いついてくるような滑らかな餅肌だ。

「ひっ……さ、さわらないで……」

敏感な肌を嬲られるおぞましい感触に夫人は総身を揺すりたてたが、手足を四方に伸びきるまできつく拘束された身体は逃れることはできない。

「ふふ、女はこの淫らな肉で生きている」

腋窩を滑り降りた掌が白い乳房を掬いあげるように摑みあげた。ゴムマリのような弾力を確かめるようにシナシナと揉みしだく。

「ひいっ……いやっ……いやですっ……」

夫にしか触れられたことのない乳房を憎い男の手で値踏みをされるように揉み込まれる屈辱に、夫人は顔を振りたてて悲鳴を噴きこぼした。

「二十七にしては若い乳だな。ふふ、あの頭でっかちの堅物は、どうやら女の身体を練りあげて仕込むこともできなかったらしい」

梶原はギュッと乳房の根を摑むと、桜色の乳暈から絞りだした乳首の尖りを唇に含んで吸いあげた。口の中で硬さを増していく乳首を舌先で転がすようにねぶる。

「あひっ……いやあっ……ひっ……や、やめてっ……」

理佐子夫人の身体がビクンッと慄えた。狼狽を隠すように声を引きつらせて、激しく総身を揺すりたてる。

「いい感度だ、安心したぜ。ふふ、堅物の女房だからもしや冷感症かと思わないでもなかったが、どうやら杞憂だったようだな。仕込み甲斐のある立派な女のお道具だ」

ニヤリと嗤った梶原は乳房を離すと、そのまま床に胡坐をかいた。眼の前に縦長の臍を穿った白く平たい腹、そして腰巻に包まれた細腰が不安げに揺れている。

「さて、もうひとつ、肝心かなめな女のお道具を見せてもらおうか」

キュッと絞り込まれたウエストに巻かれた腰巻の縁を指先でソロリとなぞりあげ、結び目の紐を芝居じみた動作で摘みあげる。

「い、いやっ……そ、それだけはいやっ……お願い……ゆるして……」

身を守る最後の一枚を剝ぎとられ、女として最も秘しておきたい個所をさらされると知った夫人は、恐怖と羞恥に声を慄わせて許しを乞い願った。

「ふふ、もったいをつけるほどのオマ×コかどうか、俺がじっくり調べてやる」

梶原が焦らすように紐を引いた。スルッと結び目が解ける。腰巻の合わせがハラリと前に垂れ崩れ、締め込みがズルッとゆるむ。

「……ああ……いや……」

夫人の声が慄え、腰がこわばる。

「さあ、理佐子、ご開帳だッ」

梶原は腰巻の裾を摑むと一気に引き下ろした。

支えを失った白い絹地が肌を滑るように落下し、小高く盛りあがった女の丘を覆う艶やかな毛叢が隠しようもなく露わにさらされる。

「いやあああっ……」

理佐子夫人は顔を激しく振りたてて魂消えんばかりの悲鳴を噴きこぼした。とうとう全裸にされてしまったという絶望と、夫にすらしか見せたことのない女の源泉をまじまじ見つめられる羞恥に気が遠くなる。引き伸ばされた四肢をブルブル慄わせ、夫人は啜り泣いた。

「ほお、これが良一御用達のオマ×コか」

淫猥な視線が値踏みをするように夫人の女に注がれる。

肌の白さを際だたせるような漆黒の毛叢は絹さながらの光沢を見せて、綺麗な三角を形づくって女の丘を飾っていた。小高い丘の陰の谷間に、慎ましやかに花弁を内に折り込んだ一条の肉の亀裂が息を潜めるようにピタリと口を閉じている。

亀裂の周囲の肉肌は淫水に灼かれた痕跡もなく淡い桜色をとどめ、陰毛の縁取りがないこととあいまって、いかにも淑やかで貞淑な夫人らしい楚々とした風情を醸しだしていた。

「ふふ、毛の生えっぷりといい、乙に澄ました上品なオマ×コだな。生娘と言っても通りそうだが、良一が満足に女を啼かせることもできなかった証しだとも言える」

梶原は両手の親指で慎ましやかな女の亀裂をグイと左右にくつろげた。

「ひいっ……いやっ……そ、そんなことしないでっ……」

秘所を指で開かれる——それは夫人にとって想像だにしない行為だった。

秘められた肉が外気にさらされるおぞけるような感覚に夫人はワナワナ唇を慄わせる。奥歯が恐怖にカチカチ音をたてた。

「やはり、あまり荒らされていないな」

淡いピンクの肉溝には淫らさの翳りもなく、わずかに湿り気を帯びる貝の舌を重ねたような花口もそこはかとない慎ましやかなたたずまいを見せている。

「……ひっ……」

二枚の花弁の上端、縦長の肉莢を梶原の指が慣れた手つきでクルリと剝きあげた。鮮やかな珊瑚色の女の芽がおののくように露わになる。

大粒の真珠さながらの肉の尖りに、夫人の秘められた官能の埋蔵量を見てとった梶原がニタリとほくそ笑んだ。

硬く尖らせた舌先で探りを入れるように肉芽をペロリと舐めあげる。

「あひっ……いやっ……」

女芯に電流を流されたように、ビクンッと夫人の裸身が跳ね踊った。細い喉をさらして顔がのけぞる。

「ふふ、女だな。申し分のない感度だ。するとやはり、あの堅物は女の御し方も知らない腑抜けだったということか。市の改革だのなんのと偉そうなことをほざきながら自分の女房もろくに仕込めないインポ同然の男だったとはお笑いぐさだな」

「……く……口惜しい……」

女として最も秘しておきたい個所をあろうことか舌で嬲られ、最愛の夫を下品な言葉で貶められる屈辱に理佐子夫人は声を慄わせた。

「ふふ、それは口惜しいだろうぜ。女の悦びも満足に教えてもらわないまま、若後家になってしまったんだからな」

床から腰をあげた梶原が涙で濡れた夫人の顔を覗き込んで嗤った。

「お約束のようなキスをして、乳を型通りに揉んだら、ろくに濡れてもいないオマ×コにチ×ボを突っ込んで二度三度腰を振ったらハイ終わり——おまえと良一のママゴトのような乳繰り合いが眼に見えるようだぜ」

「……そ、そんな……」

「もっと言ってやろうか。理佐子、おまえは淫らな女の悦びを知らないどころか、オマ×コさえ満足に舐められたこともないだろう。ふふ、可哀そうな女だ」

「……あ、あの人は……あなたのような……下卑た男とは違います……」

涙で潤んだ瞳で梶原を睨みつけるように見て、理佐子夫人は言った。心根の優しい夫人の、言わずにはおけない精一杯の意志表示だった。

「違いますではなく、違いました、過去形だろう。どれほど健気に虚勢を張って見せたところで、三途の川を渡ってしまった高貴なお方とは、もう二度と乳繰り合うことはできないんだ」

底意地の悪いその言葉は夫人の哀しみの核心を射抜いた。

（……ああ……あなた……）

夫人は唇をきつく引き結び、こみあげてくるせつなさと絶望感をグッと嚙みしめた。

「だが、安心しろ。惨めな後家生活もたった一週間で終わりだ。おまえには今夜、俺が引導を渡してやる。腑抜け亭主など忘れてしまうほど、何度も極楽に昇りつめさせて腰が抜けるほど啼き狂わせてやる」

ニヤリと嗤った梶原はこれ見よがしにナイトガウンを脱ぎ捨てた。隆々とした筋肉に覆われた鋼のように引き締まった裸体が露わになる。

瘤状に浮きでた腹筋の下に密生する剛毛——そのジャングルの中から大蛇のような逸物がヌッと天を突かんばかりに屹立していた。

ゴッゴツ節くれだった野太い肉茎は、屠りあげた女たちの淫水に灼かれてどす黒い光沢を見せ、岩塊のような亀頭は獰猛な鰓を鋭く張りだし、禍々しいまでの邪気を放っている。

「……ひっ……いやあっ……」

理佐子夫人は恐怖に引きつった悲鳴をあげ、捻じるように顔をそむけた。

だがきつく眼を閉じ合わせても、脳裡に刻み込まれたおぞましい男根の残像を消すことはできない。それは夫人が唯一知る夫の愛しい物とは較ぶべくもなく、血が通う人間の器官とは思えぬグロテスクさだった。

あんなもので犯されるのだ——そう思うと、背筋がおぞけるように鳥肌だち、膝頭がガクガク慄えた。

(……あなた……た、たすけて……)

祈るような思いで、夫人は夫の名を呼んだ。

「ふふ、どうやら下卑た男の魔羅を気にいってもらえたようだな。腑抜け亭主のフニャ魔羅とは格も桁も違う代物だろう」

ノソリと前に出た梶原が禍々しい男根で柔らかな夫人の腹をグッと突いた。

「ひいいっ……いやっ……いやですっ……」

熱く硬い亀頭のおぞましい感触に、理佐子夫人は焼印でも押されたように総身を揺すりたて甲高い悲鳴をほとばしらせた。

「ふふ、まだ犯しはしない。ひと思いに犯してやるほど、俺は優しくない。おまえは飛びきりの上玉で、しかも良一の女房だった女だ。一から仕込み直して、自分が女だということを思い知らせてやる。俺の魔羅を味わうのはそれからだ」

そううそぶいた梶原は、割り裂かれた夫人の二肢のあいだにふたたび腰をおろした。二本揃えた指を口に咥え、たっぷり唾液をまぶしつけると、肉の亀裂をくつろげ、夫人の肉口を抉るようにゆっくりと沈めていく。

「ひいっ……い、いやっ……やめてっ……」

花芯に指を埋められた衝撃と、柔肉をまさぐられる異様な感触に、夫人はのけぞらせた顔を振りたくり、乳房を跳ね踊らせて悲痛な叫びを噴きこぼした。

夫人の悲鳴とあらがいを心地よく味わいながらも、梶原は決して急くことはしなかった。女を官能の地獄に堕とすのに抽速ほど愚かしいことはないと熟知している。軽く曲げた指先で肉壺を満遍なくまさぐり、粒だった肉壁を丹念に擦りあげ、温かくしっとりと湿り気を帯びた柔肉を練りこむように抽送を加えていく。

（ふふ、粒だちといい、締めつけ具合といい、上等なオマ×コだぜ）

次第に柔肉が熱を帯び、ネットリと指に吸いつくような蠢きを見せ始める——その淫靡な変化に梶原はほくそ笑んだ。絡みつくたびに肉壁からにじみでる熱い樹液のヌメリがたまらなく心地よい。

「……や……やめてっ……いやですっ……」

いつしか夫人の声はかぼそく慄え、甲高さが消え、くぐもりがちなものになっていた。ハアハアと息遣いが荒くなり、艶やかな肌はしっとりと汗ばみ始めている。

（……ど、どうして……こんな……）

口づけや愛撫でさえ夫のものしか知らない理佐子夫人は、自分の肉体が見せ始めた変化の兆候に愕然としていた。夫との肉の営みが甘美なのはそこに愛情があるからだと疑わなかった夫人にとって、その淫らなきざしは信じられないことだった。

女の源泉を指で嬲られるという汚辱——しかもその指は夫の天敵である悪魔のような男の指なのだ。その汚辱に満ちた行為に淫らに応えてしまうなどということは、決してあってはならないはずだった。

だが、悪魔の指でまさぐられる花芯はすでに灼けるように熱く、ジーンと痺れるような甘美な感覚が腰の芯からさざ波のように四肢に広がっていく。

「……ううっ……」

理佐子夫人はきつく唇を引き結び、狂おしく首を左に捻じり、右に捻じって、苦悶の呻きをあげた。熱の塊りが女肉の芯から喉元へとせりあがり、口を開くと羞ずかしい声となってほとばしりでてしまいそうだった。

「ふふ、身体をブルブルこわばらせて、どうした？　まさか俺にオマ×コをいたぶられて感じているんではないだろうな」

花芯から指を抜き取った梶原が夫人の顔を見あげて意地悪く訊く。

「……そ……そんなこと……あるはずが……ありません……」

ハアハア、荒い息を洩らしながら夫人が健気に首を振った。自分に言い聞かせているような弱々しい声音だった。

「そうか、この指が淫らな汁で濡れているように見えるのは俺の眼の錯覚か」

これ見よがしにかざされた二本の指は水を浴びたようにグッショリ濡れ光り、指を開くとネットリと銀色の糸を引いて淫らな粘り気を示した。

「……ああ……いや……」

夫人はせつなく喘ぐと、忌まわしいものを見たとでも言うように顔をそむけた。

「それはそうだろう。俺に嬲られてオマ×コを濡らして羞ずかしい声をあげて啼いてしまったとあっては、死んだ亭主に申し開きようがないだろうからな」

言葉でグサリと夫人の心を抉ると同時に、悪魔の指がズブリッとふたたび花芯を抉りたてた。

「ひいっ……や、やめてっ……んんっ……」

悲痛な声で訴えた理佐子夫人は唇を噛みしめ、せつない呻きをあげて首を振った。虚空にさらされた手がギリギリ握りしめられ、床を踏みしめた足指がギュッと内に折り込まれる。そうでもしないと焦れるような甘美な刺戟を耐えることができなかった。肉壺をまさぐる指先が肉壁をコリコリ掻きたて、柔肉が外に引きだされるような感覚がたまらない。

（……ま、負けてはだめっ……）

夫人はキリキリ奥歯を軋ませ、喉元から洩れでそうになる熱の塊りを懸命に噛み殺した。

と、そのとき、ヌメリとした感覚が股間に走った。

夫人のあらがいをあざ笑うように、梶原の分厚い唇が花弁を口に含み、ズルズル吸いあげたのだ。

「あひっ……いやっ……ああっ……」

硬く尖らせた舌先で肉溝をくすぐるように舐めあげられると、こらえようがなかった。夫人は腰を慄わせ、白い喉をさらしてせつない声をあげて啼いてしまう。

「啼くな、理佐子ッ」

梶原が怒気を含んだ声で一喝した。

「下卑た男に嬲られて啼いていいのか。死んだ亭主に操をたてて見せろ。淫らな声をあげて啼いたら最後、女の生き恥じをさらすまでここを責めるぞ」

すでに包皮を押しあげ、プクンと膨れあがった女の芽を梶原の舌がソロリと舐めあげる。ビクンッ——夫人の裸身が跳ねるように慄えた。

「ひいっ……そ、そこはいやですっ……」

最も感じやすい肉芽を責められたらどうなってしまうかわからない——その恐怖に夫人が声を慄わせる。

「いやなら、啼くな」

にべもなく言い渡すと梶原はふたたび指で花芯をまさぐり、唇と舌で花弁と肉溝をグチュグチュ音をたててねぶり始める。

「……い、いやっ……やめてっ……んんんっ……」

腰の芯が痺れるほどの甘美な刺戟を、夫人は四肢を突っ張らせて懸命にこらえた。にじみでた生汗でぬめ光る裸身がブルブル慄える。

夫人はすでに梶原の狡猾な術中にズッポリと囚われていた。

「啼くな」という言葉に縛られ、刺戟を耐えようとすればするほど、意識は指と舌の動きに集中し、女肉に送り込まれる刺戟とますます向き合わざるをえない。官能は官能を意識すればするほどに、より深い奈落へと女体を引きずり込んでいく蟻地獄なのだ。

そして、忍耐の向こうにはより大きな官能の陥穽が待ち受けている。耐えれば耐えるほど、忍耐の限界を超えた時の反動、官能の揺り戻しは大きい。そのうえ、こらえきれずに負けてしまったという敗北感が女の心を逃れようもなく縛りあげる。

「……ああっ……だ、だめっ……」

ものの五分ともたずに、いや逆によくもったと言っていいかも知れないが、理佐子夫人の忍耐が限界を超えた。

「……あああっ……」

花芯と肉溝から絶え間なく送り込まれる刺戟の甘美さに細い顎があがり、きつく引き結んでいるはずの口元がゆるみ、せつなく慄える啼き声が洩れでてしまう。

（……ああ……とうとう羞ずかしい声をあげてしまった……）

理佐子夫人は懸命に次の声を封じようとしたが、啼き声を放ってしまったことで、抑えこんでいた官能の堰が切れ、痺れるような甘美な感覚が背筋を駆けのぼり、さざ波のように四肢に染み入っていく。もうどうにもこらえようはなかった。

「……ああっ……いやっ……あううんっ……あああっ……」

これが私の声、ああ啼いている、羞ずかしい、どうしたら、負けてしまう――意識を千々に乱しながら、夫人は悪魔の指と舌の動きに煽られるように淫らに腰を揺すりたて、汗にぬめ光る乳房をプルプル弾ませて啼き続けた。花芯からは熱い樹液があふれ、指の動きにあわせてピチャピチャ羞ずかしい水音があがる。

梶原は夫人からひとしきり啼き声を絞りとったところで、責め手を止めた。

「ふふ、たまらなくいい声でヨガリ啼くな、理佐子。オマ×コからいやらしい汁をよだれのようにあふれさせて、淫らな女の匂いがプンプンするぜ」

女の丘を覆う毛叢に押しつけた鼻をクンクン鳴らして、梶原が夫人の甘酸っぱい女の匂いを嗅いだ。

「……ああ……そんなことしないで……は、羞ずかしい……」

ハアハア荒い息を噴きこぼしながら、夫人が消え入りたげに首を振った。

「天敵の俺に女房があられもない声をあげてヨガリ啼かされたとあっては、良一も浮かばれないな。理佐子、おまえは淫らな女だ。ふふ、おまえは良一を裏切ったんだ」

梶原が勝ち誇ったように嗤った。

「……ち、違いますっ……そ、そんなことありま……あひいっ……あああっ……」

懸命に否定しようとした夫人の口からあられもないヨガリ声がほとばしった。みなまで言わせぬとばかりに、梶原が夫人の女の芽をしゃぶりあげたのだ。

「その淫らな声がなによりの証拠だろう」

梶原の指が唾液に濡れた肉芽の包皮をツルンと根まで剝きあげた。

「いよいよ、これからが本番だ。約束通り、女の生き恥じをさらすまで責め抜いてやる。良一に一度として聞かせたことがない声で啼き狂ってみせるがいい」

梶原は硬く尖らせた舌先で、女の芽を上下に弾き転がすように嬲り始めた。同時に二本の指が濡れそぼつ花芯をズブッと抉りたてる。

「ひいっ……いやあっ……あああっ……や、やめてっ……あひいっ……」

理佐子夫人はX字に拘束された四肢を突っ張らせ、無惨に開かされた裸身をガクガク揺すりたてて、きざしきった女の声をこらえようもなく噴きこぼした。

これからが本番という梶原の言葉に偽りはなかった。

肉壺を抉る指の動きはギアをチェンジしたかのように強さと速さを増し、責めるポイントも変わっていた。これまで肉壺を満遍なく抉りたて肉壁の隅々までをまさぐるように掻きたてていた指が、いまや肉壁の上側のツブツブ粒だった肉のシコリだけを集中的に責めてくる。俗にGスポットと呼ばれる女の官能のツボだ。

プクンと膨れた肉のシコリを指の腹が激しく擦りあげ、ギュッと押し込み、練りこむように捏《こ》ねまわす。

「……あひいっ……いやっ……あああっ……ゆ、ゆるしてっ……」

花芯がジンジン灼け痺れるような感覚に夫人は腰をグンと前に突きだし、弓なりにたわめた総身をガクガク揺すりたてて啼いた。

前に突きだされた女の丘は逃れようもなく舌の餌食となった。舌先で弾くように転がされた女の芽を唇に咥えられ、しごくようにキュウッと吸いあげられる。

「ひいいっ……いやぁっ……」

激烈な刺戟が背筋を貫き、脳天で爆ぜた。すべての力が肉芽から吸い取られていくような甘美さに腰がビクビク慄える。

「あああっ……だめっ……こ、怖いっ……あひいっ……いやあっ……」

女肉が官能をむさぼり、頂点に駆け昇っていきそうな気配に、アクメを知らない慎ましやかな夫人は錯乱したように顔を振りたて、生娘さながらの悲鳴を噴きこぼす。

ところが、夫人がいましも昇りつめようとする直前に、花芯から指が引き抜かれ、肉の尖りから唇がスッと離れた。

梶原は、淑やかで初心《うぶ》な理佐子夫人に通り一遍の絶頂を与え、アクメを極めさせてやる気はさらさらなかった。汗みずくの乳房と腹を波打たせ、ハヒイハヒイと荒い息を噴きこぼす夫人を見あげながら、指先で花弁のあわいの肉溝に探りを入れる。わずかに指に吸いつくような気配を見せる尿道口を探りあてると、シコシコ揉みほぐしながら、夫人から官能の高まりが引いていくのを待つ。

そして、夫人が落ちついたと見るや、ふたたび指と舌で情け容赦なく責めあげ、絶頂寸前まで追いつめて、ピタリと責め手を止める。これを際限なくくりかえした。

いわゆる「寸止め」と呼ばれるスケコマシが女を堕とす時に用いる常套手段だ。

「……ああ……も……もう……ゆ、ゆるして……ああ……お願い……」

ヒイヒイ喉を絞るほど啼かされては意地悪く責め手を止められる——、腰骨が蕩けるほど花芯が熱を帯び、意識すら遠のくほど脳髄が痺れても官能の頂点を極めることができない——初めて知らされる肉の苦悶に、夫人は閉じる力さえ失った唾液まみれの唇を慄わせ、何度となく哀訴の声を絞り、慈悲を乞い願った。

だがその答は決まって、Gスポットと肉芽への容赦のない責めだった。

「……ひいいっ……い、いやっ……ああっ……あああっ……」

責めが再開されると、たちどころに夫人はあやつり人形さながらに狂おしく顔を振りたて、きざしきった声を放ってヨガリ啼かされてしまう。

何度目の責めだっただろうか、その異変に夫人は気づいた。激しく指で擦りあげられる花芯の奥——灼けるように熱い腰の芯からなにかがこみあげ、洩れでてしまいそうな気配が急激に高まってきたのだ。

「いやっ……ああっ……や、やめてっ……だめっ、も、洩れるっ……ああっ……」

理佐子夫人はわけのわからぬ恐怖に顔を振りたて、狼狽の声を引きつらせた。

(ふふ、とうとう来たな)

梶原はニタリとほくそ笑んだ。初めてのアクメで潮を噴かせ、あわよくば失禁の恥じまでさらさせようという魂胆があってのGスポット責めだった。

「ふふ、理佐子、羞ずかしい潮を噴いてしまいそうなんだろう。噴かせてやる。淫らな汁を噴きあげながら女の生き恥じをさらして見せろ」

梶原の指がそれまで以上の激しさとスピードで、粒だった肉のシコリを擦りあげ始めた。あふれでた樹液で花芯がビチャビチャ淫らな水音をたてる。

爆ぜんばかりに尖りきった女の芽を、今度は舌ではなく指で責めた。噴きだす潮を顔に浴びないためだった。根から絞りだすように肉芽を摘みあげ、グリグリしごきたてるように揉み込んでいく。

「ひいいっ……い、いやあっ……だ、だめっ、しないでっ……あひいっ……」

夫人はガクガク身をのたくらせ、狂ったように顔を振りたてて悲鳴を噴きこぼした。花芯が熱く燃えあがり、快美な刺戟が腰骨を溶かし、灼熱の痺れが背筋を灼く。官能の大波が夫人を呑み込み、到達することを許されなかった絶頂の高みへと一気に押しあげていく。夫人はひとたまりもなかった。

「ひいいいいいっ……」

絹を裂くような叫びとともに、腰がググッと前に突きだされる。漆黒の毛叢に覆われた女の丘がブルブル引き攣るように慄え、淫らに開ききった花弁のあわいからピュッピュッピュッと絶頂を告げる女の羞ずかしい汁が噴きあがり、銀色に光り輝きながら宙に飛び散った。

「……いやあああっ……」

気が遠くなるような羞恥と脳髄が痺れるような快美感に、理佐子夫人は顔をグンッとのけぞり返し、悲鳴をほとばしらせた。乳房が跳ね踊り、四肢がブルブル慄える。それは夫人が初めて知らされる肉の愉悦だった。

だが、散々焦らされ続けた女肉はそれだけでは夫人を許そうとはしなかった。

食いちぎらんばかりに締めつける柔肉を外に引きずりだすように、梶原が花芯から指を抜いた。

「……ああぁっ……だ、だめっ……」

夫人がせつなく声を慄わせて啼いた。突きだされたまま硬直していた腰にブルルッと慄えが走る。ジャーッ——淫らなまでに濡れそぼった女の亀裂から黄金色の奔流がほとばしりでた。あまりにも深い肉の愉悦に、感極まった理佐子夫人は不覚にも失禁の恥じをさらしてしまったのだ。

「……いやっ……は、羞ずかしいっ……」

憎い男の前で立ったまま失禁してしまう羞恥——夫人は懸命に身をよじりたてたが、一度ほとばしりでた奔流を止めることはできない。

「……あああぁっ……」

それればかりか、わななくように唇からこぼれでたのは愉悦に慄える女の声だった。アクメの極みにある女体にとって、身体の芯から熱と力が抜けていくような放尿感はえもいわれぬほど快美な感覚だった。

長く続いたほとばしりは次第に力を失い、桜色の花弁から白い内腿をツツーッと伝い落ちてようやく流れを止めた。

「……はあああ……」

深いため息のような喘ぎとともに夫人の身体が弛緩し、両手を吊る鎖にガクリと体重を預ける。

「ふふ、なかなかたいした恥じのさらしっぷりだったな、理佐子」

梶原がゆっくりと腰をあげ、ひと啼きさせてしっかり掌中におさめた獲物を支配者の視線で吟味するように眺める。

精も根も尽き果てたかのように首を折り、汗みずくの裸身を微かに慄わせて啜り泣く美しい未亡人――その姿からは、官能に屈した女の哀しみとともに、そこはかとない色香が匂うようににじみでていた。

（想像以上の掘り出し物だな――）

数知れぬほどの女たちに恥辱を与え、屠りあげてきた梶原もその美しさに思わず見とれ、心の中で唸った。

もちろん、そのことをおくびにも出すような男ではない。その女に感嘆すればするほど、より苛酷に女を辱め、責め嬲ることを悦びとする――それが梶原だった。

床にタオルを敷き詰め、応急処置とした梶原は、理佐子夫人の足を繋ぎ留めていた鎖のフックを革枷の鉄環からはずした。リモコンを操作し、夫人の両手を吊り上げている鎖をゆるめていく。

アクメと失禁の恥辱をさらしてしまった夫人には立っている気力はなかった。崩れるように床に両膝をつき、丸い双臀が落ちる。

その姿勢になったところで鎖の動きが止まり、梶原が夫人の前に仁王立ちになった。ガクリとうなだれていた夫人の泣き濡れた顔を大きな手がグイとさらしあげる。

「いい顔になったな、理佐子。俺に嬲られ、小便まで洩らして女の恥じを極めてしまった以上、おまえはもう良一の妻でも喪に服す未亡人でもない。ただの女だ」

「……ああ……そんな……」

違います――その言葉を夫人は口にすることができなかった。夫の天敵の手で、夫にすら聞かせたことがない羞ずかしい声で啼かされ、初めての恥態さえさらされてしまった――その負い目に夫人は眼を伏せることしかできない。

「だが、美しい女はただの女であり続けることさえできない。美しい女は必ず誰かに手折られ、その男のものとなる――それが世の定めだ。ふふ、理佐子、おまえは今夜から俺の女になるんだ」

梶原はグイと腰をつきだすと、そそり立つ異形の肉棒を夫人の柔らかな唇に押しつけた。

「ひっ……いやっ……」

硬く熱い亀頭のおぞましい感触に理佐子夫人は思わず顔をそむけた。だが、梶原の両手が小ぶりな夫人の頭を挟みこみ、強靭な力でグイと引き戻す。

「逃げるな。この魔羅が今夜からおまえの主人だ」

動きを封じられ硬く引き結んだ唇を、梶原は蛇が獲物をいたぶるように亀頭でなぞった。

「ふふ、奥手なおまえは男の魔羅をしゃぶったことがないだろう。堅物の良一はそれでも一向に構わなかっただろうが、俺は違う。顎が痺れるまで魔羅をしゃぶらせる。男の足元にひざまずいて魔羅をしゃぶる――それが女が男に仕える最もベーシックな形だからだ。さあ、口をあけて魔羅を咥えろ。おまえの主人に服従を誓うんだ」

（……いやっ……そんなこと、絶対にいやっ……）

夫人はますますきつく唇を引き結び、おぞましい亀頭の嬲りに耐えた。

だが、梶原は容赦しなかった。スッと通った夫人の鼻が歪むほどきつく指で摘みあげた。

「……ううっ……」

悪辣な意図を察した夫人は懸命に顔を振りたて逃れようとしたが、摘まれた鼻に痛みが走るばかりで指は離れない。息苦しさに顔を桜色に染めた夫人の抵抗も長く続くはずはなかった。酸素を求めてたまらずに口が開く。

「……あっ……い、いやっ……あううっ……むんんっ……」

たちまち肉の凶器が捻じ込まれた。ムッとするほどおぞましい男の異臭が夫人の口腔に広がり、怒張の野太さに顎が軋んだ。

「ひとつ学んだな、理佐子。俺に逆らうことはできない。逆らおうとしても無理矢理従わされる。――もうひとつ学ばせてやる。俺は反抗を許さない。反抗には必ず、つらい罰が与えられる」

こうやってな、とばかりに梶原はグンと腰を突き入れた。異形の怒張が夫人の喉奥を抉る。逃れようとする頭をガッシリと押さえこまれ、鋼のような剛毛に夫人の端正な顔がゴリゴリ押しつけられた。

「……ううっ……」

野太く硬い肉棒に喉と口を塞がれた息苦しさと恐怖、男の性器を咥えさせられるおぞましい汚辱に、夫人は悲痛な呻きを洩らした。息苦しさと屈辱に涙があふれ、頬を濡らした。

苦悶が充分染み渡るだけの時間をおいて、ようやく肉棒が抜き取られた。ゲホゲホ喉を鳴らして夫人がむせかえった。嚥下できなかった唾液が桜色の唇からトロリと糸を引いて垂れ落ちる。

その顔がふたたびグイと引き起こされた。梶原の猛禽類のような眼が泣き濡れた夫人の顔を見おろす。

「もう一度やり直しだ。理佐子、俺の魔羅を咥えろ。できなければ何度でも無理矢理咥えさせるぞ」

頭を押さえていた手を離して梶原が命じた。心根が弱く優しい夫人は逆らいようがなかった。おずおずと開いた唇をグロテスクな亀頭に寄せていく。

と、その亀頭がするりと逃げ、ビシッと夫人の頰を打った。

「返事がないぞ。はい、と言うんだ。――やり直しだ。理佐子、俺の魔羅を咥えろ」

「……は……い……」

せつない喘ぎとともに理佐子夫人は消え入りそうな声を慄わせると、細い顎を差しのべるようにしておぞましい肉の凶器を口腔に導き入れた。

「よおし。舌を魔羅に絡めて吸いあげろ。唇をきつくすぼめて、顔を前後に振ってしゃぶるんだ」

女を服従させることに慣れた、野太く低い声に夫人はあらがうことはできなかった。

（……ああ……私……こんな淫らなことをさせられて……）

ゴツゴツ節くれだった肉茎を唇で擦りあげ、熱く硬い亀頭に舌を絡ませて吸いあげると、恐怖に屈してしまった自分の弱さが身にしみた。

「……ううっ……」

きつく閉じた目尻から涙があふれでる。夫人は喉の奥で嗚咽を洩らしながら憎い男の肉棒をしゃぶり続けた。

「女は男に素直に従うことだ。それがやがて悦びに変わる。魔羅への奉仕も今はつらいだろうが、ふふ、やがておまえは俺の魔羅を見ただけでオマ×コをグショグショに濡らしてしまう女になるんだ」

こみあげる嗚咽にしゃくりあげながら、つたない奉仕を続ける夫人の姿に梶原がニタリと嗤った。初物の女、それも飛びきり美しい未亡人を性奴に躾けていく嗜虐の悦びに身体中に力が横溢する充実感を覚えた。一瞬、このまま精を放ちたい衝動に駆られたが、その刹那的な欲望をグッと抑え込む。今夜はすべての精を夫人の子宮に注ぎ込んでやる――最初からそう決めていた。

「もう、こんなものは必要ないだろう」

梶原は奉仕を続けさせたまま、夫人の手枷の鉄環から鎖のフックをはずした。白く細い腕が力なく夫人の丸い双臂の脇に落ちる。

「……ああっ……」

怒張がズルリと抜き取られ、ようやく口腔奉仕の汚辱から解放されると、理佐子夫人はガクリとうなだれ、華奢な肩を慄わせて啜り泣いた。

「ふふ、いつまでもメソメソするな」

夫人の前に屈みこんだ梶原が顎に手を添えて、夫人の泣き濡れた顔を覗き込んだ。スッともう一方の手を伸ばすと、夫人の結いあげた髪留めをはずしてヘアピンを抜く。柔らかな黒髪が滝のようにサーッと崩れ落ちて汗の浮いた夫人の白いうなじを隠し、肩を覆った。

「色香が増したな、理佐子。俺の女になるのにふさわしい顔だ」

ワナワナ慄える唾液に濡れた淑やかな唇を親指で拭うと、梶原がニヤリと嗤って夫人の肩を力まかせに突いた。

「……あっ……」

仰向けに体勢が崩れた膝が梶原の腕で掬われ、夫人の裸身が軽々と抱えあげられてしまう。

「……ひっ……いやっ……な、なにをするのっ……」

梶原の屈強な腕の中で総身をのたうたせて、夫人が不安に声を慄わせる。

「ふふ、決まっているだろう。花嫁の床入りだ。腰が立たなくなるまで可愛がってやる」

「いやっ……それはいやですっ……お、お願いっ……ゆるしてっ……」

理佐子夫人の悲痛な叫び声が、北之宮の美しい夜景にしみいるように、リビングに響き渡った——。

3

理佐子夫人が連れ込まれたのはリビングの隣の寝室だった。

グレイを基調としたシンプルな造りの部屋の奥に、ダブルベッドよりもひとまわり大きい方形のベッドがでんと据えられていた。格闘技のリングのように、ベッドだけが白く浮きたつような照明が施されている。

その巨大なベッドの上に、梶原は夫人の身体を無造作に放りだした。

「……いやあっ……」

夫人の白い裸身が跳ねるように大きく弾んだ。女を屠ることだけを目的としたベッドはスプリングが異様に利かせてあり、白いシーツの上に大きな枕がひとつ置かれているだけで、掛け布団の類いはない。

そのベッドの不気味さが凌辱の現実感を際だたせ、恐怖をより煽りたてた。

「……お、お願い……や、やめて……」

夫人は逃げるように後ずさり、ベッドの隅で手足を引きつけて身を縮ませる。哀訴の声がかぼそく慄えた。

「ふふ、理佐子、おまえは幸せな女だ。亭主を亡くして十日足らずで新しい主人に仕えることができる。そのうえ、堅物亭主とは違って、この俺は女の啼き狂わせ方を充分心得ている。女にとって、これほど幸せなことはないだろう」

淫猥な嗤いを浮かべた梶原がベッドに上がった。腹につかんばかりに屹立した異形の男根が、美しい生贄に舌なめずりをするようにユラリと揺れる。

「……いや……こ、こないで……」

逃げ場のない夫人は声を慄わせ、哀訴する以外に術がなかった。

その怯えを愉しむように梶原がニタニタ嗤いながら夫人の前に身を屈めた。と、思う間もなく、大きな手が夫人の細い足首を掴み取るとグイと力まかせに引いた。

「ひいっ……いやああっ……」

のけぞり返った夫人の身体が瞬く間にベッドの中央に引き戻される。梶原の筋肉質の身体が覆いかぶさるように白い裸身に躍りかかった。

「いやですっ、や、やめてっ……」

夫人は懸命に足をばたつかせ、手を突っ張らせて梶原の身体から逃れようと身をのたくらせた。だが、慎ましやかな令夫人の抵抗が、場数を踏んだ梶原の屈強な力に敵おうはずはなかった。

二の腕が顔の両脇でガッチリ押さえつけられ、たちまち上体の動きを封じられてしまう。膝が二肢のあいだにこじ入れられ、生木を裂くように割り裂かれた。

「……ああっ……いやあっ……」

大の字に組み伏せられた夫人は顔を振りたてることしかできない。柔らかな腹に押しあてられた男根の硬く熱い不気味な感触に身体がガクガク慄える。

「これがおまえの肌か――スベスベとして滑らかで柔らかい、いかにも抱き心地のよさそうな身体だ」

恐怖に引きつる夫人の顔を見据えながら、梶原の腰がズルッとずり下がった。

硬い亀頭が女の丘の起伏をなぞるように繊毛を擦り、その奥の柔らかな谷間に滑り降りていく。アクメの名残りをとどめる肉の亀裂はジットリと濡れ、亀頭が導かれるようにヌルッと肉溝を滑り、夫人の女の源泉のとば口に押しあてられる。

「ひいっ……いやっ……」

ビクンッ、夫人の身体が跳ねるように慄えた。

「……あなた……た……たすけて……」

生きた心地もしない恐怖に奥歯をカチカチ噛み鳴らして、夫人は愛する夫を呼んだ。こらえきれずに新たな涙があふれでる。

「ふふ、この期におよんでまだ良一か。だが台詞が違うな。助けてではなくて、さよならだろう」

梶原が怒張を小刻みに揺すりたて、夫人の恐怖を煽り、悲鳴を絞りとる。

「理佐子、今夜はおまえにとって二度目の初夜だが、正真正銘の女になるという意味ではこれが本当の初夜だ。ママゴトじみた乳繰り合いではない男と女の媾わいの真髄をたっぷりと味わわせてやる」

「……そ、そんなこと、いやですっ……お願い……ゆるして……し、しないでっ……」

すがりつかんばかりに声を慄わせる夫人の哀訴は、梶原の嗜虐心に油を注ぐ役目しか果たさなかった。

ニヤリと梶原が頬をゆがめた。と同時に、亀頭がググッと肉口を押し広げ、ズブッ

をほとばしらせた。

「ひいいいっ……いやあああっ……」

憎い男にとうとう身を汚されてしまった——夫人は絶望感に総身を揺すりたて悲鳴をほとばしらせた。

梶原は初物の人妻ならではの反応を愉しみながら、熱く熟れた柔肉を亀頭で押し開き、肉壺をジワジワと縫いあげていく。

「……ああっ……いやっ……」

ググッと子宮口を押しあげられ、根もとまで深々と怒張を埋め込まれると理佐子夫人は白い喉をさらして顔をのけぞらせた。

(……ああっ……こ、こんな……)

その顔が狼狽したように慄える。子宮を貫かんばかりの圧迫感、焼け爛れた丸太を腰の芯に打ち込まれたような息苦しいまでの拡張感——そのいずれもが、夫との営みの中で知る男根の挿入感とはまるで違った。

それは挿入感などというなまやさしい感覚ではなかった。身体の芯に深々とクサビを打ち込まれ、身動きを封じられたような、圧倒的な被支配感だった。

埋め込まれただけで、腰の芯がジーンと痺れ、ハアハア息があがった。身体中の毛穴が開き、生汗がジットリと絞りだされる。

（……こ……怖い……）

初めて男を受け入れた生娘のように、理佐子夫人の心を恐怖が締めつけた。

「ふふ、どうした？　急におとなしくなったな。俺の魔羅の咥え心地に感無量というところか」

ネットリとした眼で夫人の顔を見つめながら梶原が嗤った。

ゆっくりと腰が引かれ、柔肉の締めつけを確かめるように怒張が引き抜かれていく。

「……ああっ……いやっ……あああっ……」

鋭く張りだした鰓で肉襞を掻きたてられ、柔肉が引きだされる感覚に、夫人がこらえきれずに声を慄わせる。

「いい声だ、理佐子。オマ×コがキュウキュウ魔羅に吸いついて、ふふ、どうやら俺たちの肉の相性は抜群のようだな」

亀頭を花口の外まで引き抜いた梶原が満足げに頬をゆがめる。

「……そ、そんなこと……」

せつなく首を振った夫人の顔がグンとのけぞり、「あああっ……」と熱い喘ぎが噴きこぼれる。怒張がふたたび花芯にズブズブ埋め込まれたのだ。

「よし、相性のいいところで、固めの口づけといこうか」

分厚い唇から赤い舌を覗かせて、梶原の顔が夫人の顔に覆いかぶさっていく。

「……い、いやですっ……」

それだけはいやとばかりに夫人が顔を捻じるようにそむけた。

だが、その拒否は梶原には織り込み済みだった。無防備にさらされた白いうなじに唇を押しあてると、蛭のような大きな舌で汗ばんだ肌をベロリと舐めあげる。

「ひいいっ……いやっ……ああっ……」

ざらついた舌で敏感な肌を舐められるおぞましさに悲鳴をあげた夫人の唇から、うろたえたような喘ぎが噴きこぼれた。怒張が肉壺をネットリと練りあげるように抽送を開始したのだ。

「あひっ……いやっ……や、やめてっ……ああっ……」

完全に梶原のペースだった。うなじを舐めあがった舌がヌルリと耳孔に挿しいれられる。おぞましい感触に首を捻じれば、反対側の耳朶を口に含まれしゃぶりあげられた。かといって正面に顔を向ければ、ざらついた舌が唇に押しつけられ、ベロリと鼻の穴まで舐めあげられる。

理佐子夫人の美しい顔をいたぶるように、うなじを、耳を、鼻をベロベロ舌でねぶりながら、怒張が柔肉をズルルッと引きだし、ズブズブ押し込むような悠々としたピッチで花芯を確実に責めあげていく。

「ああっ……やめてっ……ひぃっ……ああっ、お願いっ、あああっ……」

海千山千の梶原の手管に夫人は翻弄された。噴きこぼす声は次第に高くなり、官能の色をより深めていく。耳孔にヌルリと舌を挿し込まれ、ズンッと子宮を突きあげられるとブルブル総身を慄わせて、ビブラートがかかったせつなげな声でヨガリ啼いた。

「ずいぶん、出来あがってきたな。今度はここだ」

梶原のターゲットが夫人の剝きだしの腋窩に移った。汗の浮いた腋窩に分厚い舌を押しつけるようにしてベロリベロリと舐めあげる。

「ひぃいっ……だ、だめっ……ああっ、あああっ……」

おぞましさと甘美さが混交する異様な刺戟に夫人が顔を振りたてて啼いた。それは夫人が初めて知らされる妖しく快美な官能だった。

汗で汚れた腋窩を唾液を塗りつけるように舌で舐めあげられる――汚辱に満ちた行為が醸しだす背徳の快美感に脳が痺れ、花芯から背筋を駆けのぼる甘美な痺れとあいまって、身をよじりたて、声を放たずにはいられない。

「……ああっ……いやっ、そ、そこはいやっ……あひぃっ……」

「ふふ、良一は教えてくれなかった味だろう。こうされるともっとたまらない気分になる」

梶原は硬く尖らせた舌先を高速度で慄わせ、唾液でヌルヌルになった腋窩の中心をチロチロチロチロ掻くように舐め始めた。

「ひいいっ……あひっ、いやっ、やめてっ……あひいいっ……」

こそばゆく快美な、気も狂わんばかりの痺れが脳髄を抉った。夫人は激しく身をよじりたて、腰をガクガク揺すりたてて苦鳴にも似た声をほとばしらせて啼き悶えた。

身体の芯を熱の塊りが駆け抜けていく。狂おしく振りたてられていた夫人の顔がグンッとのけぞり返り、背筋が弓なりにたわんだ。

「……ううううっんんっ……」

呻くような息み声とともに、花芯に痙攣が走り、ビクッビクッと柔肉が怒張を食い締め、熱い樹液を絞りだす。

「……はあああ……」

甘く深いため息とともに、夫人の裸身が梶原の身体の下で弛緩した。

「ふふ、腋で気をやったか。可愛い女だ」

「……お……お願いです……も、もう、ゆるして……」

ハアハア息を弾ませながら、理佐子夫人が消え入りたげに声を慄わせる。

腋窩を舐められて女として最も羞ずかしい姿をさらしてしまった羞恥の表情の底に恐れがにじんでいた。それは信じられないほど官能に脆い自分の肉体への恐れであり、いともたやすく自分を官能の渦に落としてしまう梶原という男への恐怖だった。

腰の芯に深々と埋め込まれた野太く硬い男根——夫人の中の女はすでにその男根に支配され、屈しようとしていた。

「一度気をやったくらいで甘えるな、理佐子。ママゴトの乳繰り合いではないと教えたはずだ。——さあ、次はここで啼くんだ」

梶原の手が夫人の乳房を摑んだ。すでに夫人の乳首は桜色の乳暈の中からプクリと頭をもたげ、赤みを増して爆ぜんばかりに硬く勃起している。

「……ああ……いや……ゆるして……」

夫人がせつなく喘いだ。乳房を摑まれただけで、絞りだされた乳首が痛痒く疼いていた。

「乳首をカチンカチンに尖らせておいて、ゆるしてもないもんだ。ふふ、思いきりしゃぶってやる」

「……ああ……だめ……し、しないで……」

しゃぶられる——そう想像しただけで乳首がざわめくように痺れた。

「違うだろう。しゃぶってと言ってみろ」

「……そ、そんなこと……」

「ふふ、そうか、言えないか。それなら素直に言えるようになるまで、焦らされるつらさをいやというほど教えてやろう」

梶原はググッと腰を前に押しだし、硬い亀頭で子宮を押しあげるように圧迫する。もう抽送を加えてやるつもりはなかった。硬く尖らした舌先で、桜色に煙る乳暈の淡い輪郭を丸くなぞるようにソロリソロリと舐め始める。

「……ひっ……いや……ああ……ううっ……」

嬲られ始めるとすぐに夫人は「焦らす」という梶原の言葉の意味を実感させられた。ソロリソロリと乳暈の縁を掃くように舐める微弱な刺戟は、痛いほど屹立した乳首の疼きを、どうしようもなく際だたせるのだ。痒いところの周囲を掻かれることで逆に痒さがどうしようもなくつのってしまい、それでいながら肝心かなめの痒いところを掻いてもらえない——そんなもどかしさにも似た焦れだった。

（……ああ……そ、そこじゃない……）

触るか触らないかというようなタッチで乳暈の縁を執拗に舌で掃かれるうちに、思わずそう願ってしまった自分に夫人は愕然とした。

（……ああ……ど、どうして……こんなことが……）

自分の身体がこれほどまでに官能を求めてしまうことが信じられなかった。

（……ま……負けてはだめ……）

夫人は邪念を振り払うように顔を左右に振りたてると、ギュッと唇を噛みしめ、ベッドを照らすライトを凝視することで意識を刺戟からそらそうとした。

しかし、意識しまいとすればするほど、もどかしい舌の動きと気が狂わんばかりの痛痒さで疼く乳首をますます意識してしまう。

「……ああ……お、お願い……や、やめて……ゆるしてっ……ううっ……」

夫人はシーツをギリギリ握りしめ、足指をギュッと内に折り込み、ブルブル総身を慄わせながらかぼそい声で哀訴する。

「素直になるんだ、理佐子。カチンカチンに尖った乳首をちぎれるほどきつくしゃぶって欲しい。おまえは思いきり羞ずかしい声をあげて啼き叫びたいんだ」

梶原は暗示をかけるように低い声で、淫らな官能のイメージを夫人の脳裡に刷り込んでいく。

きざしきった乳首を焦らすこの責めは、梶原が女を馴致する際に用いる十八番の責めだった。二度、三度アクメを極めさせられ、官能に絡めとられた女——それも理佐子夫人のように気が優しく心根の弱い淑やかな女は十中八九この責めに屈した。

「……ああ……そ、そんなこと……ひっ……いやっ……ううっ……」

否定の言葉もむなしく、責めが再開されるとたちまち夫人は総身をギリギリ揉み絞るようにして苦悶の呻きをあげてしまう。

せめて女体を内からあぶりたてる官能の高まりが引いてくれればよいのだが、花芯に深々と埋め込まれ、子宮をグッと押しあげ続ける野太い男根がそれを許さない。腰の芯は灼けるように熱く、ジーンと痺れ続けている。にもかかわらず、埋め込まれた怒張はピクリとも動かない意地悪さだった。

（……お願い……動いて……）

そうすれば乳首の疼きを忘れられる——そんな逆説的な思いを抱かねばならないほど、夫人には動こうとしてくれない怒張が恨めしかった。

照明に照らしだされたベッドの上で、組み伏せられた汗みずくの白い裸身が苦悶に慄え、シンと静まり返った寝室に悲痛な呻き声だけが響き続けた。

その重苦しく流れる時間は夫人の味方をしなかった。

（……ああ……も、もうだめ……気がおかしくなってしまう……）

乳首が数倍に膨れあがってしまったのではないか――そう思ってしまうほどの耐えがたい疼きにとうとう理佐子夫人は屈した。

「……お……お願い……し……し、しゃぶって……」

顔から火が出るような羞恥に声を慄わせながら夫人は屈服の言葉を口にした。

梶原がニヤリと嗤って顔を起こす。

「ふふ、想像以上によく持ちこたえたな。だが俺に対する言葉遣いが間違っている。お願いの仕方を躾けてやろう。梶原さま、理佐子の乳首をしゃぶって、理佐子を思いきりヨガリ啼かせて下さい。こう言うんだ」

「……そ、そんなこと……」

まるで奴隷のような言葉を、それも夫の天敵だった男に対して口にする――すでに身体を汚され、淫らな肉の悦びを極めてしまうことで夫を裏切ってしまった夫人だったが、言葉でまで夫を裏切ることはできない。

だが、梶原はためらうことすら夫人に許そうとはしなかった。ふたたび乳暈をソロリソロリと舌先で嬲り始める。

「ひいっ……いやっ……も、もうしないでっ……い、言います、言いますから……」

夫人は気が狂わんばかりのもどかしさをこらえ続けることはもうできなかった。

「……ああ……か……梶原さま……り、理佐子の……乳首をしゃぶって……理佐子を……思いきり……よ……ヨガリ……ああ……啼かせて下さい……」

声を慄わせながら、夫を裏切る屈服の言葉を口にした。だが、その屈辱感よりも淫らな言葉を口にした羞恥が肉の芯をますます火照らせ、官能を煽りたてる。

「いいだろう。望み通り思いきり啼かせてやる」

梶原は夫人の乳房をくびれるほど強く握りしめた。

「……ああっ……」

爆ぜんばかりに乳首が絞りだされる感覚に夫人は唇をわななかせて啼いた。舌で嬲られる予感に情けないほど声が慄える。

おののくように期待に慄える乳首を梶原の硬く尖らせた舌の先がスッと掠めるように掃いた。

「ひいいっ……あああっ……」

たったそれだけの刺戟で、夫人の総身がブルルッと慄え、きざしきった啼き声が噴きこぼれた。

梶原は充分間を置いて、その微弱な刺戟をくりかえした。そのたびに夫人は総身を慄わせ、淫らな啼き声をほとばしらせた。だが、それもまた梶原の罠だった。

次第にその微弱な刺戟ではどうにも我慢がきかなくなってくる。乳首がより強い刺戟を求めて、これまで以上の激しさで疼き始めるのだ。

「……ああ……も、もういじめないで……お、お願いです……も、もっと強く……もっと強くしゃぶってください……」

理佐子夫人は声を慄わせ、憑かれたように乞い願った。

「ふふ、理佐子、おまえは淫らな女だ」

梶原は分厚い唇で赤く尖りきった乳首を咥えた。キュウッとしごきあげるようにきつく吸いあげる。

「ひぃいいいっ……」

凄まじい快美感が雷撃のように女肉を走り抜け、花芯と脳天にほとばしった。肉の喜悦に総身がガクガクのたうち、夫人の顔がグンッとのけぞり返る。

「あぁっ、だっ、だめっ……あぁぁっ……」

キリキリ甘噛みされた乳首と、大きく身じろぐことでみずから怒張を擦りあげてしまった花芯から第二波が夫人に襲いかかった。めくるめく快美感に全身が痺れる。すがりつくものを求めるように両手がギリギリシーツを握りしめた。

官能の大波に夫人は溺れ、たちまち我れを忘れた。淫らなまでに腰が突き動かされ怒張から与えられる快楽を憑かれたようにむさぼってしまう。

「いやあああっ……」

梶原の身体を跳ね飛ばさんばかりに腰を衝きあげた夫人は、黒髪を振りたてて官能の絶頂を告げる悲鳴をほとばしらせた。

ブルッブルルッ、弓なりにのけぞり硬直した総身をアクメの痙攣が続けざまに駆け抜けていく。

「……あうううっ……」

低い呻き声をあげた夫人の裸身が力尽きたようにシーツに崩れ落ち、アクメの金縛りから弛緩していく。

「いきっぷりが堂に入ってきたな」

満足げに頰をゆがめた梶原が身を起こすと、ヒクヒク絶頂の余韻を伝える肉壺からズルリと怒張を抜き取った。亀頭から粘度の高い樹液が銀色の糸を引き、どす黒い肉棒が水を浴びたようにグッショリと濡れている。

「ふふ、また潮を噴いたか。汁気が多い女だ」

充血した花弁を淫らに左右に開き、妖しくぬめ光る鮭紅色の亀裂からしとどにあふれた樹液がベットリとシーツに大きなシミを作っていた。

「いつまで余韻に浸っているつもりだ、理佐子」

グッタリとしている夫人の身体を梶原がうつ伏せに返した。

「……ああ……まだなにを……」

アクメの余韻から醒めきらぬ夫人が喘ぐように不安げな声をあげる。

「まだもなにも、ようやくウォーミングアップが終わったばかりさ。これからが本当の嬲わいだ」

梶原が夫人の腰を抱え起こした。剝き卵のように白い双臀の谷間を割り広げ、濡れそぼつ肉の裂け目を亀頭でズルリと擦りあげる。

ビクンッと汗に濡れた裸身に緊張が走り、理佐子夫人がうつつに戻った。

「……ひっ……ああっ……こ、こんな格好はいやっ……」

淫らに双臀を掲げさせられ、獣のように背後から犯されると知った夫人は声を引きつらせた。懸命に前に逃れようとする腰が屈強な力で引き戻され、そり返ろうとする背がグイと押さえこまれる。

「ふふ、本当にいやかな。尻からされる味を知らないだけだろう。こういう味だぜ」

ズブッ——怒張がトロトロに蕩けきった花芯を一気に刺し貫いた。

「ひいいっ……いやあっ……」

初めて知らされる背後からの挿入感に、夫人は顎を突きだすようにして悲鳴を噴きこぼした。異様な拡張感とともにジーンと灼けるような痺れが腰に広がり、さざ波のように背筋に染み渡っていく。アクメでトロトロに練りあげられた女肉を夫人の意志はすでに制御することができない。

「……ああっ……こんなっ……あああっ……」

身体から力が抜け落ちていくような甘美さに、夫人はのけぞらせた顔をせつなく揺すりたて、あえかな声を慄わせる。

「さあ、啼け」

梶原が強靭なストロークで腰を使い始めた。夫人の柔らかく熟れた双臀を打つようにビシッバシッと腰を叩きつけ、どす黒い怒張で白い臀丘の谷間を抉りぬいていく。

「あひいっ……いやっ……あううんっ……ああっ、あああっ……」

ケレンを捨てた容赦のない律動の前に、理佐子夫人はあらがう術はなかった。突きあげられるたびにガクンガクンと顔をのけぞらせ、わななくようにきざしきった声を噴きこぼして悶え啼いた。

腰骨が熱く灼け痺れ、炎の矢のような快美感が背筋を走り抜け、脳天で炸裂する。啼けば啼くほどに総身が熱く灼け、女肉がトロトロに蕩けていく。

めくるめく官能の渦の中からうねるような波が押し寄せてくる気配があった。すでに三度のアクメを極めさせられた夫人は、そのうねりが自分をどこにいざなっていくか、いやというほど知っている。

「ひいっ……ああっ、だ、だめっ……あひいっ……ゆるしてっ、お願いっ……」

狂おしく黒髪を振りたてた夫人が、ギュッとシーツを握りしめ、切羽詰まった哀訴の悲鳴をほとばしらせる。

「だめだ、声を絞って啼き狂え」

ズンとひときわ強く怒張を突き入れた梶原は、硬い亀頭で子宮を抉りぬくように腰を揺すりたてた。前にまわされた手が樹液に濡れた毛叢をまさぐり、プクンと膨れあがった女の芽を探りあてる。肉の尖りを根からしごきだすように剝きあげ、グリグリ指のあいだで揉みつぶした。

「いやあああっ……」

激烈な感覚が四肢にほとばしった。閃光を浴びたように視界が白く飛び、気の遠くなるような快感に脳髄が痺れる。

こらえるいとまもあらばこそ、理佐子夫人は汗を含んだ黒髪をバサバサ狂ったように振りたて、白い背筋を折れんばかりにググッとそり返らせて、一気に絶頂へと駆けのぼった。

「ひいいいいいっ……」

空気を引き裂くような悲鳴を噴きこぼし、突きだした乳房をプルプル慄わせて、硬直した裸身を天に向かって揉み絞る。

ギュウッと引き攣るように収縮した柔肉が怒張を捻じ切るように絞りあげ、たぎらんばかりに熱い樹液を浴びせかけた。

「ううッ――」

思わず精を絞りとられてしまいそうな肉壺の強烈な締めつけに、さしもの梶原も低い唸り声をあげて放銃を耐えなければならなかった。

「……はあああ……」

あえかな喘ぎとともに夫人の顔がガクリと前に落ちた。腰が砕け、桜色に上気した汗みずくの裸身が前のめりにシーツに沈んでいく。しどけなく手足を伸ばしたまま、もう身じろぐこともできない。

「ふふ、もう腰が抜けたか」

グッタリと重みを増した夫人の身体を梶原が転がすように仰向けに返した。

細い足首を肩に担ぎあげ、のしかかるように夫人の身体をふたつに折る。捧げるように浮いた腰のはざまにズブッと怒張が埋め込まれた。

「……ああっ……も……もうだめ……ゆるして……」

せつない喘ぎとともに夫人が声を慄わせる。

夫人の哀訴を無視した梶原の手が、夫人の顔を覆っていた黒髪を梳きあげた。

「いい顔になったな、理佐子」

トロンと煙るように潤んだ瞳、ハアハアあえかな息を噴きこぼすよだれに濡れ光る桜色の唇、上気した頬にベットリとまとわりついたほつれ毛——アクメに洗われ続けたその顔には男の力に屈してしまった女の匂いたつような色香がにじんでいた。

「さあ、固めの口づけだ。舌をだせ。痺れるほど吸ってやる」

「……そ……そんなこと……」

力なく首を振った理佐子夫人だったが、従えとばかりに怒張でググッと子宮を押しあげられると、拒まなければという意識が吸いとられるように萎えてしまう。

消え入りそうな哀訴とともに、濡れた唇のはざまからピンクの舌がおずおずと差しだされる。

「……ああ……ゆるして……」

慄えおののく舌先を梶原の分厚い唇がズルッと吸いあげ、夫人の柔らかな唇を押しひしゃげるように塞いだ。酒と煙草にまみれたおぞましい男の匂いが夫人の口腔をムッと満たした。

だが、ざらついた大きな舌で舌を絡めとられ、ちぎれんばかりに強く吸いあげられると、怒張を咥え込まされた花芯がジーンと熱く蕩けてしまう。

「……んんっ、んんんっ……」

夫人は細い顎を慄わせて、舌を梶原の舌にゆだねた。飲めとばかりに送り込まれてくる唾液を甘い呻きで喉を鳴らして嚥下していく。

（……ああ……私……だめになっていく……）

どうしようもなく汚されてしまった——そんな絶望的な思いにさえも、脳が痺れるような背徳の官能が潜んでいた。

「どうやら俺に従う悦びを覚えたようだな。オマ×コがヒクヒク蠢いて魔羅に吸いついてくるぜ」

長い口づけを終えると梶原が淫猥な嗤いを浮かべた。

「ふふ、理佐子、おまえを正真正銘の俺の女にしてやろう」

「……あぁぁっ……」

ググッと子宮を亀頭で押しあげられて、夫人が深い喘ぎを洩らした。

「わかるか、ここだ。この子壺に俺の熱いザーメンをたっぷりと注ぎ込んでやる」

「ひっ……」

理佐子夫人の身体が凍りついたようにこわばった。

「……いやっ……それだけはやめて……お願い……」

「だめだな。理佐子、おまえを孕ませてやる。良一の女房だったおまえが俺の子を孕む。これにまさる勝利はない」

「……そ、そんな恐ろしいこと……」

理佐子夫人の瞳が恐怖に見開かれ、顔がみるみる蒼ざめる。

夫人の恐怖を煽りたてるように、ズルッと引かれた怒張が、ズシンッと子宮を突きあげた。

「ひいっ、いやっ、いやですっ……そ、そんなことしないでっ……や、やめてっ……」

夫人が狂ったように顔を振りたてた。両手を前に突きだし、懸命に梶原の身体を押しのけようとする。だが、二肢を担がれ、折りたたまれた身体は逃れることはできない。

「ふふ、そんなにいやか。いやならヨガルな。あられもない声をあげて女の恥じをさらしたら最後、俺も遠慮なくオマ×コの中でいかせてもらう」

ニタリと残忍な嗤いを浮かべた梶原は、問答無用とばかりに腰を使い、野太い怒張で夫人の女を抉りぬき始めた。

「ひいいっ……いやあっ……いやですっ……し、しないでっ……」

夫人は総身を激しく揺すりたて、引きつった悲鳴をほとばしらせた。

だが、三度のアクメに練りあげられた女体には、ズブッズブウッと柔肉を掻き広げ肉壺を刺し貫いてくる強靭な律動にあらがう術はなかった。ピチャピチャ淫らな水音をたてて花芯を抉りぬかれるたびに、快美な痺れが腰骨を蕩かせ、背筋を貫き、脳髄を灼いた。

「あひっ……やめてっ……ああっ……いやっ、あああっ……」

総身が内から炎で炙られるような熱に包まれ、噴きこぼれる啼き声を抑えることができない。

（……ああ……感じてはだめ……啼いてはだめっ……）

祈りにも似たせつない思いとともに夫人は握りしめた手を口元に押しあて、懸命に羞ずかしい声を噛み殺す。

「……ううっ……」

「ふふ、そうだ理佐子、そういうおまえは本当に可愛い。がんばれよ、啼いちゃだめだぞ」

からかうように言った梶原はズンッと突きあげた腰を小刻みに揺すりたてた。剛毛で肉芽を擦りあげるように激しいバイブレーションを腰の芯へと送り込んでいく。大きな手が汗に濡れた乳房を揉みしだき、絞りだした乳首を指の腹でグリグリ押しつぶす。

「ひいいっ……だ、だめっ、あああっ……しないでっ、ああっ、あああっ……」

痺れるような快美感が夫人の総身を駆けめぐった。口元を押さえていたはずの手がすがりつくものを求めるようにシーツをかきむしり、ギリギリ握り締められる。宙に蹴りだされた白い足がブルブル慄え、足指がギュッと内に折りこまれる。

「あああっ……ゆ、ゆるしてっ……あひいっ、あああっ……」

理佐子夫人の中の女が決壊した。夫人は狂ったように顔を右に左に打ち振って、わななく唇から堰を切ったようにきざしきった声を噴きあげてヨガリ啼いた。

梶原がここを先途とばかりに激しく腰を使い、怒濤のような律動を送り込む。捧げるようにさらされた夫人の白い双臀の谷間を、どす黒い肉茎が白濁した樹液にまみれてズブッズブウッと情け容赦なく抉りぬいていく。

「ひいいっ、だ、だめよっ、あああっ、い、いやあああっ……」

狂おしい声を噴きあげて夫人が官能の臨界点を超えた。

ガクガク総身を揺すりたてたかと思うと、グンッと顎を突きあげ、白い喉を折れんばかりにさらして顔がのけぞり返った。

抉りぬかれた腰が肉棒をむさぼるように淫らに突きあげられる。

「ああああああっ……」

わななくように慄えた唇から絶頂を告げる断末魔の悲鳴がほとばしりでた。

アクメの痙攣がブルッブルルッと硬直した裸身を駆け抜けていく。

「ううむッ——」

梶原が唸るような咆哮をあげた。

吸いつくように肉茎に絡みつき、ギリギリ食いちぎらんばかりに締めつける夫人の女の芯で亀頭が膨れあがり、爆ぜた。ドクッドクンッという脈動とともに精の白濁が射込まれる。

「……ひいいいいっ……」

トロトロに蕩けた子宮を濃厚な精の飛沫に灼かれる——気の遠くなるような快美な感覚に、夫人は喉を慄わせ喜悦の叫びを噴きこぼした。

生汗にまみれた裸身がオコリにかかったように慄え、捻じれるように揉み絞られたかと思うと、ガクリとアクメの緊張を解いて弛緩した。

理佐子夫人は声にならない叫びを放つようによだれに濡れた唇をワナワナ慄わせ、そのまま意識を失った——。

第二章　供花　未亡人多江

1

亡き川奈良一が組織したピンクゾーン撲滅を目指す市民グループ「二百万石城下町の情緒と伝統を守る市民の会」の事務局は、ＪＲ北之宮駅の北側にある旧商店街の中にあった。

刷りあがったばかりの「川奈良一市民葬」のポスターとチラシをボランティアの若者や商店主たちが抱えては、三々五々昼前の街に散っていく。

「山本さんは城南区の各町内会の掲示板まわりをお願いします。ええ、そうです。車は高橋君が用意していますから」

森村多江が涼やかに通る声でてきぱきと指示をだす。夫の死後、五年間、ひとりで老舗の料亭を仕切ってきた多江の動きは適確で無駄がなかった。

事務局で活動をする時、多江は動きやすさから和服を身につけることはしない。デザイナーズブランドの黒のジーンズに紺の無地のTシャツというカジュアルな装いである。

Tシャツを押しあげるたわわな胸の膨らみ、グッと締まったウエストからムッチリと丸い曲線を描く双臀へのライン、スラリと伸びた脚――シンプルな服装にもかかわらず、美しいシルエットからは三十五歳の熟れた女の色香が隠しようもなくにじみでていた。

そんな女盛りの色香が決して卑俗に落ちることがなく、気品に満ちた美しさとなって放たれているのは、若々しく活動的な所作と、男勝りとも言える凛とした多江の気性によるものだった。

十日後に市民ホールで催す市民葬は、来月の市議会でのピンクゾーン撲滅条例案可決という既定路線を市当局や市民に向けて確認し、あらためてその方向性を決定づけるイベントになるはずだった。

事務局に張りつめた空気が漂っているのは、これが良一をとむらい、その遺志を継ぐためのイベントであることはもちろん、北之宮新地の風俗街を牛耳る梶原とその一派が水面下で市当局や市議会に揺さぶりをかけているという不穏な噂が流れているためだった。

多江はそれを単なる噂とは受けとめてはいなかった。

（……良一という障害がなくなった今、悪辣な梶原がおとなしく条例案の可決を待っているはずがない……）

不敵にも良一の葬式に梶原が現われたのは、その意志表示だったと思っている。どんな汚い手段を使ってくるのか、いや、もうすでになにかが始まっているのだろうか、冷静に見極めて策を講じなければならない。

そんな梶原の動向以外に、多江にはもうひとつ気がかりなことがあった。

理佐子夫人のことである。夫人とは初七日の夕刻に別れて以来、会っていなかった。市民葬のこともあり、電話で二度話をしたが、どうも様子がおかしい。元気がないのは夫を亡くした直後であるから当然と言えば当然だったが、それだけではないような気がする。「一緒に食事でもしましょうか」と誘っても、「ひとりにしておいて」と理由も言わずに答えるばかりだった。

良一が社長を務めていた北都フーズコーポレーションでも妙なことが起きているらしい。次期社長と見なされていた営業担当常務の菅原が持ち株を手放して退社し、社長には経理担当常務の堀田が就任することになったという。多江は良一とのつながりだけではなく同業ということもあり、菅原も堀田もよく見知っていたが、どうも合点がいかない。

どこまで立ち入っていいものかわからなかったが、この件も一度、それとなく理佐子夫人に確かめてみようと多江は思った。

「森村さん、ちょっと」

奥の部屋から市村直哉が顔を覗かせて多江を呼んだ。

やや腹の出た恰幅のいい四〇代の市村は県下でも名の知れた弁護士で、市民運動と法律の関係に詳しく、出身校である大阪の大学の講師も務めている。

良一と多江、そしてこの市村が事務局を動かしてきた。

「民自党の大原から電話がありました。民自党は条例案に反対する——そう言ってきたんです」

多江が部屋に入るなり、市村が暗い顔でそう言った。

「なんですって……」

多江の顔から血の気が引いた。

民自党は市議会の最大会派であり、大原耕造はその領袖だった。民自党が反対にまわったら条例案は否決され、廃案になってしまう。北之宮の由緒ある歴史と伝統を守り、市の経済を健全に盛りあげるために民自党が条例の推進母体になる、これは良一と大原のあいだですでに了解事項となっていたはずである。

「いまさら、どうしてですか？」

「わかりません。電話では答えてくれませんでした」

「なら、会いに行きましょう。すぐにでも」

「ええ、そのことは私も大原に伝えました。ただ……」

苦い顔をして、市村が言いよどんだ。多江が眼で先を促す。

「……今夜しか時間がないって言うんですよ。明日から一週間、東京だそうです」

多江は市村が言いよどんだ理由に合点がいった。市村は毎週水曜日、講師を務める大阪の大学で講義をしなければならず、夕方には北之宮を出発しないと間に合わないのだ。だが、市村のスケジュールに合わせて、大原が東京から戻るまで待つことはできなかった。市民葬を中途半端な形で開催するわけにはいかないことはもちろん、政治は勢いと流れであり、民自党の反対が公けになり既成事実化してしまうことはなんとしても阻止しなければならない。

「私がひとりで行きます。絶対、撤回してもらわなければならないんですから」

「そうしてもらえると助かります」

市村が頭を下げた。多江の交渉能力と機転のよさは充分承知している。

「ただ、大原が指定してきた場所が、椿亭なんですよ。たまたま今夜、民自党の幹部の会合があるということで、そこでなら話ができると言うんですが」

「椿亭」は剣山の麓にある高級料亭だった。「もりむら」よりも歴史は浅いが、北之宮では指折りの料亭のひとつだった。

「そんなこと気になさらないで大丈夫よ。幹部の皆さんが揃っているなら、こちらにも好都合でしょう。それに政治家が料亭で会合を開くのは、良し悪しはともかくとして、珍しいことではないですから」

実際、「もりむら」でも保守革新を問わず、政治家たちの会食、会合は頻繁に行なわれている。商売という点から言えば、むしろ政治家は上客と言うべきだった。

「……しかし、相手が大原ですから」

市村が言っているのは二年前のある事件のことだった。「もりむら」で酔っ払った大原が多江を口説き、脈がないと知るとあろうことか無理矢理ことをなそうとしたのだ。結果は惨憺たるものだった。大原は多江から痛烈な平手打ちを見舞われ、退散したのだ。料亭という商売柄もあり、多江は口をつぐんだが、それ以来、大原が「もりむら」の敷居を跨いだことはない。

「市村さんは気になさり過ぎです。あの事件を根に持っているなら、そもそも民自党は条例案に賛成するなんて言いださなかったはずです。私たちがしようとしていることはまったく正しいことなんですから。良一さんのためにも、今夜、私が絶対に説得してきます」

澄んだ瞳で市村を見つめて多江はきっぱりとそう言いきった。

2

指定された七時きっかりに多江は「椿亭」の玄関に立った。

裾ぼかしに菊柄をあしらった古代紫の品格ある訪問着が内に秘めた多江の決意を物語り、その凛とした美しさを際だたせていた。

「多江さん、お久しぶり。あいかわらずお綺麗ですこと」

多江を出迎えたのは女将の山村礼子だった。四十代前半の妖艶な美女である。同業者の寄り合いなどで多江は面識があったが、力のある男に媚びを売り、同性に対してはやかで皮肉っぽいその物腰がどうしても好きになれなかった。

礼子の案内で多江は料亭の奥へと向かった。仲居ではなく女将みずからが案内するところが大原の客としての格を示している。

「もう皆様、首を長くしてお待ちかねですわ。フフ、今夜は多江さんが主役なんですもの」

振り返った礼子が意味ありげに笑った。「主役」という言葉に引っかかるものを感じたが、あえて聞き返さなかった。大原との会談を前にそういう気分ではない。

母屋を過ぎ、長い渡り廊下を進む。

錦鯉の泳ぐ池に囲まれた離れの座敷に多江は案内された。

「……こ、これは……」

ふた間続きの広間に足を踏み入れた多江は愕然とした。待ち受けていたメンバーもその場の雰囲気も多江の予想とはまったく違っていた。

床の間を背にした上座の中央に禿頭を光らせた太鼓腹の大原耕造がでんと座り、その両脇に銀縁眼鏡の陰険な眼つきの赤城とちょび髭を蓄えた小池が並んでいる。赤城も小池も民自党の古株の幹部で、政治的な手腕よりも女癖の悪さで知られている男たちだった。多江も宴席で一度ならず卑猥な言葉遣いで口説かれたことがあった。

酒食の膳が並んでいるのは料亭なので当然としても、三人の横には芸妓がしなだれかかるように侍《はべ》って酌をしていた。大原の横に侍る芸妓は君佳だった。北之宮の花街きっての売れっ妓で、もちろん多江もよく見知っている。

スーツどころか、すでにネクタイもはずして芸妓を侍らせている三人の姿は、とても賓客を迎えて会合をしようという態勢には見えない。そのうえ、広間の中央にはどういう趣向なのか、木製の台座が設えられ、その上に純白の褥《しとね》が敷かれている。

そんな異様さもさることながらさらに多江を驚かせたのは、壁際の下座に梶原が薄笑いを浮かべて座っていることだった。梶原の横には、豊かな乳房の谷間が覗く濃紺のイブニングドレスを身にまとった情婦の園田ルミ子が侍っている。

（……なぜ、ここに……）

北之宮新地の風俗街を牛耳る首魁とその情婦——多江にとっては中学高校時代からの宿敵であるふたりが、上座に座る民自党幹部三人をもてなしている。その構図から導きだされる答はひとつしかなかった。

「大原さん、これが条例案に反対すると変節された理由ですか?」

多江は怒りに満ちた眼で大原を見据えると、冷ややかな声で訊いた。

「ふふ、客として招かれた席で挨拶もせずにいきなり本題に入るとは、さすがに気丈で名を売る女伊達、もりむらの女将だけのことはある」

「へへ、綺麗な女の怒った顔ほどそそられるものはありませんな」

泰然として答える大原に、すでに酔いがまわっている様子の小池が下卑た合いの手を入れる。

多江は小池を無視した。まっすぐに大原を見つめる。

「見返りはなんです？　利権、それともお金——いったいいくらでこの外道な男に北之宮を売り渡したんですか？」

「料亭の女将風情がそれを知ってどうする？」

大原は否定もせずに鷹揚に訊き返した。

「もちろん公けにします。賄賂は政治家として最も許されない犯罪、市民への裏切りです。その罪は告発されて、断罪されなければなりません」

多江の声は怒りで慄えていた。

「ふふ、多江、おまえは告発しようなんて気にはならないんだよ」

梶原が頬をゆがめて嗤った。

「政治は立派な商売だ。だから、先生方にはそれなりの金は渡した。だがな、先生方が俺の味方につくことになった最大の見返りは金なんかじゃない。多江、おまえなんだよ」

「……なんですって……」

梶原の言葉の意味が多江にはにわかに信じがたかった。

「フフ、私たちの切り札は多江さん、あなたの身体なの。これからあなたはここで先生方の慰みものになるのよ」

ルミ子がこれほど嬉しいことはないというように艶然と微笑んだ。

（……すべてが仕組まれた罠……）

市村が出席できない時を狙った会談の申し出、礼子が言った「主役」という言葉の意味、そしてなによりもこの宴席の中央に設えられた褥――梶原が仕掛けた悪辣な罠にまんまと飛び込んでしまった自分の迂闊さに、多江はほぞを噛んだ。

「梶原さん、いかにもあなたが考えそうな下劣な趣向だこと。でも残念ね、私には意志というものがあるの。帰らせていただきます」

毅然としてそう言い放った多江は踵を返した。

と、広間から出ていこうとする多江の前に、座敷の隅に控えていた黒ずくめの男ふたりが立ちはだかった。短く刈り込んだ髪に感情を殺した眼――身体中から凶暴な匂いを放つ梶原の部下だった。男のひとりはどす黒い麻縄を手にしている。

「おどきなさい」

恐怖を押し殺して多江は男たちの傍らをすり抜けようとした。だが、男たちの動きの方が素早かった。多江の手首を摑んで極めるとグッと背後に捻じあげる。

「痛いっ、なにをするのっ、放しなさいっ……」

懸命に振りもごうとするが、いかに気丈とはいえ非力な女が場数を踏んだ男ふたりにかなうはずはなかった。もう一方の手もやすやすと絡めとられ、背後に引き絞られてしまう。細い手首がひとまとめに重ねあわされ、麻縄をまわしかけられて容赦なく縛りあげられた。

「放してっ、やめなさいっ……」

多江は鋭い声を放つことしかできなかった。広間の中央に引き立てられ、縄尻を鴨居に通され、両手を斜め背後にまっすぐ伸ばした形で吊られてしまう。多江の踵が床から離れる位置で縄を留めた男たちは、ついにひと言も発することなく広間の隅に戻った。

「縄をほどきなさいっ、ほどかないと声をあげて人を呼びますっ……」

肩に走る痛みに耐えながら、多江は身を揺すりたて、声を絞った。

「ほほ、多江さん、どんなに叫んでも母屋には聞こえませんことよ」

女将の礼子が笑った。

「殿方が女を思う存分慰みものにする――この離れはそのために造られているんですもの。ですから多江さん、安心して羞ずかしい声をあげて先生方に啼かせていただきなさいな」

「……礼子さん……あなたまでどうして、そんな……」

「フフ、梶原様にお仕えする女はルミ子さんだけではなくてよ。この椿亭のオーナーは梶原様なの。知らなかったかしら」

微笑みを浮かべながら礼子は多江の横に立った。

ルミ子が腰をあげ、礼子とは反対側の多江の横に立った。上座に座る大原たちに向かって芝居がかった仕草で深々と一礼する。

「では、本日のお座敷ショーを始めさせていただきます。まず最初の演目は北之宮一と評判高い美人女将であり、ピンクゾーン撲滅運動のマドンナでもある、森村多江によるによる本邦初公開のストリップでございます」

ルミ子の芝居っけたっぷりの大仰な口上に、政治家という名の淫獣たちが歓声をあげ、手を叩いた。

「おお、始めてくれ。この俺に恥じをかかせた女将のヌードだ。出し惜しみをするほどの身体かどうか、尻の穴の皺の数までとくと見せてもらおう」

グイと酒精をあおった大原が口元を淫猥にゆがめる。

「まさか、もりむらの女将さんのお座敷ショーが見られるなんて夢にも思いませんでしたわ。なんだか女の私までドキドキしてしまいます」

大原にしなだれかかるように酌をしながら芸妓の君佳までもが瞳を輝かせる。

多江を裸に剝きあげるのは礼子の役目だった。

着物の扱いに慣れた礼子は無駄のない手つきで、しかももったいをつけながら多江の帯締めを抜き取り、結びを崩して、きつく締められた帯をシュルシュルと絹音をたてて解いていく。

支える力を失った帯が崩れるように多江の足元にすべり落ちた。

「……こ、こんなことをして……ただですむと思っているのっ……」

下卑た歓声をあげながら、ギラギラ欲望にたぎった視線を向けてくる淫獣たちの眼を多江が睨みつけて、悲痛な声を絞った。

「おお、その顔だ、その顔。気の強い女将らしいその顔がたまらないねえ」

「へへ、こんなことどころか、スッポンポンになったら、あんなことも、そんなこともいろいろと素敵なことをしてヒイヒイ啼かせてやるぜ」

淫獣たちはひるむどころか、手を叩いてますます下卑た言葉を返してくる。

（……ぜ、絶対にゆるさない……）

多江は唇をグッと噛みしめ、淫獣たちの嬲りものにされる屈辱を耐えた。

「まず一枚目よ」

ルミ子が多江に意地悪くそう告げた。背後から礼子が両手をまわして着物の衿を摑んで一気に二の腕まで引き剝いだ。訪問着の重厚な色合いとは対照的な楚々とした淡い水色の長襦袢が露わになる。

「……ああ……いやっ……」

引き結んでいたはずの多江の唇から思わず悲鳴が洩れた。

「ふふ、気丈に見せていてもやはり女だな。ああ、いやっ、とはな。女将らしくもない可愛い声をあげるものだ」

大原の揶揄に男たちが声をあげて大笑いした。

（……く、口惜しい……）

総身が慄えるほどの口惜しさを噛みしめながら、多江は石になろうと誓った。

絶対に女の弱みを見せてはならない。羞恥や屈辱の悲鳴はもちろん、怒りの言葉さえもが、下卑た男たちにとってはこのうえない愉しみなのだ。弱みをさらせば、嵩にかかってさらに嬲られるだけだ。

石になって耐え抜くことだけが、淫獣たちに屈しない道——多江はそう悟った。

「さあ、二枚目よ。フフ、いよいよ下着姿ね」

伊達締めと腰紐を引き抜いた礼子が長襦袢の衿を掴んで一気に肘まで引き剝いだ。

純白の肌襦袢と腰巻に包まれた熟れた肢体が淫獣たちの視線に隠しようもなくさらされる。

「……うう……」

多江は奥歯をギリギリ嚙み合わせ、下着姿をさらす羞恥と屈辱に懸命に耐えた。

「おお、これはたまらん」

大原が思わず唸り声をあげてズボンの上からいきりたつ股間を押さえた。

肌を包む二枚の薄布が柔らかく映しだすムッチリと熟れた女体のシルエット——女盛りのその匂いたつような色香に、淫獣たちの欲望がいやおうなく高まり、殺気だっていく。

「おい、もったいをつけずに乳を見せろ、乳をッ」

「そうだオッパイだ、夢にまで見た女将のオッパイを剝きあげろッ」

我慢がきかないとばかりに赤城と小池が口々に声を上ずらせる。

「フフ、女を嬲る時にせっかちは禁物ですことよ。でも、我慢は身体に悪いとも言いますから、皆様のリクエストにお応えいたしましょうか」

ルミ子がもったいをつけて男たちを見まわした。

「では、三十五歳、熟れ盛りの未亡人、森村多江の女のお道具、五年間の禁欲生活に耐えたお乳をとくとご覧くださいませ」

芝居がかったルミ子の口上を受けて、礼子の細い指が肌襦袢の衿を摘みあげた。

礼子はこれまでのように一気に引き剝ごうとはしない。多江の羞恥を煽るようにジワジワと寸刻みで左右にくつろげていく。雪のように白く艶やかな肌が次第に露わになり、ふくよかな肉丘の谷間が覗いた。

三匹の淫獣が身を乗りだすようにしてギラギラ欲望にたぎる視線をその谷間に注いでいく。男たちが生唾をゴクリと吞む音が聞こえてきそうなほどに広間がシンと静まり返った。

（……ああ……いやっ……やめてっ……）

夫にしか見せたことがない、この五年間守り通してきた肌を男たちの野卑な視線ばかりか、女たちの好奇に満ちた視線にまでさらさなければならない羞恥と屈辱――多江は総身を慄わせながら、噴きこぼれてしまいそうな哀訴の声を唇をグッと引き結んで懸命に抑え込んだ。

ジットリと汗ばんだ乳房の谷間がすっかり露わになり、ついには熟れた白桃のようなたわわな乳房が剝きだしになった。桜色に煙る乳暈の中にひっそりと埋もれた小豆のような乳首が、粘りつく淫らな視線に灼かれておののくように慄える。

乳房が露わになると、礼子はためらうことなく肌襦袢をむしりとるように二の腕まで一気に引き剝いだ。

「……ひっ……」

衆人環視の中でとうとう肌をさらされてしまった羞恥に、多江は顔を振りたて、身をよじるようにして総身を慄わせる。

「ほおおッ――」

男たちの口から期せずして感嘆のため息が洩れた。下卑た台詞を口にすることもおぼつかず、魅入られたように熱く淫らな視線を多江の乳房に注ぎ続ける。

それは完璧なまでに美しく熟れた乳房だった。丸くお椀型の肉球は見るからに重たげでありながらも微塵の崩れも見せずに、ツンと上を向いた乳首をおののかせ、たわわな量感を誇示するようにプルプル慄えている。うっすらと蒼い血脈を透かした地肌は白磁のような艶やかな輝きを見せ、蕩けんばかりにぬめ光っていた。

「なんと、こんなお宝を五年間も隠しておったのか」

「熟れきったオッパイとはまさにこのことだな」

感に堪えたように男たちがようやく言葉を洩らした。

「本当に綺麗なお乳ですこと。女の私まで変な気分になってしまいそう」

君佳までがうっとりとため息をつく。

（……たいした乳だな、多江、見直したぜ……）

ホスト役に徹し、感情を殺したように無表情だった梶原の頬が淫猥に歪んだ。

「多江さん、よかったわね。どうやらお乳は皆さんのお眼鏡にかなったようよ。でも女の価値はお乳だけじゃ決められないわよね。フフ、じゃ皆さんに多江さんのいちばん女らしい部分を見てもらいましょうか」

ルミ子の手が、腰巻に包まれたムッチリした双臀を探るように撫ぜまわした。

「……ひっ……なにをするのっ……」

多江が思わず声をだした。

「フフ、感心ね。ショーツは穿いていないようね。お腰を脱がせたら、まだ下にショーツを穿いていたっていうんじゃ、興醒めもいいとこでしょ」

「……あ、あなたは……それでも女なの……」

「勘違いしちゃだめよ、多江さん。女なのかどうか、皆さんに見極めてもらうのは私じゃなくてあなたなのよ」

意地悪く微笑んだルミ子は上座の大原たちに向き直った。

「皆様、お待たせいたしました。それでは森村多江の一糸まとわぬ姿をご覧いただきます。羞ずかしい毛の生え具合と女のお道具をじっくりとご鑑賞ください」

「おお、いよいよ女将のオマ×コのご開帳だッ」

「へへ、五年も空き家だったんだ。カビが生えているかも知れないな」

「なあに、女将のカビだったら、俺がペロペロ舐め取ってやるさ」

男たちの卑猥な言葉に多江は手をギリギリ握りしめ、唇を嚙みしめた。

(……ま、負けては……だめっ……)

気丈にそう言い聞かせても、女として最も秘しておきたい個所を淫獣たちの前にさらされる羞恥と恐怖が消えるわけではない。膝頭が抑えようもなくガクガク慄えてしまう。

「フフ、慄えているわよ、多江さん。どんなに気が強いといっても女は女ね。裸になるのは羞ずかしいし、男に嬲られるのは死ぬほど怖い。女なんだから、つらければ泣いていいのよ」

ルミ子の手が腰巻の結び目に伸びた。

「昔からのよしみで、私がお腰をとって素っ裸にしてあげる」

スルッと結び目が解かれた。

「……ひっ……」

多江の身体がビクンッとこわばる。

やめてっ――思わずこぼれそうになった哀訴の言葉をかろうじてこらえられたのは、ルミ子の意地の悪い笑い顔があったからだ。

負けてなるものか――多江は気力を振り絞って唇を引き結び、ルミ子を睨みつけた。

「フフ、あいかわらず強情だこと。でも、どこまでそのやせ我慢がもつかしら」

ルミ子が腰巻の締め込みの部分に指を入れ、グイグイこじ広げて緩めていく。

「さあ、ストリップのフィナーレよ」

歌うように言い放つと、ルミ子は多江の身体から離れた。

ズルッ――締め込みの緩んだ腰巻がそれ自体の重みでずり下がっていく。

キュッと締まったウエストからムッチリと丸く張りだした腰のラインがジワジワと露わになり、縦長の臍の窪みから白く平らな下腹部が徐々にその姿を現わしていく。

腰巻の縁から漆黒の翳りが覗いた。

「へへッ、オケケの端が見えてきたぞッ」

小池が素っ頓狂な声をあげて、身を乗りだす。眼を血走らせた大原と赤城が申し合わせたようにゴクンと生唾を呑んだ。

（……ああっ……だ、だめっ……）

思わず身じろいだその動きが、逆に多江にとって命取りとなった。

腰の丸みの頂点にかろうじて引っかかっていた腰巻がズルッとずり下がったかと思うと、ハラリと広がるように多江の足元に舞い落ちた。

おおッ――淫獣たちがどよめくような歓声をあげた。

（……ひいっ……いやっ……）

噴きこぼれそうになる悲鳴を懸命に噛み殺した多江は、右足をくの字に引きつけ、淫獣たちの視線から女の源泉を隠そうとした。だが、艶やかに生い茂る毛叢のすべてを隠すことはできない。ムッチリとした太腿の付け根に覗いた漆黒の茂みが、多江の肌の白さを際だて、熟れた女の色香を隠しようもなくにじませてしまう。

羞恥と屈辱の悲鳴を押し殺した多江だったが、ガクリとうなだれた顔をせつなく慄わせ、総身を縮ませるようによじりたてるその姿は、一糸まとわぬ裸身をさらす羞恥に身悶える女の姿そのものだった。

「うーむ、なんともはや、女盛りとはよく言ったものだ。色っぽい腰つきをしているとは思っていたが、ここまでムチムチ熟れているとはな」

くびれたウエストからうっすら脂の乗った腰まわりを舐めまわすように、淫らな視線を這わせて大原が唸った。

「まったくですな。こんな男好きのする身体で、よく五年もの孤閨《こけい》を耐えてきたものです。もったいないとしか言いようがありませんな」

眼を血走らせた赤城が感に堪えたようにうなずいた。

「ううッ、抱き心地のよさそうな身体だ。もう我慢がきかん」

小池が股間の盛りあがりを両手で押さえつけて獣じみた声をあげた。

「ほほ、我慢することなんかございませんわ。森村多江は先生方の慰みものにするために用意した女です。さあ、どうぞ、遠慮なく嬲ってやって下さいませ」

ルミ子はそう宣言すると、礼子とともに梶原の横の席に戻った。

このルミ子のひと声で淫獣たちが解き放たれた。ヘラヘラ淫猥極まりない嗤いを浮かべて席を立った三人がよだれを垂らさんばかりに多江を取り囲む。

「……な、なにをしようというのっ……」

薄気味の悪さに鳥肌だった多江が思わずあとずさろうとするが、後手を吊られた身体にもちろん逃げ場はない。

「へへ、女将、こんな熟れた身体をしてカマトトぶるなよ。俺たちがたっぷり可愛がってていい声で啼かせてやろうというのにさ」

小池がもう我慢がたまらないとばかりに、多江のたわわな乳房をムンズと摑んだ。

「……ひっ……さ、さわらないでっ……やめてっ……」

下卑た手で乳房を揉みしだかれる屈辱に、思わず多江が声を引きつらせ、激しく身を揺すりたてた。

だが、これが引き金になってしまった。女の抵抗ほど男の欲望を刺戟し、淫らな血を燃えあがらせるものはないのだ。

三匹の淫獣が多江の美しい裸身にむしゃぶりついた。六本の触手のような手が白く艶やかな肌を傍若無人にまさぐり、這いまわる。たわわな乳房を揉みしだき、乳首をつまみ、毛叢を梳きあげ、ムッチリした臀丘を撫ぜまわす。

「……や、やめなさいっ……いやっ……ゲスな手でさわらないでっ……やめてっ……放しなさいっ……」

六本の手で身体中を嬲られる恥辱に、多江は狂ったように顔を振りたて、総身を激しく揺すり、叫び声をあげた。石になろうという決意を忘れたわけではなかったが、総身がそそけだつようなおぞましさに声をあげずにはいられない。

「……あ、あなたたちは、かりそめにも市民に選ばれた政治家でしょっ……は、恥じを知りなさいっ……」

だが、もとより政治家に恥じの意識などがあるはずはない。そのうえ、眼の前には極上の美人が全裸で身をくねらせているのだ。

「はは、俺たちは政治家は政治家でもリッシンベンの性事家なんだ」

そううそぶいた大原がピッチリ閉ざされた腿の付け根の毛叢にむしゃぶりついた。

「ひいいっ、いやあっ……」

思わず喉を絞った多江の悲鳴が火に油を注ぎ、男たちはさらに大胆になっていった。小池は根から絞りだした乳首を分厚く醜い唇に含んでチューチュー音をたてて吸いあげ、白い双臀をかき抱いた赤城は臀丘の谷間をヒルのような舌でベロリベロリと舐め始める。

美しく熟れた裸身に三匹の淫獣がむしゃぶりつくこの狂態に、ルミ子と礼子は残忍な笑みを浮かべ、芸妓たちは眼を丸くして見入っていた。

ただひとり、梶原だけが醒めた眼をして酒精を嘗めている。

（まるで飢えたハイエナどもだな。屠りあげた女の数を自慢して、ご大層に性豪ぶっ

ている癖に、このていたらくだ。極上の女を与えてやったというのに、女の嬲り方のイロハも知らんとは)

最高級の素材を最低の味つけで台なしにされてしまったような、後悔にも似た思いが梶原の脳裡をよぎった。それは女を屠ることを生き甲斐とする嗜虐者梶原の偽らざる思いだった。

だが、そんな後悔もつかのまのことだった。北之宮の闇に君臨する王となる——権力への野望がその思いを打ち消した。

梶原は煙草を咥えると火をつけた。肺いっぱいにニコチンを吸い込んで気を鎮め、フーッと吐きだす。虚空に広がる紫煙の向こうで淫獣たちの狂態が続いていた。

「ふふ、女将、そろそろ年貢を納めてオマ×コを見せるんだ。さあ、足を開け。俺が姫貝の品定めをしてやろう」

よじるようにピタリと閉じ合わされている多江の太腿のあいだに、大原が手をこじ入れ、強引に二肢を割り裂こうとした。

「……いやですっ……だ、誰があなたなんかにっ……」

多江は懸命に二肢を擦り合わせるが、不自由な姿勢で縛られているうえに、乳房と双臀をふたりの男に執拗に嬲られている身では思うように力が入らない。ジワジワと二肢がこじ開かれていく。

「へへ、マン毛の陰から羞ずかしい割れ目が見えてきたぞ」

大原の淫猥で下卑た嗤い声に、多江の心で羞恥と怒りが渦を巻き、カーッと血がわきたった。

「や、やめなさいっ」

叫ぶように声を放った多江は渾身の力を込めて、大原の顔を足で蹴り飛ばした。

「あううッ――」

情けない声をあげて、大原の身体がもんどりうって床に転がった。

その情けなくみっともない姿に芸妓たちが声をあげて笑った。

「貴様ッ、一度ならず二度までもこの俺をコケにしたなッ」

顔を真っ赤にして立ち上がった大原が拳をギリギリ握りしめる。メンツだけを重んじる政治家が芸妓に笑われるような醜態をさらしてしまったのだ。今にも殴りかからんばかりの逆上ぶりだった。

「まあまあ、大原先生。女を殴ったら男の負けですよ」

梶原がさりげなく大原の前に立ちはだかってやんわりと言った。

「先生を足蹴にするような生意気な女をグウの音も出ないまでヨガリ啼かせてこそ本

望というものじゃないですか？　先生ほどの性豪ではありませんが、ご存知のように女を扱うのは俺の商売の柱です。ジャジャ馬にはジャジャ馬の堕とし方、啼かせ方があるんですよ。それをご伝授しますから、多江に死ぬほどの生き恥じをかかせてやりませんか？」

政治力も金力も、力という意味ではすでに梶原の方が大原を凌駕している。その梶原に下手に出られては大原も大人気なく怒り続けるわけにもいかない。それにその方面では名うての梶原の女を堕とす手管を教えて欲しくもあった。

「いいだろう。だが、一番槍はこの俺だぞ」

大原は子供のようなことを言って梶原の提案を承諾した。

「もちろんです。先生方が多江を慰みものにする、そのための宴なんですから、俺はサポートをするだけですよ」

苦笑いを押し隠した梶原はそう応えると、多江に向き直った。

「そういうわけだ、多江。俺のやり方で嬲ってやる。男勝りのおまえに自分が女だということをいやというほど思い知らせてやろう」

梶原の頬に残忍で淫猥な嗤いが浮かんだ。それはこの夜、梶原が初めてかいま見せた獣の本性だった。

3

梶原の部下ふたりの手で多江は吊りから下ろされ、すでに用をなさなくなった着物や襦袢を腕から抜きとられると、宴席の中央に敷かれた夜具の上に放りだされた。

両手が左右から摑み取られ、斜め頭上に引き伸ばされる。

「……いやっ……やめてっ……放すのよっ、放しなさいっ……」

多江はたわわな乳房を弾ませ、懸命に身をよじりたてた。

だが、抵抗する女の扱いに慣れた男たちは微塵も動じることがない。手首に縄が掛けられ、夜具の下の台座の角に設えられた鉄環に容赦なく繫ぎ留められてしまう。

「……な、なにをするのっ……放してっ……」

ジットリと汗ばんだ腋窩をさらして、純白の夜具の上にYの字型に拘束された多江は顔を激しく左右に振りたてた。放たれる声に微かに恐怖がにじんでいる。

「へへ、俎板ショーってやつだよ。と、言ったところで、お上品な女将にはわけもわからないか」

小池が言わずもがなことを言って嗤った。

「オマ×コをさらしあげろ」

梶原の声にふたりの男が動いた。膝を折るように二肢を下腹部に引きつけて身を縮ませる多江の足首を左右から絡めとる。

「……や、やめてっ……やめるのよっ……」

足を開かされる——悪辣な意図を察した多江が声を引きつらせた。

「はは、いよいよご開帳だ」

「女将のオマ×コ初見参か、へへ、かぶりつきで見てやるぜ」

眼をギラギラ血走らせた淫獣たちが床に這うようにして覗き込む。

「うう っ……や、やめてっ……」

多江は渾身の力を込めて二肢を引きつけるが、男ふたりの力にかなうはずはなかった。ジリジリ二肢が引き伸ばされ、懸命に擦り合わせていた膝が離れてしまうと一気に左右に割り裂かれた。どっと淫獣たちの歓声があがる。

「……ああっ……」

衆人環視の中で女の源泉をさらされる羞恥に多江は悲痛な声を洩らした。

懸命に引き戻そうとする足首に縄が掛けられ台座の鉄環に繋ぎ留められてしまう。

だが、恥辱はそれだけではなかった。多江の腰の下にふたつ折りにした座布団が捻じ込まれたのだ。

「……こ、こんなっ……」

捧げんばかりに腰を虚空に突きだす羞ずかしい格好に、多江は顔をよじりたてた。生汗の浮いたうなじが羞恥に火照り、うっすらと桜色に染まる。

こんもりと盛りあがった女の丘に黒々と繁茂する艶やかな絹草がブルブル慄え、ムッチリとした太腿の付け根の筋がおののくようにピクピク引き攣る。

だが、どれほど裸身を揺すりたてても、繊毛に縁どられた女の源泉をもう隠すことはできない。桜色の花弁を内に折り込み、ピタリと口を閉ざした一条の肉の合わせ目がクッキリと露わになり、その下の谷間に息づく菊の蕾までが淫獣たちの眼にさらされた。

「ほお、意外に慎ましやかなオマ×コだな」

「気の強い女はマン毛が濃いって俗説通り、へへ、なかなかたいした毛の生やしっぷりじゃないか」

「女将、尻の穴まで丸見えだぜ。ヒクヒクおちょぼ口をすぼめて可愛いもんだ」

口々に卑猥な言葉で評した大原たちがよだれを垂らさんばかりに布団に這いあがろうとするのを、梶原が制した。

「おっと待った、先生方。女が素っ裸でオマ×コはおろか、尻の穴までさらしているんだ。その布団に野暮な格好のまま上がるっていうのは、不粋ってもんじゃないですかね。気丈な女将に対して失礼ですよ」

「なるほど、そいつはそうだ」

大原が淫猥な嗤いを浮かべてうなずいた。裸になって、気の強い多江の恐怖と羞恥をさらに煽りたててやれ、という梶原の意図に気づいたのだ。

男たちは我れ先にとばかりにシャツをかなぐり捨て、ステテコもろともズボンを引きおろした。醜くたるんで、ぶざまに突きだした腹の下で隆々と屹立した男根が赤黒い亀頭も露わに剝きだしになる。

「……ひっ……」

三本のグロテスクで不気味な男根を垣間見てしまった多江は捻じるように顔をそむけた。三人の男の慰みものにされる恐怖が現実感とともに多江の心を締めつける。いやっ、という悲鳴はかろうじて嚙み殺したものの、割り裂かれた二肢がガクガク慄えてしまうのを抑えることはできない。

「ふふ、どうやら女将も先生方の逸物をお気に召したらしい。では、そのお返しだ。女将のオマ×コが先生方の眼鏡にかなうかどうか、実地検分といきましょう」

梶原の言葉に、大原が醜く出た腹と男根を揺すりたてるように布団にあがり、割り裂かれた多江の二肢のあいだに屈みこんだ。這いつくばった赤城と小池が太腿の左右からこんもり盛りあがった毛叢のあわいを覗き込む。

「ふふ、女将の観音様をとくと拝見させてもらおうか」

大原が両手の指で閉じあわされた花弁をグイと押し広げ、五年間封印されてきた多江の女の源泉を剝きだしにした。サーモンピンクも鮮やかな、わずかに湿り気を帯びた女肉の構造が淫猥な視線の前に逃れようもなくさらされる。

「ほお、使い込んでいないせいか、綺麗な色をしてやがる」

「典型的なうわつきの、味のよさそうなオマ×コだぜ」

「ふふふ、眼福だな」

男たちの顔が舌なめずりせんばかりに淫らに崩れていく。

（……く、口惜しいっ……）

女の源泉をまるで商品のように評される羞恥と屈辱——多江はギリギリ奥歯を嚙みしめ、ブルブル総身を慄わせて懸命に耐えた。

「匂いはどうです？　まさか本当にカビ臭いなんてことはないでしょうが」

羞恥をこらえる多江の顔を見つめながら梶原が淫獣たちに、次にとるべき嬲りを指し示す。

「どれどれ、女将のオマ×コの匂いを嗅いでやろう」

梶原の意図を察して聞こえよがしに言った大原が肉の亀裂に鼻を擦りつけるように近づけ、クンクン音をたてて多江の秘所の匂いを嗅いだ。

「ふふ、甘酸っぱい熟れた女の匂いがプンプンするな。饐えた桃の匂いだ」

俺にも嗅がせろとばかりに身を乗りだした小池が団子鼻を亀裂に押しつけた。

「おお本当だ、熟れきったスケベな匂いをしてやがる。へへ、微かに小便の匂いまで混じった、いやらしい女の匂いだ」

「……ううっ……や、やめなさいっ……」

あろうことか羞恥の源泉の匂いを嗅がれ、下卑た言葉で嬲られる——総身の毛が逆立つような羞ずかしさと口惜しさに多江は顔を振りたて、拘束された手足がもげんばかりに裸身を激しくよじりたてた。

「へへ、いきがいいな。こっちの味は俺が見てやろう」

多江のあらがいぶりに気をよくした赤城がクルリと肉芽の包皮を剝きあげた。珊瑚色の光沢も鮮やかな肉珠が露わになる。

「これはまた大粒なスケベそうなクリだな」

赤城は舌を伸ばすと女の芽をベロリと舐めあげた。

「……ひっ……」

ビクンッと多江の裸身が慄えた。

「へへ、いい感度だ。愉しませてもらえそうなお道具だぜ」

秘所を舐められるおぞましさと、物のように評される屈辱に多江の怒りが沸点に達した。顔を起こして淫獣たちをキッと睨みつける。

「……あ、あなたたち……私が……泣き寝入りするなんて、思わないことね……」

激しい憤怒に、美しい顔が阿修羅のようにゆがみ、声が慄える。

「……絶対に訴えてやる……覚悟して嬲るがいいわ……女を甘く見ないでっ……」

悲愴な決意とともに放たれた言葉とまなじりを決したその真摯な眼の光に、さしもの淫獣たちもたじろぎを見せた。本当に訴えられるのではないかという不安が脳裡をよぎり、動揺が走る。

「ふふ、オマ×コをさらして口にする台詞にしては上等だ。たいした度胸だと誉めてやろう」

皮肉な調子で言った梶原が、三人の動揺を鎮めるようにパチパチパチと手を叩いた。

「だが、多江、おまえこそ、俺を甘く見ない方がいい」

部屋の隅のバッグからなにやら取りだした梶原は、多江の顔を覗き込むようにドサリと布団に腰をおろした。

「どうやらおまえは五年の空閨で女であることを忘れてしまったらしい。俺が思いださせてやろう。女に生まれたことを後悔するほど、たっぷりとな」

ニヤリと嗤った梶原は、黒革製のアイマスクで多江の顔を覆った。

「ひっ……な、なにをするのっ……」

ヒンヤリとした革の感触に視界を奪われた多江が顔を振りたてた。

だが、アイマスクを振りもぐことはできない。グイと顔を引き起こされ、後頭部でしっかり革ベルトを締めあげられて視界を奪われてしまう。

「ふふ、女であることを忘れたジャジャ馬を、ヒイヒイ羞ずかしい声で啼き狂わせるためのオマジナイだ。――こいつもそうだ」

梶原は太目の煙草のフィルターのようなものを手に取った。レーシングドライバー用の高性能の耳栓である。その耳栓が多江の左右の耳孔に捻じ込むように入れられた。

「……い、いや……やめてっ……」

視覚と聴覚を奪われた多江の声が慄えた。アイマスクから覗くスッと通った鼻筋が不安におののくように揺れる。

「こうされると、女はいやでも自分の触覚と向き合わざるを得なくなる。つまり感度がいやおうなく高まるというわけです」

怪訝そうに見つめる大原たちに梶原が淫猥な嗤いを浮かべて言った。

「そのうえ、自分の声すらきちんと聞くことができないから淫らこのうえない声をあられもなくあげて啼いてしまう」

「へへ、そいつは面白い」

舌なめずりをした小池が多江の乳房に手を伸ばそうとした。

「おっと、待った。乳を責めるのはまだ先ですよ。急いてはことを仕損じる——ご存知のように、これは女を堕とす時の大原則だ。先生方には俺の指示に従ってもらいます、いいですね?」

三人が不承不承にうなずくのを確認した梶原は、ルミ子と礼子に顎をしゃくった。

「おまえたちは多江の足をしゃぶってやれ」

「はい、かしこまりました」

ふたりはいそいそと多江の左右の足元にそれぞれ屈みこむと、白く華奢な足をしっかりと両手で摑んだ。

「ふふ、この責めで嬲られて啼き狂わずにいられる女はひとりもいませんわ。梶原様を信じることです」

ルミ子は半信半疑な表情の三人にそう言うと、眼を妖しく輝かせて多江の足指を口に含んだ。

「ひっ……な、なにをするのっ……」

無音の闇の中でいきなり両足を摑まれ、足指がヌメリとした気色の悪い感触に襲われた多江はビクンッと総身を慄わせた。アイマスクの顔が戸惑うように揺れ、言葉の強さとは裏腹に声が不安げに慄える。

（……足を……な、舐められている……）

潔癖症で性に対してスクエアな多江にとって、足の指を口に含まれて舐められることなど予期しないどころか、あってはならないことだった。全身の毛が逆立つようなおぞましさから逃れようと、身体をよじりたてずにはいられない。

だが、どんなに身を揺すりたてても、縄で縛られた足首をガッシリと摑まれているために、そのおぞましさから逃れることはできなかった。

ルミ子と礼子は手に伝わってくる多江の抵抗を心地よく感じながら、ジュブジュブ音をたてて唇で足指をしごくようにしゃぶりあげ、舌を絡めて吸いあげていく。

梶原に仕える女として、この淫靡な責めでいやというほど啼き狂わされた経験があるふたりは、女にとってなにが最もつらく耐えがたいかを熟知していた。唾液をたっぷりとまぶしつけるように足指一本一本を丹念にねぶり終えたふたりは、眼でうなずきあうと、尖らせた舌先で指の股を掃くようにペロペロ舐め始める。

「……ひっ……い、いやっ……やめてっ……」

こそばゆさとおぞましさ——いてもたってもいられないような得体の知れない刺戟に、多江は顔を右に左に捻じるように振りたてて、狂おしく腰をよじりたてた。

「ふふ、踊り始めましたね。もっと淫らに腰を振らせてやりましょう」

多江の身悶えを眼を丸くして見ている淫獣たちに梶原がニタリと嗤いかけた。

「赤城先生と小池先生は多江の腋の下を舐めてやって下さい。思いきりいやらしい気持ちを舌に込めて、唾をたっぷり垂らして、焦らすように丹念にゆっくりと舐める。強い刺戟を与えてやる必要はありません。弱くていいんです。執拗に続けること——それが勘所です」

「へへ、合点承知だ」

もとより淫猥な資質だけは充分持ち合わせているふたりは、すでにおぼろげに梶原の意図を掴んでいた。生汗にジットリと濡れた剝きだしの腋窩に下卑た顔を近づけると、真っ赤なヒルのような舌を差しのべ、甘酸っぱい汗を掬いとるようにベロリベロリと舐めあげていく。

「……あひいっ……い、いやあっ……」

突然、左右の腋窩を襲ったヌメーッと肌に粘りつく不気味な刺戟に、多江は細い顎を突きあげるようにして悲鳴を噴きこぼした。耳栓で聴覚を奪われているその声は思いのほか大きな声だった。

多江は最初、腋窩がなにに襲われたのかわからなかった。ヌメリヌメリとナメクジのように敏感な肌を蠢く気色の悪い感触が舌で舐めあげられているものだと悟ると、そのおぞましさに鳥肌がたった。

「……ひいっ……そ、そんなことっ……いやっ……や、やめてっ……」

多江は視界を奪われた顔を振りたて、総身をガクガク揺すりたてて声を絞った。気丈に「やめなさい」と言い放つ余裕はすでになかった。

「へへッ、いい声になってきたぜ」

多江の噴きこぼす悲鳴に女の弱さを嗅ぎとったふたりは、ますますいやらしく舌を使った。舌全体を押しつけてベロリと二の腕まで舐めあげたかと思うと、汗と唾液でヌルヌルになった腋窩を硬く尖らせた舌先で無数の小さな渦を描くようにチロチロとくすぐりあげる。

「……ああっ……や、やめてっ……ひいいっ……」

どんなに声を絞っても、身をよじりたてても多江には逃れようはなかった。四匹のナメクジのような舌は間断なく、足指をしゃぶり、指の股をねぶり、腋窩を這いまわり続ける。

いや、四匹だけではなかった。五匹目のナメクジがあろうことか、臍の窪みにヌメリと潜り込んできたのだ。

「ひいいっ……いやああっ……」

あまりの気色の悪さに多江は喉を慄わせて悲鳴を噴きこぼした。

足指、腋窩、臍――潔癖症の多江にとっては、どこか不浄でいとわしい個所ばかりを口と舌で唾液まみれにされるおぞましさは、身体を固くして耐え忍べるようなものではなかった。ひと時もじっとしていることができず、身体を揺すりたて、のたうたせずにはいられない。

だが、どれほどもがきたてあらがおうとしても、X字に広げられた四肢を縄で拘束された身は逃れようがなかった。そのうえ、目隠しと耳栓をされているために意識をほかにそらすこともままならず、おぞましくこそばゆい異様な刺戟と向き合わざるをえない。

(……ああっ……く、狂ってしまう……)

飽くことなくくりかえされ、とどまる気配をまったく見せない執拗な嬲りに、多江の息はあがり、悲鳴の合い間合い間に苦しげな吐息がハアハアッ音をたてて噴きこぼれる。総身から生汗が絞りだされ、のたうち続ける裸身が妖しいまでにぬめ光った。

「……ひいっ……いやっ……お、お願い、やめてっ……ひいいっ……」

とうとう気丈な多江の唇から哀訴の言葉がこぼれでた。

それは梶原が待っていた変化だった。梶原は全員に声をかけ、舌での嬲りを中断させた。

「ふふ、乳首をカチンカチンに尖らせて、すっかり練りあがったな」

荒く乱れた息とともに大きく波打つ乳房に梶原が顎をしゃくった。乳暈の中になかば埋もれていたはずの乳首はまったく触れられていないにもかかわらず、いまや朱を刷いたように淫らに色づき、痛々しいほどの屹立を見せている。

「オマ×コももう綻びているはずですよ」

多江の股間を覗きこんだ男たちの口からおおッという驚きの声があがった。

つい先ほどまでピタリと口を閉じ、慎ましやかなたたずまいを見せていた多江の秘所の様相が一変していたのだ。

充血した花弁が左右にめくり返り、鮭紅色にぬめ光る淫らな女肉の構造をすっかり露呈していた。貝の舌を重ねたような肉口はにじみでた樹液でしとどに濡れそぼち、多江が荒い息を吐くたびにヒクリヒクリと妖しい蠢きをくりかえしている。

「こいつは凄い。いつのまにかスケベ汁まで垂らしているわい」

「へへ、熟れきった牝の匂いがプンプンするぜ」

男たちが淫猥に頬をゆがめて顔を見合わせる。

「ふふ、どんなに気丈に生意気な口を叩いたところで、所詮は女。嬲り方さえ間違わなければ、淫らな本性は隠しようもなく露わになる」

梶原がニヤリと嗤って言った。

「では、この小生意気な未亡人からあられもないヨガリ声を絞りとってやるとしましょうか」

次なる策を梶原が講釈し始めると、もう異を唱える者はいなかった。淫獣たちは眼をギラギラ輝かせて悪魔の言葉に聞き入った。

ハアハアッ——荒い息を噴きこぼす多江は、視界と音を奪われた闇の中で、突然与えられた休息をむさぼるのが精一杯だった。淫獣たちの企みに意識がまわらないどころか、息を整えることさえすぐにはおぼつかない。

だが、唐突に与えられた休息は唐突に破られる。ヌメリとした感触とともに、ふたたび腋窩に、足指に、臍の窪みにナメクジのような五枚の舌が襲いかかった。

「ひいいっ……いやっ……も、もう、やめてっ……」

狂おしいばかりの悲鳴をほとばしらせて、多江が裸身を引き攣らせ、激しく揺すりたてて身悶える。

と、プルプル弾むふたつの乳房が脂ぎった手に包まれ、ユルユル揉みこまれた。

その動きと呼応するように、剝きだしの女の丘を別の手が這い始める。五本の指が艶やかな毛叢を掻き乱すようにサワサワと蠢き、盛りあがった丘肌をくすぐるように弄ぶ。

それだけではなかった。ヒンヤリとした手がジットリと汗の浮いたうなじを撫ぜさすり、餅のような耳朶をくすぐり始める。

「……ああっ……こ、こんなっ、ああっ……や、やめてっ……あああっ……」

わななき慄える多江の唇からせつない喘ぎが噴きこぼれ、狼狽したような悲鳴がそれに重なり、激しく揺すりたてられていた総身がブルブル慄える。

（……ああっ……ど、どうして……）

たったそれだけの変化で、これまで身体を責めさいなんでいたおぞましさが払拭され、その感覚と入れ替わるように甘美な痺れが女肉の芯に染み渡っていく。腋窩を這いずる舌の動きにさえ、快美な感覚が呼び起こされ、増幅されていく。

それは多江がこの五年あまり忘れていた感覚——まごうかたなき官能のきざしだった。

（……こ、こんな……どうしてっ……わ、私……感じ始めている……）

多江は慄然とした。禍々しい縄で自由を奪われ、どれほど憎んでも憎み足りない男たちに嬲られているというのに、身体がその嬲りに応え始めている。それは決してあってはならないことのはずだった。

だが、意識とは裏腹に、シナシナ揉み込まれる乳房の甘美さに羞ずかしい喘ぎが噴きこぼれるのを抑えることができない。

「……ああっ……い、いやですっ……ああっ……お願い、や、やめてっ……」

狼狽も露わに哀訴が口をつき、熱い喘ぎが次から次へと放たれてしまう。

そんな多江をあざ笑うように、左右の腋窩をねぶっていた二枚の舌が申し合わせたように汗の浮いた柔肌をツツーッと舐めのぼり、ふたつの乳房をそれぞれペロリペロリと舐め始めた。

その蠢きに呼応して、もう一枚のナメクジのような舌が臍を離れて滑らかな腹をチロチロと舐めおりていく。

「……ひいいっ……や、やめてっ、ああっ……お願いっ……ああっ、いやっ……」

毛叢を掻き分けて谷底に滑り降りた舌が、女の亀裂の形をなぞるようにパクリと開いた花弁の脇をチロチロペロペロ舐め始める。

左右の乳房の膨らみを満遍なく舐め終えた二枚の舌がそれぞれの頂上へと這いのぼり、桜色の乳暈の縁を唾液を塗り込めるようにまるくなぞりあげた。

女の急所を責める時はこれからどこを責めるかをしっかりと女に伝え、そこに女の意識を集中させてから責めろ——梶原の教え通りに、三枚の淫獣の舌が次なるターゲットの縁を執拗なまでに丹念に舐め続ける。

（……ああ……こ、こんな……どうしたらいいのっ……）

女の源泉から熱く羞ずかしいしたたりがあふれだすのが多江にはわかった。

爆ぜんばかりに硬く勃起した乳首が痛いほどジーンと疼き、腰の芯が灼けるように熱い。

五年間封印してきた女の生理が剝きだしになる感覚に多江は戸惑い、うろたえ、少女のように怯えた。乳首と花芯を責められることが心の底から怖かった。

「……ああっ……お願い……し、しないでっ……ああっ……」

その恐怖が哀訴の声になってほとばしりでてしまう。いやいやと言うようにアイマスクに覆われた顔がせつなく振られる。

その声を待っていたかのように、三枚の淫らな舌が女の急所に襲いかかった。左の乳首が舌先で弾かれるように転がされ、右の乳首はちぎれんばかりに吸いあげられた。ベロリ——ヒルのような舌がしとどに濡れた肉溝を舐めあげる。

「ひいいっ……いやあっ……あああああっ……」

汗にぬめ光る裸身が大きく波打つように揺れた。痺れるような快美な感覚が腰を襲い、背筋を駆け抜け、脳天を刺し貫いた。多江は顎を突きあげるようにグンッと顔をのけぞらせ、きざしきった啼き声を噴きあげた。

艶やかな色香を帯びて尾を引くように慄えるその啼き声は、多江が封印し続けてきた官能の豊かさを隠しようもなく物語っていた。

「ふふ、男の欲望をかきたてるようないい声で啼けるじゃないか」

梶原は満足げにつぶやくと、多江の耳孔に埋め込んでいた耳栓を抜き取った。

「……ああっ……あひいっ……ああっ、あああっ……」

多江の耳に自分が噴きあげる声が生の音となって流れ込んできた。思いもよらず大きく響くその声は、あまりにも淫らで羞ずかしい女の啼き声そのものだった。

「ああっ……こ、こんなっ……いやっ……あああっ……」

身体の芯がカーッと灼け、総身の毛穴から血が噴きだすような羞恥に多江は激しく首を振りたてた。

だが、乳首と花芯、そして足指から送り込まれる甘美な刺戟はこらえようもなく、口を引き結ぶどころか、喉を慄わせてきざしきったヨガリ声を噴きこぼしてしまう。

「どうした多江、もう居丈高にやめなさいとは言わないのか？　ふふ、言えないほどの気持ちよさか。――では、淫らな声でヨガリ啼く未亡人の顔を拝ませてもらおうか」

梶原が多江の顔からアイマスクを剝ぎとった。

「ひっ……いやっ……ああっ……」

まばゆい光の渦が眼に飛び込んでくる。官能にきざしてしまった顔を見られる羞ずかしさに、多江は顔をシーツに擦りつけるようにしてそむけた。

「ふふ、多江、羞ずかしがるのはまだまだこれからだぜ。さあ、女の生き恥じをさらさせてやる」

ニタリと嗤った梶原は、無防備にさらされた多江の耳孔に舌をヌルッと挿し入れた。

「ひいいっ……いやっ……やめてっ……」

脳髄に舌を挿し入れられたようなおぞましさに、多江は激しく顔を振りたてて、梶原の舌から逃れた。だが、ほかの五枚の舌からは逃れようがなかった。

「あひいっ……そ、そこはいやっ……ひいいっ、いやっ……あぁっ、あああっ……」

総身に電気を流されたようにビクンッと多江の裸身が跳ね踊り、顔がのけぞり返った。空気を切り裂くような鋭い悲鳴がほとばしりでる。

大原が多江の女の芽を根まで剝きあげ、むしゃぶりつくように吸いあげたのだ。

「ああっ、いやっ……ああっ、や、やめて、お願いっ……あひいいっ……」

もちろん、淫獣たちがやめるはずはない。

美人女将をアクメ地獄に堕としてやる――夢にまで見た目標に向かって、下卑た欲望を全開させ、持てる技巧のすべてを傾けて多江を責めたてた。

乳房を揉みしだき、絞りだした乳首をねぶりぬき、コリコリ歯をたてて甘嚙みする。尖りきった肉芽をしごくように唇で吸いあげ、激しく震わせた舌先でピチャピチャ弾き転がしていく。

「ひいいっ……い、いやっ、あああっ……んんんっ……あひいっ。あああっ……」

負けてはだめ、こんな男たちに負けるわけにはいかない――多江は懸命に唇を引き結び、四肢を突っ張らせてこらえようとしたが、五人がかりの舌責めにきざしきってしまった熟れた女体が耐えられようはずはなかった。

ギュッと内に折り込んだ足指をルミ子と礼子にしゃぶり伸ばされ、指の股を舌先でペチャペチャくすぐられると下半身の力が抜けてしまう。その腰の芯に肉芽から快美な刺戟が容赦なく送り込まれる。甘嚙みされる乳首がジンジン灼け、甘美な痺れに総身がブルブル慄え、脳髄がトロトロに蕩けた。

気が遠くなるような官能の渦の底からさらに大きな熱波が立ちあがり、多江を一気に呑み込んだ。

「あああっ……だ、だめっ、い、いやよっ、ああっ……し、しないでっ……」

女体が崩壊する予感に多江は腰をガクガク慄わせ、官能に染まった哀訴の叫びをほとばしらせた。

手首を縛めた縄がギュッと握りしめられ、ちぎらんばかりに引き絞られる。

「ひいっ、い、いやっ、いやっ、いやよっ……あああっ……」

美しく整った顔を阿修羅のように引きつらせ、多江は狂ったように頭を振りたてて拒絶の叫び声をあげた。それが崩壊の合図だった。ギリギリ収縮した総身が、魂消えんばかりの悲鳴とともにグンッと弓なりにそり返り、突きあげられた腰が大原の顔を弾き飛ばす。

「ひいいいいいっ……」

絹を引き裂くような悲鳴とともに、そり返らせた裸身をキリキリ揉み絞るようによじりたて、多江は肉の愉悦の頂点を極めた。

ブルッブルルッ——腰を突きあげ、硬直した裸身をアクメの痙攣が続けざまに駆け抜けていく。

「……はあああっ……」

あえかな吐息とともに弛緩した多江の身体が夜具の上に崩れ落ちた。

凄絶なまでの絶頂に、さしもの淫獣たちも呆けたように多江の裸身を見おろすばかりでしばらく言葉もでない。

その沈黙をようやく破ったのは小池の淫らな嗤い声だった。

「へへへ、凄まじいいきっぷりだったな」

「女ざかりの熟れきった未亡人だ。相当溜まっていたんだろう」

「おい、見てみろ、この垂れ流しざまを」

大原に促され、多江の股間を覗いた小池と赤城がおおッと感嘆の声をあげた。

唾液にまみれた肉芽も露わにパクリと爆ぜた肉の亀裂から、甘く饐えた女の匂いをムンムン立ち昇らせて濃厚な花蜜があふれでて、シーツにベットリと大きな染みを作っていた。

「ふふ、スケベな匂いをプンプンさせて。これはまた盛大に垂れ流したもんだな」

「なにしろ、五年分のスケベ汁だからな」

「へへ、そいつはいい。濃縮熟成スケベ汁ってわけだ」

淫獣たちは勝ち誇ったように淫らな笑い声をあげた。

「いつまで顔を伏せているつもりだ、多江」

ガクリとシーツに伏せている多江の顔を梶原の大きな掌が挟みこむようにしてさらしあげた。

「恥じを極めた顔を男の前にさらすのも女の務めだ」

「……ああ……いや……」

ハアッハアアッと熱い喘ぎを噴きこぼしながら多江が、よだれにまみれた桜色の唇を慄わせて、せつない声をあげた。上気した頬にほつれ毛をへばりつかせて喘ぐその顔には、えもいわれぬ色香がにじんでいる。

「ふふ、女らしい、いい顔になったな。小生意気な口をきいて突っ張っているより、よっぽど可愛い顔だぜ。男に打ち負かされ、恥じを知った女の顔だ」

梶原の意地の悪い言葉に、トロンと見開かれた多江の瞳からみるみる涙があふれ、真っ赤に火照った耳を濡らした。

憎んでもあまりある男たちの罠にまんまとはまり、五年間守り通してきた身を汚され、女にとって羞恥の極みである姿をさらしてしまった——それは多江の悔恨と口惜しさの涙だった。

「気丈なおまえがとうとう泣いたか。だが、涙を見せればもっと泣かされる——それが女の定めだ。ふふ、腰が抜けるまで先生方に啼かせてもらうがいい」

梶原はニヤリと嗤うと腰をあげ、自分の席に戻った。ターキーをグラスに注ぎ、生のままグイと飲み干す。

「……ああっ……いやっ……もうやめて……」

多江がせつない声をあげて身を揺すりたてた。ルミ子と礼子が足指への嬲りを再開したのだ。赤城と小池が両側から挟みこむように多江に絡みつき、乳房をシナシナと揉みしだきつつ、腋窩から二の腕に舌を這わせ始める。

「なにがやめてだ。これからがいよいよ本番だ。俺のチ×ボでヒイヒイヨガリ啼かせてやる」

大原が淫猥な嗤いを浮かべて腰を突きだすと、隆々とした男根で多江の亀裂をズルリと擦りあげた。

「ひいっ……いやっ、やめてっ……」

なかば覚悟はしていていても、硬く熱い亀頭で女の源泉を嬲られると、操を蹂躙される恐怖が現実感を伴ってヒシヒシと多江の心を締めあげる。それが淫獣たちを悦ばせる薬味にしかならないとわかっていても、多江はガクガク身を慄わせ、悲鳴をほとばしらせずにはいられない。

「ふふ、さあ、オマ×コにぶち込むぞ、ほら、ほらッ」

男勝りの気丈な女将が生娘さながらに悲鳴を噴きあげるさまが大原には愉しくてならない。本来なら、いやというほどフェラチオをさせてから犯してやりたいところだったが、根が小心な大原は男根を噛まれることを恐れて、それを試す勇気はなかった。その鬱憤を晴らすように、亀頭で肉口をおびやかしては多江の悲鳴を絞りとる行為を延々とくりかえした。

醒めた眼でその光景を眺めていた梶原はおもむろに立ち上がると、ズボンもろともブリーフを無造作に脱ぎ捨てた。ユラリと異形の逸物が姿を現わす。大原たちの男根とはその大きさはもちろん、禍々しいまでに張りだした鰓、ゴツゴツ節くれだった肉茎といい、その形状も桁違いの逸物である。

だが、梶原の位置が背後の死角にあたることもあって、多江の凌辱に夢中の大原たちはまったく気づいていない。ヒッと、息を呑んで愕然と眼をみはったのは三人の芸妓だけだった。

芸妓たちをジロリとねめつけた梶原は胡坐を組むと、君佳に顎をしゃくった。

「君佳――」

「……はい……」

君佳がしゃんと背筋を伸ばして返事をする。北之宮一の売れっ妓君佳の旦那、つまりパトロンは梶原だった。君佳は半玉だった時代に梶原に眼をつけられ、買い取られて水揚げされた。いわば、君佳は処女から梶原に仕込みあげられた女だった。

「ここに這え」

梶原の意図を察したふたりの芸妓が膝を移動し、梶原の前にスペースを作る。

一瞬、ためらいを見せた君佳だったが、唇を引き結ぶと梶原に背を向ける格好で正座をした。畳みに両手を重ね、そのうえに顔を擦りつけるようにして、深紫の艶やかな着物に包まれた丸い双臀を梶原の前に掲げる。

「尻を剝きあげろ」

すでにお座敷で何度もこのような場面を経験しているふたりの芸妓が、引きずりと呼ばれる芸妓の着物特有の長い裾を左右から絡めとり、長襦袢もろともめくり返した。ムッチリした腰のラインもなまめかしい真っ赤な腰巻が露わになる。だが、それもつかの間のことで、薄皮を剝ぐように腰巻がめくり返され、雪のように白く瑞々しい君佳の双臀が、深い谷間にぬめ光る鮭紅色の肉の亀裂も露わに剝きだしになった。

「……ああ……いや……」

消え入りそうな声で君佳が喘いだ。何度体験させられても、年下の同性の手で双臀をさらされる羞恥には慣れることができない。

「声はいらん。これを口に詰めてやれ」

梶原から手渡されたおしぼりが、赤く紅を引いた君佳の口に詰め込まれる。

「よし、嬲わわせてやる」

君佳は掲げた双臀を心持ち下げると、膝で擦るようにして後ろへずり下がった。

硬く熱い亀頭がヌルッとした感触とともに亀裂にあたった。君佳はその感触で女の源泉がすでに濡れそぼっていることを知った。責め嬲られる多江を見ているうちに妖しくきざしていたのだ。

（……ああ……羞ずかしい……）

自分の旦那とはいえ、同性の前で嬲わわねばならない羞ずかしさに慄えながら、君佳は双臀を淫らに動かし、亀頭を花口へと導く。梶原に動く意志がないことはわかっていた。もちろん、梶原の意に背くことなど絶対にできない。

君佳はゆっくりと双臀を沈めた。ズブッ——硬い亀頭が肉口を押し広げ、慣れ親しまされた拡張感とともに野太い肉棒が君佳の女を縫いあげていく。

「……ううっ……」

子宮口まで咥え込むと、腰の芯が痺れるような快美感に君佳は顔を微かにのけぞらせて呻いた。だが、いつまでもそのままでいるわけにはいかない。君佳はゆっくりと腰を前後に揺り動かし、肉壺で男根を擦りあげて梶原に奉仕をしながら、官能の渦の中にみずからを追い込んでいく。

「うむ、いい具合だ」

ジットリと濡れ、熱を帯びた柔肉が怒張に絡みつき蠕動する感触に、梶原はようやく人心地ついたというように唸った。

多江をアクメに追いつめる過程で、梶原もまた収まりがつかないほど激しく欲情していた。多江ほどの極上の美女が、市会議員という肩書きを除けば単なるスケベオヤジに過ぎない大原たちに凌辱される光景を、ただ座して眺めている気にはなれなかったのだ。

芸妓に作らせたターキーのロックで喉を潤した梶原は、男根を君佳の肉壺にゆだねながら、淫獣たちに操を汚される多江の姿にふたたび暗い眼を向けた。

「……ああっ……も、もうやめて……お願い……」

多江がきざしきった声を慄わせて哀訴する。

花芯のとば口を男根でおびやかされては貫かれずに焦らされる——猫が鼠をいたぶるような大原の嬲りは多江にとってまさに地獄の責め苦だった。

そうされているあいだも足指を執拗にねぶられ、赤城と小池に乳房を揉みしだかれ、二枚の舌に腋窩からうなじ、そして耳朶をペチャペチャと舐めまわされていた。

遠火であぶるように官能を高められながらもトドメを刺されないもどかしさと、男根で花芯を貫かれ決定的に操を汚されてしまうことへの恐れ——官能と恐怖に翻弄されて、多江はすでに気もそぞろだった。

「ふふ、情けない声をあげおって。お願い、もう入れて、そう言っているようにしか聞こえないぞ」

とうとう念願の女将をものにできる——大原は喜びも露わに淫猥な嗤いを浮かべ、醜く膨らんだ腹をタプタプ揺すった。

「よし、女将、犯してやる。俺に手をあげた報いをしかと受け取るがいい」

ズブッ——赤黒い亀頭が多江の濡れそぼつ花芯に深々と突き入れられた。

「ひいいっ……いやああっ……やめてえっ……」

多江が狂ったように総身を揺すりたてて、悲痛な叫びをほとばしらせた。

五年間守り通してきた夫にしか許したことのない身体を、節操のない下卑た男に無理矢理犯される屈辱――激しく振りたくられる多江の顔を新たな涙が濡らした。

「おお、これが女将のオマ×コか。ネットリとチ×ボに吸いついて、キリキリ締めつけてくるわい。淫らに肉が蠢いてチ×ボが奥へと奥へと吸い込まれていくようだ。これが名器というヤツか、こんな味わいのオマ×コは初めてだ」

思いもよらぬ肉壺の感触に大原は悦びも露わに声をうわずらせた。

「ふふ、どこがいや、なにがやめてなものか」

美しい顔をゆがめて悲鳴を噴きこぼす多江の激しいあらがいぶりが与えてくれる凌辱の醍醐味と征服感――、熱くトロトロに蕩けた柔肉が男根を吸いあげるように絡みつき捻じ切らんばかりに締めつけてくる快感――有頂天になった大原はもっと啼かせてやるとばかりに、しゃにむに腰を使って責めたてた。

「……ああっ……や、やめてっ……だ、だめっ……あああっ……」

凄絶なアクメを極め、今もまた五人がかりで嬲られ続けて、官能を高められた女体の芯を激しく突きあげられては、多江にはこらえようがなかった。

こんな下卑た男に――そう思いながらも、狂おしく身をよじりたて、きざしきった声を噴きあげてヨガリ啼かずにはいられない。

「おお、俺のチ×ボがそんなにいいか。よおし、いかせてやる。いけッ、いけえッ」

多江のあられもない反応に大原はますます夢中になって、歓喜の雄叫びとともに一層激しく腰を突き動かした。

だが、それが大原にとっては命取りとなった。

嫌がる女を無理矢理犯していく凌辱の醍醐味と征服感にカーッと頭に血を昇らせ、キリキリ締めつけるたぐいまれな名器を相手に前後の見境もなくしゃにむに突きあげてしまった大原は、多江をアクメに追い込む前に、自分が快楽の頂点へと追い込まれてしまったのだ。

「ううッ、た、たまらんッ。くそッ、い、いかんッ」

大原の唸り声と切迫した気配に、精を射込まれると知った多江は血の気を失った。

「ひいいっ……そ、それはいやっ……やめてっ……し、しないでっ……」

狂ったように四肢を突っ張らせ、ガクガク総身を揺すりたてて、大原の身体から逃れようとする。そんな多江の激しい嫌がりようが、懸命に射精をこらえようとしていた大原の自制のタガを逆にはずしてしまった。

「ううう ッ――」

獣じみた唸り声とともに大原の身体がブルブル震え、キリキリ締めあげてくる肉壺の中でいきりたった男根が無残に暴発した。

「いやあああっ……やめてええっ……」

ドクドクッと女の芯に精の汚濁を注ぎ込まれるおぞましさと、取り返しがつかない身体にされてしまったという絶望感——多江は顔をもげんばかりに振りたてて、泣き叫んだ。その悲痛な姿には、気丈な女の面影はすでになかった。

（愚か者め——）

官能にズッポリと絡めとられ、きざしきっている多江をアクメに追い込めもせず自爆した大原の醜態に、梶原は怒りと軽蔑を隠そうともせずに頬をゆがめた。

おのれの思いに酔ってはならない——それは女に屈服を強いる際の鉄則だった。本命の女との初めての媾わいが往々にしてうまくいかない理由もおのれの思いに酔い、溺れてしまうからである。

あくまでもクールに女を見据え、ハードに責める——これができなければ、女を堕とすことはできない。所詮、男は自分の欲望の器にあった快楽しか得ることができないのだ。

（恥じを知れ——）

多江ほどの極上の女の操を、それも五年間の空閨をこんな愚かな男が破ったのかと思うと、梶原は言い知れぬ憤怒にとらえられた。

その怒りは君佳にぶつけられた。ユルユルと腰を揺すりたて、健気に奉仕を続ける君佳の双臀を梶原はグッと押さえつけると、熱く蕩けた花芯に叩きつけるような激しい律動を送り込んだ。

（……ひいいっ……いやあっ……）

自分で腰を使い続け、官能の高まりの中にいた君佳は突然襲いかかってきた激しい刺戟の前にひとたまりもなかった。鋭く快美な痺れが花芯から背筋を突き抜け、脳天を刺し貫くと、こらえきれずにそのまま絶頂を極めてしまった。

「……ううううっ……」

日本髪の髷を載せた顔をグンッとのけぞらした君佳は、口に咥え込まされたタオルをキリキリ嚙みしめ、畳に爪を立てて、アクメを伝える呻きを放った。

引き攣るようなアクメの痙攣とともに、ギュウッと怒張を食い締めてくる秘肉の収縮を味わった梶原は、汗の浮いた君佳の双臀をピシャリと平手で打った。

「休むな、奉仕を続けろ」

「……ううっ……」

ガクリと弛緩していた君佳の身体がせつなげな呻きとともに、ふたたびゆっくりと前後に揺れ始める。熱い樹液をほとばしらせた花芯がピチャピチャと淫らな水音をたてた。

「へへ、女将、次は俺の番だぜ」

喜び勇んだ小池の声が広間に響き渡った。

「こいつはまた濃厚なザーメンをぶち込まれたもんだな」

屹立した男根を揺すりたてながら多江の股間を覗きこんだ小池が、あきれたように言った。パクリと開いた花芯から樹液に導かれるようにドロドロの白濁があふれでている。

「まあ、俺もかなり溜まっているから人のことは言えないが——。へへ、女将、ギトギトに濃いザーメンを注ぎ込んでやるぜ」

小池の赤黒い亀頭が、精と樹液でトロトロになった花口にヌルリとあてがわれた。

「……ああっ……もう、いやっ……やめて……お願い……」

おぞましい感触に多江が泣き濡れた顔を慄わせて訴える。

「へへ、いい感じだ、女将。もっと嫌がってくれよ。嫌がる女を、それもとびきりの上玉を無理矢理犯す機会なんてのは、そうそうあるもんじゃないからな。さあ、女将、遠慮なく泣き叫べ」

小池が叩きつけるように腰を突き入れた。ジュブウウッ、男根がしとどに濡れた肉壺を抉り、子宮口を一気に突きあげる。

「ひいいいいっ……いやあああっ……」

汗に濡れた白い喉をさらして多江の顔がのけぞり返る。五年の空閨を淫獣たちの肉棒で続けざまに破られた未亡人の悲痛な叫びが広間に響き渡った——。

4

淫獣たちの宴は終わった。

広間の中央の褥《しとね》にX字型に拘束されたままの多江の白い裸身が汗と唾液と精の汚濁にまみれて横たわっている。三匹の淫獣に二度ずつ犯された多江は、啼き濡れた瞳を茫と虚空に向けたまま、放心状態だった。

結局、血気にはやり過ぎ、自制の歯止めが利かない淫獣たちに女の恥じを極めさせられることはなかったが、都合六度にわたり、おぞましい精の汚濁を女の源泉に注ぎ込まれ、五年間守り通してきた貞節と矜持を完膚なきまでに汚されてしまった。

(……取り返しのつかない身体にされてしまった……)

深い絶望の淵に沈みこんでしまったかのように、多江は鉛のように重くなった裸身を横たえ続けていた。白い肌に生々しい愛咬の痕を刻み込まれたたわわな乳房が、重く静かに波打ち続ける。

「……ああっ……あああっ……」

宴のあとの広間に啜り泣くような女のあえかな喘ぎ声が聞こえ続けていた。

それは君佳の啼き声だった。後ろ襟から覗くうなじをジットリと汗で濡れ光らせて君佳は延々と双臀を揺すりたて、梶原の怒張への奉仕を続けさせられていたのだ。

突然、なんの前触れもなく襲いかかってくる容赦のない律動ですでに三度の絶頂を極めさせられている。ほつれ毛をまとわりつかせ、桜色に上気した顔をせつなく慄わせながら、君佳はあえかな声を洩らしながら啼き続けた。

だが、梶原の口からは君佳に許しを与える言葉はない。梶原は多江の裸身を無表情にじっと見つめ続けている。

すでにほかのふたりの芸妓は置屋に帰され、三人のほかには部屋の隅にじっと端座し続ける梶原の部下がいるだけだった。

と、襖が開き、数人の仲居を引き連れた礼子とルミ子が広間に戻ってきた。

このような場面を見慣れているのだろう。仲居たちは、凄惨な凌辱のあとをとどめる光景にも、表情ひとつ変えずに淡々と梶原の傍らに冷えたビールとグラスをのせた新たな膳を置き、空いた膳を片づけていく。

「大原様たちは無事お帰りになりました」

ルミ子が梶原に一礼して報告した。

「ああ、多江の身体を清めろ」

「はい、心得ています」

礼子の手で多江の股間にタオルが分厚く敷き詰められた。ポータブルのビデを手にしたルミ子が屈みこむと、ノズルを多江の花芯に深々と挿入する。

「……ひっ……な、なにを……」

冷たい異物の挿入感に多江の身体がビクンッと慄える。

「フフ、多江、感謝なさい。獣どもの精液を洗い流してあげるのよ」

意地悪く微笑んだルミ子が楕円形のビデを押しつぶした。ジューッと洗浄液の冷たい噴射が子宮口を叩き、肉壺を洗う。

「ひいいっ……いやっ……」

腰の芯が冷えるような異様な感触に多江がブルルッと総身を慄わせ、悲鳴を噴きこぼす。四肢を突っ張らせ、裸身を激しくよじりたてた。

「フフ、まだ元気があるわね。安心したわ」

ルミ子はビデを取り替えると、ふたたび冷たい洗浄液を多江の花芯に注ぎ込む。

「多江さん、身体も綺麗にしましょうね」

礼子が洗面器の氷水にタオルを浸した。軽く絞っただけの濡れタオルを多江の剝きだしの腋窩に押しあてると、丁寧に拭き清め始める。

「……ひっ……つ、冷たい……な、なにをするのっ……」

冷水を含んだタオルの冷たさに多江の柔肌がたちまち鳥肌だつ。

「ふふ、なにって決まっているでしょ。お床入りの準備よ」

「……お……お床入り……」

「そうよ、あなたはこれから梶原様にたっぷり可愛がっていただくのよ」

「……そ、そんなっ……」

淫獣たちに身を汚された上に、諸悪の元凶であり、どれほど憎んでも憎み足りない梶原に犯される——あまりのことに多江の顔から血の気が引いた。

「いやよっ……そんなこと絶対にいやっ……」

多江はガクガク身を揺すりたてて悲痛な声をあげた。

「フフ、多江、怖がらなくても大丈夫よ」

肉壺の洗浄を終えたルミ子が、濡れタオルで亀裂を丹念に拭き清めながら笑った。

「あんなひとりよがりの獣どもと違って、梶原様は女の扱いを充分心得ていらっしゃるわ。ヒイヒイ声が嗄れるまで、ヨガリ啼かせていただけるのよ」

ルミ子は多江の女の芽を剝きあげると、濡れタオルでしごくように汚れを拭いとる。

「ひっ……いやっ……いやよっ……」

多江の身悶えを愉しむようにルミ子と礼子は、汗と唾液で汚れた全身を隅々まで拭き清めた。振りたくる頭を押さえつけ、うなじから耳朶、そして顔も冷たいタオルで拭き清める念の入れようだった。

「さあ、仕上げはこれよ。あなたご愛用のミツコでおめかししてあげる」

ルミ子は香水の瓶を手に取ると、シュッと指先に噴きかけ、多江の耳朶とうなじに優雅な香りを擦り込んでいく。

「……い、いや……や、やめて……」

憎い男に凌辱されるために夫が大好きだった香りを身に纏わされる屈辱——多江はせつなく声を慄わせ、激しく顔を振りたてた。

「フフ、だめよ、多江。腰が抜けるまで可愛がっていただくんですから、きちんとおめかししなければ失礼でしょ」

多江の嫌がりようにに気をよくしたルミ子は、腋窩、乳房の谷間、そして女の丘を覆う漆黒の繊毛に、ベルガモットの香りを意地悪な手つきで擦り込んでいく。

多江の身体を清め終わった時には、すでに仲居たちは姿を消していた。

「多江の準備が整いました」

礼子とルミ子は梶原の前に正座をすると深々と頭を下げた。

梶原は返事もせずに、君佳と媾わったまま悠然とシャツを脱いだ。隆々とした筋肉で覆われた屈強な肉体が露わになる。手酌でビールを注ぎ、ゴクゴク喉を鳴らして飲み干した梶原は、手で口元を拭いながらニタリと酷薄な嗤いを浮かべた。

その悪魔のような冷たい嗤いに礼子とルミ子がサッと緊張する。

この嗤いを浮かべた時の梶原の凶暴さと冷酷さをふたりともいやというほど知っていた。嗜虐の本性が剝きだしになるのだ。ふたりは心の中でその矛先が多江にだけ向けられることを祈った。

「よおし」

低く唸った梶原はズルッと君佳の双臀から怒張を引き抜くと、おもむろに腰をあげた。ああっ——安堵とも悲嘆ともつかぬあえかな喘ぎを洩らして君佳の白い双臀が揺れる。

「礼子——」

「……はい……」

礼子の声が微かに慄える。

「寝屋をもうひとつ用意してくれ。——小川、高田」

はっ——短く返事をして、端座していたふたりの部下がサッと立ちあがる。

「蛇の生殺しでは君佳が哀れだ。ふたりで存分に可愛がってやれ。尻も許す」

梶原がニヤリと嗤った。

「ありがとうございます」

男たちが淫猥な笑みを浮かべて一礼する。

「い、いやですっ……そ、それだけはゆるしてくださいっ……」

血の気を失った君佳が声を慄わせて哀訴する。

「だめだな。今宵は大原一派が俺の傘下にくだった祝いの夜だ。部下を慰労することも俺の女の務めだ。——全員下がれ」

にべもなく言った梶原が顎をしゃくった。

「……お願いです……ゆ、ゆるしてっ……」

悲鳴を噴きこぼす君佳を男たちが左右から抱え起こすと、引きずるようにして礼子とルミ子のあとに続いて広間を出ていく。廊下を引きたてられる君佳の悲鳴が遠ざかり、やがて聞こえなくなると、ふたたびシンと広間が静まり返った。

「余興は終わりだ」

君佳の樹液を浴びてテラテラぬめ光る漆黒の怒張をユラリとそびやかして、梶原が多江を見おろした。

「……ひっ……」

大原たちの男根とは較ぶべくもない禍々しいまでの妖気を漂わせる異形の男根に多江は思わず息を呑み、顔をそむけた。あんなおぞましくグロテスクなもので凌辱されるのだ——恐怖に多江の血が凍り、総身におぞ気が走る。と同時に、この男だけには絶対に犯されたくない——という怒りにも似た思いがこみあげてくる。

「あなたは鬼よ、それも最低の鬼だわっ……」

多江は恐怖をねじ伏せると、梶原をキッと睨みつけて言い知れぬ感情を吐きだした。

「そうだ、それでこそ、俺が知っている多江だ。大原ごときに犯されて泣き叫ぶおまえの姿にはがっかりさせられたからな。ふふ、その小生意気な美人ヅラこそおまえにふさわしい」

梶原は屈みこむと、キッと睨みつける多江の顔を覗き込み、怒りに慄えるその頰をいとおしむようにそっと撫ぜた。

「さわらないでっ……」

大原たちによる凌辱もすべてこの男が仕組み、そのために操を汚されたばかりか、ピンクゾーン撲滅という良一との夢も水泡に帰そうとしている——口惜しさ、怒り、そして憎しみ、こみあげてくる激情を多江は抑えることができない。

ビュッ——多江は梶原の顔に唾を吐きかけた。それが手足の自由を奪われた多江にできる唯一の憤怒と憎悪の意志表示だった。

「ふふ、最高だぜ」

吐きかけられた唾を拭った梶原がニタリと残忍な嗤いを浮かべる。

「やはり、大原たちの貧弱な魔羅ではおまえの性根を変えることはできなかったようだな。ふふ、嬉しいぜ。俺が一からおまえを躾けてやれる」

梶原の大きな掌が多江のたわわな乳房を包み込んだ。しっとりと吸いつくような感触と張りを味わうようにじっくりと揉みあげる。

「や、やめなさい……汚い手で、さわらないでと言ったはずよ……」

おぞましさに慄えながら、多江が気丈に言い放った。

「さわられるだけじゃすまないんだよ、多江」

梶原のもう一方の掌がこんもりと盛りあがった女の丘を包み込み、柔らかな繊毛の手触りを確かめる。

「この身体を俺なしではいられない淫らな身体にみっちりと仕込んでやる」

「……だ、誰が、あなたなんかに……」

「ふふ、論より証拠だ。おまえが女だということをいやというほど教えてやる」

無惨に割り開かれた多江の股間に梶原は腰を据えた。冷水で清められ、慎ましく閉じ合わされた二枚の花弁を、巌のような亀頭でズルリとくつろげ、花口にグッと押しあてる。

「ひっ……いやっ……絶対にいやっ……そ、そんなことをしたらゆるさないっ……」

灼けるように熱く硬い肉の感触に多江が声を引きつらせた。手足が千切れんばかりに激しく身をよじりたて、腰を揺すり、亀頭の矛先から逃れようとする。

「ふふ、残念だな、多江。女の身体は硬く勃起した魔羅を拒めるようにはできていない。――さあ、憎い男の魔羅を味わえ」

亀頭が花弁を巻き込むように花口にめり込んだ。洗浄液で冷やされ、収縮している肉壺を鋭く張りだした鰓が押し広げ、メリメリ花肉を軋ませるように野太い肉棒が多江の女を縫いあげていく。

「ひいっ……いやあっ……い、痛いっ……」

濡れてもいない花芯を人並みはずれた怒張で抉られる、肉が裂けるような痛みに多江は顔を振りたて、苦鳴を噴きこぼす。

「ふふ、この痛みを忘れるな。やがておまえは俺の魔羅を見ただけでオマ×コを濡らす女になる」

いったん怒張を花口まで引きあげて、ズンッと抉りぬくように子宮を突きあげた。

「ひいいいっ……」

衝撃と痛みにのけぞり返った多江の顔が苦悶に慄える。大原たちの男根とは比較にならない、野太く焼けた鉄杭を身体の芯に埋め込まれたような息苦しいばかりの拡張感だった。

「どうだ、唾を吐きかけるほど憎い男の魔羅の咥え心地は？　まさに犯されているという気分だろう。だが、憎い男の魔羅でも魔羅は魔羅だ。咥え込まされたら最後、淫らな汁を垂らして肉が蕩け、オマ×コが魔羅に吸いつき絡みついてしまう。ふふ、それが女だ」

淫猥な視線を多江の顔に注いで、梶原が嗤った。

「……ち、違う……そんなこと……ない……」

多江は梶原を睨みつけ、唇を噛んだ。

「ふふ、強がっていろ。いやでももうすぐわかる」

梶原は面白がるように頬をゆがめた。

強がりであることは多江にもわかっていた。深々と怒張を埋め込まれた花芯が多江の意志を離れて熱を帯び、その痺れにも似た熱がジワジワと腰に広がり、息苦しさが確実に増していく。

不安と恐怖が次第に膨れあがる。女を知り尽くし、扱い慣れた自信満々な梶原の態度がなによりも怖かった。

なんとかしなければ——多江はグッと腕に力を込めるが自由を奪った縛めはびくともしない。逃れようはなかった。

「高校時代に小生意気な優等生だったおまえをコマしてやろうと思ったことが何度かある」

梶原は多江の動揺を愉しんでいた。

「だが二十年近く待った甲斐があったぜ。尻の青い処女のおまえより、今のおまえの方が犯し甲斐がある。奪い取ってやるものが山ほどあるからな。そのすべてをひとつひとつ剝ぎ取って丸裸にして、俺の女にしてやる」

「……あ、あなたの……女になんか……なるもんですかっ……」

気丈に言い放つ言葉を裏切るようにハアッ、ハアッと多江の息が乱れた。

「そう言う端から、息があがってるぞ。──ふふ、もう汗まで浮かべて」

ジットリと汗ばみ始めた剝きだしの腋窩を梶原の指がソロリと撫ぜた。

「……ひっ……」

ビクンッと多江の総身が慄えた。

ああっ──狼狽した声が洩れ、多江の身体がこわばる。身じろいだ途端に花芯がグジュッと怒張を食い締め、痺れるような感覚が腰の芯に走ったのだ。

「ふふ、濡らし始めたな、多江。オマ×コが魔羅に吸いついてきたぞ」

「……う……嘘よっ……」

「これでも嘘か」

梶原が腰を大きく揺すりたてた。痺れるような感覚がふたたび腰を走る。それはまぎれもなく快美な感覚だった。

「あひっ……んんっ……」

思わず声を洩らした多江は顔を慄わせ、狼狽も露わに唇を引き結んだ。

だが、それも長くは続かない。身体の芯がジーンと灼けるように熱を帯び、内から炎で炙られるような息苦しさにハアハアッと熱い喘ぎを洩らさずにはいられなかった。

「淫らな肉がグジュグジュに蕩けて熱くなってきたぜ。ふふ、オマ×コが魔羅に絡みついてしまったら、多江、女はどうなるかわかるか？」

梶原は覆いかぶさるように多江の裸身に身体を重ねた。分厚い胸がたわわな乳房を押し潰し、息がかかるほど近くから不敵な顔が多江の顔を覗き込む。ギラギラ炯《ひか》るその眼は逃げ場のない獲物をいたぶる猛禽類の眼だった。

「男が果てるまで、ヒイヒイ喉を絞って啼かされる――多江、それが女だ」

こうやってな、とでも言うように、子宮を衝きあげていた怒張がズズッと引き抜かれ、長大さを教え込むようにふたたびズブズブッと根まで埋め込まれた。

腰の力がスーッと吸い取られてしまうような甘美な感覚のあとに、抉りたてられた花芯から快美な痺れが背筋に走る。

「……ああっ……んっんんっ……」

思わずこぼれでてしまった声を多江は懸命に唇を引き結んで嚙み殺した。それでも喉があえかな呻きに慄えてしまう。

「なるほど、大原たちが太刀打ちできずに醜態をさらしたのも、むべなるかなか――多江、おまえ、極上のオマ×コを持っているな」

感に堪えたように梶原がつぶやいた。

怒張を引き抜こうとすると、柔肉が肉茎をギュッと食い締め、まるで奥へ奥へと引き込もうとするかのようにキュウウッと吸いあげる動きを見せた。数知れぬ女を屠りあげてきた梶原でさえ、思わず舌を巻くほどの吸いつきだった。

「だが、名器は諸刃の剣でもある。——ふふ、場合によっては女の身を滅ぼすことになる」

ニタリと嗤った梶原は大きなストロークで腰を使い始めた。

キュウッと絡みつく肉襞を硬く張った鰓で掻き広げ、ズルッと肉壺をめくりかえすように怒張をゆっくり引き抜くと、焦らすように亀頭で花口を二度、三度押し広げておびやかし、収縮しきった肉壺をジュブウウッと最奥まで縫いあげていく。

いきなり激しく責めあげては身の破滅を招くことを知り尽くした悠々とした動きだった。

「……ああっ……いやっ……んっんんっ、あああ……」

腰の芯が蕩け、腰骨が痺れるような甘美さに、懸命に声を押し殺そうと口を引き結んでも、その間隙を縫うようにどうしようもなく羞ずかしい声が洩れでてしまう。

(……だめっ……こんな声をこの男に聞かせてはいけない……)

官能の奈落に引きずりこまれようとする女体を多江は懸命に踏みとどまらせようとした。両手をギリギリ握り締め、意識を憎い男に集中するように眼を見開き、こんな男に負けてはだめとばかりに梶原の顔を睨み続ける。

「……んんっ……あぁっ……い、いやっ……ん、あああっ……」

だが、官能を押しとどめることはできなかった。特に怒張を引き抜かれる時の腰の力を吸い取られるような感覚が耐えられない。こらえきれずに声が洩れ、ともすれば顎があがり、眼の前が白く霞んでしまう。

（……あぁっ……だ、だめっ……）

真綿でジワジワ絞めつけるような梶原の悠々とした動きが多江には恨めしく、いかにも余力を残したその落ち着きぶりが怖かった。

「ふふ、天敵の俺に犯されてそんな声をあげていいのか？」

多江の意識を逆なでするように梶原が嗤った。ゆったりとした律動のリズムはそのままに、肉壺を抉りたて子宮を突きあげる強さだけを徐々に増していく。

「……あああっ……いやっ……あああっ……」

確信に満ちた梶原の抽送に多江はどうすることもできなかった。腰の芯を突きあげられるたびに顔がのけぞり、噴きこぼす声も次第に官能の色合いを深めていく。

「ふふ、良一も浮かばれまい。女房を俺に寝取られた挙句の果てに、盟友のおまえまで俺にヨガリ啼かされてしまうんだからな」

「……ああっ……ま、まさか……理佐子さんを……」

「腰が抜けるまでとことん可愛がってやったぜ。どうやら俺はこのところ未亡人づいているらしい」

多江は愕然とした。夫を亡くし、哀しみのどん底にいる理佐子さんをこの男は――

そう思うと、萎えかけていた怒りがふたたびこみあげてくる。

「……ゆ、ゆるさないっ……あなたは人ではないわ……私は絶対にゆるさないっ……」

「ふふ、どう許さないんだ。こう許さないのか」

ニタリと嗤った梶原は、突然牙を剝いた。

鋼のように鍛えあげられた背筋がしなり、腰がうねるように動いた。ビシッビシッ叩きつけるような力強い律動とともに、怒張が花芯を抉りぬき、子宮を突きあげる。

「あひいっ……いやっ、ああっ……や、やめてっ、ああっ、あああっ……」

すでに官能にきざしきっていた多江の女体は一気に燃えあがった。灼けつくような痺れに腰が蕩け、背筋を駆けのぼった快美な稲妻が続けざまに脳天で炸裂する。視界が白く弾け、梶原の憎い顔がかき消えた。多江は狂おしく顔を左右に振りたて、熱くきざしきった声をほとばしらせて啼いた。

「ひいいっ……ああっ……お、お願いっ、やめてっ、あひいいっ……」

肉壺を引き裂き、子宮を抉りぬかんばかりの激しい責めに、多江の怒りも憎悪も粉々に粉砕された。梶原に犯されているという意識すらもおぼつかない。そこにあるのは骨が灼け痺れ、肉がトロトロに蕩けていく、気が遠くなるほど快美な官能の渦だけだった。

「ああっ……だ、だめっ……ひいいっ、お、お願い、しないでっ……ああっ、も、もう、ゆるしてっ、あああああっ……」

絶頂の大波にさらわれる予感に、多江が声を引き攣らせ、哀訴の悲鳴をほとばしらせた。男に許しを乞い求めるその叫びは、この夜、多江が初めて発する気丈さをかなぐり捨てた女そのものの哀しい叫びだった。

もとより多江を羞恥の極みに追い込むつもりの梶原が許すはずはなかった。

「わかったか、多江、許さないとはこういうことだ」

吼えるように言い放つと、ここを先途とばかりに、灼けんばかりに熱くたぎる肉壺を怒張で刺し貫き、トロトロに蕩けた多江の女を容赦なく抉りぬいた。

「ひいいいいっ……いやあああっ……」

汗に濡れた喉をさらして多江の顔がのけぞり返った。グンッと突きあげられた腰がガクガク慄える。深々と花芯を貫いた怒張に柔肉が絡みつき、肉茎を絞りたてるようにキュウッと吸いあげる。亀頭をもぎ取らんばかりの凄まじい収縮だった。

「ううむっ——」

梶原が低く唸った。ドクンドクンッという脈動とともに肉棒が爆ぜ、熱い精の飛沫がアクメの痙攣を伝える多江の最奥に注ぎ込まれる。

「……ああああっ……」

長く尾を引く喜悦の声とともに多江の総身がブルブル慄え、ガクリと緊張を解いて柔らかな褥に沈んだ。

「恥じをさらした顔を隠すなと教えたはずだ」

荒い息を噴きこぼしながらシーツに伏せている多江の顔を、梶原が両手で挟みこむようにして覗き込んだ。

アクメに洗われてトロンと靄のかかったうつろな瞳が力なく梶原を見つめ返す。

「どうだ、多江、五年ぶりの媾わいの味はたまらんだろう。憎い男の魔羅でいかされたにしては、なかなか気の入ったいきっぷりだったぜ」

「……く……口惜しい……」

憎い男の手で女の最も羞ずかしい姿をさらされてしまった口惜しさに、多江の眼から大粒の涙があふれた。

「台詞が違うぜ。口惜しいじゃなくて、嬉しいだろ」

梶原が精と樹液でトロトロになった肉壺からズルッと怒張を引き抜くと、ふたたびジュブウウッと花芯を抉りぬいた。

「……あひぃっ……」

悲鳴を噴きこぼした多江の瞳に恐怖の光が宿る。

（……ど……どうして……）

花芯を埋めつくす野太い怒張は岩のように硬く微塵も萎えた気配がなかった。精を放ったにもかかわらず萎えない男根――それは多江の理解を超えていた。

「ふふ、なにを驚いている。まさかもう終わりだと思ったわけではないだろうな。俺なしではいられない身体に仕込んでやると言ったはずだ」

梶原はニタリと嗤うと、アクメで蕩けた柔肉の感触を味わうように大きなストロークで腰を使い始めた。

「……ああっ……いやっ……も、もう、ゆるしてっ……お願いっ……あぁぁっ……」

たゆたっていた官能がたちまち渦を巻くように女体を絡めとっていく。多江は、哀訴することしかできなかった。柔肉を擦りあげられ、腰の芯を抉りぬかれるたびに熱い啼き声がこぼれでた。一度、アクメを極めた身体に加えられる刺戟は骨の芯にまで響くほど重く、甘美で、総身が灼け蕩けるように痺れていく。

おまえを支配しているのは俺だ——そう教え込むように梶原は多江を責めた。

腰を小刻みに揺すりたてて短く高い声を、焦らすような動きで尾を引くように慄える声を、ジュブウッと貫いては叫びにも似た啼き声を自在に絞りとっていく。

やめて、いや、ゆるして、だめ、お願い——多江は哀訴の言葉をきれぎれにあげながら、梶原に操られるままに官能にきざしきった声を噴きこぼして啼き悶えた。

「どうだ、すこしは女だということが身に染みてきたか？　それとも、もう一度、小生意気に口惜しいと言ってみせるか、どっちだ？」

腰の動きを止めた梶原が勝ち誇ったように汗と涙で濡れた多江の顔を覗き込む。

多江は唇をワナワナ慄わせ、ハヒイッハヒイッと荒い息を噴きあげながら微かに首を左右に振った。それは屈服なのか、拒絶なのか、多江自身にもわかっていないような仕草だった。

「ふふ、すこし躾けをしてやろう。おまえは俺の顔に唾を吐きかけた。二度と、そういう不埒なことをする気にならないように俺の唾をたっぷり飲ませてやる」

梶原は分厚い唇を多江の桜色の唇にヌルリと押しつけた。

「ひっ……そ、それだけはいやっ……」

唇を奪われると知った多江は懸命に顔をそむけ、梶原の唇から逃れた。

四人の獣に犯され、精の汚濁を女芯に射込まれた多江だったが、まだ唇は汚されていなかった。根が小心な大原たちは気丈な多江に舌を噛まれることを恐れて唇を奪おうとはしなかったのだ。

「俺に逆らうことは許されない」

梶原は大きな手で多江の顔を挟みこむようにして引き戻し、問答無用とばかりに唇を押しつける。

「……ううぅっ……」

多江にとって唇は最後に残された聖域だった。ここだけは守らなければ自分が自分でなくなってしまう——多江は歯を噛み締め、唇をきつく引き結んで口づけを拒んだ。

だが、そんな思いのこもった抵抗もつかの間のことにしか過ぎなかった。腰を小刻みに揺すられ、硬い鰓で柔肉を掻きたてられると、痺れるような快美な感覚が総身に広がり、口を閉じ続けることができない。

「……ああっ、いやっ、あああっ……」

こらえきれずに啼き声を噴きこぼした口に、ヌルッと分厚い舌が挿し込まれる。

「……うっ、んんっ、んんんっ……」

煙草のヤニと酒の入り混じったむせ返るような男の匂いが多江の口腔を満たした。舌を嚙もうなどという余裕があらばこそ、花芯から送り込まれ続ける刺戟の快美さにせつなく喉を鳴らすことしかできない。逃げ惑う舌が絡めとられ、きつく吸いあげられる。

「……ううぅっ、んんんっ……」

身体の芯から力が抜けていく蕩けるような快美さに多江の喉が鳴り、細い顎が慄えた。ネットリとした唾液が分厚い舌から多江の口腔に容赦なく送り込まれる。

（……ああっ……いやっ……あああっ……）

おぞましい唾液に口腔が汚される汚辱感と、女体の芯をとらえる快美な感覚に脳髄が麻痺したように痺れる。

と、突然、怒張が肉壺を抉りぬくような激しい抽送を始めた。

燃えたつような快美感が腰を灼き、熱波となって背筋を駆けのぼる。

（あひいいっ……ああっ、いやっ……ひいいいっ……）

多江は総身をガクガク揺すりたて、塞がれた喉の奥で悲鳴を噴きこぼした。

ガッシリと押さえつけられているために顔を振りもぐこともできない。舌がますます強く吸いあげられ、根が千切れんばかりに甘く痺れる。

（……ひいいっ……狂ってしまうっ……ああっ、あああっ……だ、だめっ……）

灼けつくように抉りぬかれる腰の芯から怒濤のような官能の大波が立ちあがり、問答無用とばかりに多江をさらいあげ、喜悦の高みへと放りだした。

「うううううっ……」

多江にはこらえようがなかった。塞がれた顎を突きあげ、狂おしいばかりの呻きを噴きあげて、絶頂を極めてしまう。梶原の屈強な身体を揺すりあげるように、汗みずくの裸身が肉の愉悦にブルブル慄える。

梶原はピタリと身体を重ねて断末魔の慄えと花芯の収縮を味わいながら、多江の身体がアクメの硬直を解くのを待った。

グッタリと女体が褥に埋まるように弛緩したところでようやく多江の唇を解放し、亀頭を千切らんばかりに食い締める花芯からズルリと怒張を抜き取って、腰をあげた。

「ふふ、また潮を噴いたか」

多江の噴きこぼした樹液が怒張はもちろん、下腹部に密生する剛毛までを返り血のようにグッショリと濡らし、玉袋の先からポタリポタリと滴り落ちていく。

梶原は怒張をユサリユサリと不気味に揺すりたてながら、多江の四肢を縛りつけていた縄を解いた。

だが、多江には自由になった手足を動かす気力は残っていない。

「……はひいっ……はひいっ……」

しどけなく大の字に開いた裸身をさらしたまま、汗みずくの乳房を大きく波打たせ、ふいごのように荒い息を噴きこぼすばかりだった。

「まだ終わりじゃないんだぜ」

ニタリと嗤った梶原は多江の身体をゴロンとうつ伏せに転がした。シーツに突っ伏した顔をグイと引き起こすと、その前にドサリと腰を落として胡坐を組んだ。

多江の眼前に樹液にまみれテラテラぬめ光る怒張がヌッと突きだされる。

「……ひっ……」

トロンと霞んでいた多江の瞳が恐怖の色を浮かべて見開かれた。

禍々しいまでに節くれだった野太い怒張の異形の形状が恐ろしいのではなかった。その力をまざまざと思い知らされた多江には、怒張の存在そのものが恐ろしかった。それは恐怖というよりもむしろ畏怖に近い感情だった。

「さあ、躾けの続きだ」

梶原はどす黒い亀頭を荒い息を噴きこぼす多江の唇にグッと押しつける。

「い、いやっ……あううっ……んんっ……」

気おくれしていた多江は拒む暇もなかった。有無を言わさぬとばかりに亀頭を唇のあわいに捻じ込まれ、剛毛の密生する股間にグイと顔を押しつけられて、野太い肉茎を深々と咥え込まされてしまう。

「……んんんっ……」

ヌルリと粘つく感触とともに多江の口腔に、甘酸っぱい女の樹液とおぞましい男の異臭が充満する。

「ふふ、淫らな女の味と匂いがするだろう。それがおまえの正体だ。その味を肝に銘じて覚えておけ。そうすれば二度と俺に唾をかけようなどとは思わなくなる」

梶原は多江の頭を両手でガッシリと摑むと前後に大きく揺すりたてた。グリグリ腰を突き動かして、精と樹液にまみれた怒張を多江の口腔で無理矢理しごかせる。

それは奉仕でもフェラチオでもない、男根による口唇への凌辱だった。

「……ううっ……んんんっ……」

男根で唇を汚され、口を犯されるおぞましさと、巌のような亀頭で喉を突きあげられる息苦しさに多江は苦悶の呻きをあげ続けた。きつく閉じ合わされた眼尻から新たな涙がこぼれ、ほつれ毛の張りつく頬を伝い落ちる。

その涙に煽られるように、怒張の動きがより激しくなった。

「ふふ、躾けの仕上げだ。唾の次は俺のザーメンを飲ませてやる。たっぷり味わうがいい」

（……そ、そんなっ……いや、いやよっ……そんなこと、しないでっ……）

男の精を口に射込まれる——想像を絶するおぞましさに多江は引きつった呻きをあげ、両手を突っ張らせて、怒張から口を振りもごうとした。

だが、屈強な梶原の腕はびくともしない。それどころかより激しく怒張が口腔を抉りたて、亀頭が喉を突きあげる。

「いくぞッ、多江。これが俺の味だ」

低く唸った梶原は多江の顔をグッと引きつけ、密生する剛毛にグリグリ押しつけた。

（……ああっ……い、いやあっ……）

多江の口の中で亀頭がググッと膨れあがり、激しい脈動とともに爆ぜた。

「うううっ……」

熱い飛沫に喉を灼かれる異様な感触に、多江が悲痛な呻きを噴きこぼした。

情け容赦なく精がドクドクッと注ぎ込まれ、青臭い汚濁の匂いがおぞましいばかりに口腔に広がっていく。

「飲め――」

梶原の太い指が多江の小鼻をギュッと摘み、怒張をしごきたてるように腰が揺すりたてられた。

「……んんんっ……」

その汚辱の行為を拒むことはできなかった。息苦しさに顔を慄わせた多江の喉がゴクンと動き、精の汚濁が胃の腑へと落ちていく。

「ふふ、よおし」

頬をゆがめた梶原がズルリと怒張を引き抜く。

ゲホゲホむせ返る多江の唇から、精の残滓がよだれとともにトロリとあふれ、白い糸を引きながらしたたり落ちた。

「……ああ……こ、こんなこと……」

せつなく喘いだ多江の顔がガクリとシーツの上に崩れ落ちる。白い肩が小刻みに慄え、尾を引くような啜り泣きがこらえきれずに唇から洩れる。

「ずいぶん、女らしくなったな、多江」

梶原は多江の背後にまわると、剝き卵のように白い双臀をグイと抱え起こした。

臀丘の谷間に淫らな口を開いた鮭紅色の女の亀裂に、衰えを知らぬ亀頭がズルリと押しあてられる。

「……ああっ……も、もういや……お願い……もうゆるして……」

獣じみた浅ましい格好で犯されると知った多江は、抱えあげられた双臀を弱々しく揺すりたて、哀訴の声を慄わせた。激しくあらがい、拒もうとする気力はもう残っていない。どう拒もうとしたところで、拒みきれはしないことは身に染みていた。

「多江、おまえは今夜から俺の女だ。たっぷり可愛がってやる」

ズブッ——どす黒い肉棒が多江の白い双臀を深々と刺し貫いた。

「ひいいっ……いやあっ……」

多江が顔をのけぞらせ、せつない悲鳴を噴きこぼした。

(……ああ……また啼かされてしまう……)

花芯が灼け、腰の芯がジーンと痺れていく女肉の生理に、多江は哀しく首を振った。

「……あああっ……ゆるして……ああっ、あああっ……」

確信に満ちた怒張の律動が始まると、なかば諦めてしまったせいだろうか、その刺戟はこれまでになく甘美で、多江の声は抑えようもなく肉の愉悦に慄えてしまう。

広間に染み入るように響き渡るその声は、男の力に屈し、官能の渦に身をゆだねた女そのものの哀しい啼き声だった——。

第三章　墓前　理佐子堕ちる

1

鬱蒼とした樹木に囲まれた深い森の中に北の杜霊園はあった。

わずかに鳥のさえずりだけが聞こえる深閑とした森は、死者が眠る冥界にふさわしいおごそかな霊気に満ちている。

夜が明け染めてから間もない朝まだきにもかかわらず、墓所の奥まった一角に人影があった。

黒光りする真新しい御影石の墓石の前に洋装の喪服に身を包み、悄然とたたずむ令夫人。黒いヴェール越しに覗く清楚で慎ましやかな顔だち——哀しみに沈む若き未亡人理佐子夫人だった。

（……あなた……弱い私を……ゆるしてください……）

夫人は墓石の前に屈みこむと、華奢な手をそっと合わせて祈った。

初七日と納骨式の夜、梶原の毒牙にかかって以来、一日おきに夫人は悪魔からの呼びだしを受けていた。すでに都合五度、梶原の慰みものになっている。

今日も午後には梶原の部下が車で迎えに来るはずだった。

（……私……どうしたらいいの……）

夫の遺した会社を守るために強要された関係ではあったが、夫を裏切ってしまったという罪の意識を夫人は消すことができない。夫の宿敵に犯されたうえ、夫との営みでさえ感じたことのない肉の悦びを極めてしまったという負い目があった。いや、それどころか、犯されるごとに肉の悦びは深まり、大きくなっている。

（……このままでは……だめになってしまう……）

なんとかこの蟻地獄のような奈落から抜けだしたい――そう思っても誰かに告白し、助けを求められるようなことではなかった。理佐子夫人にとって、罪を告白し、懺悔し、救いを求められる相手は亡き夫しかいなかった。

現実味がないことだとはわかっていても、夫人は毎朝、冷水で沐浴して身を清め、夫の墓前で懺悔することをやめることができない。それが夫人にとって唯一の救いでもあった。

（……あなた……私を……助けて……お願い……）

夫人は手を合わせ、じっと祈り続けた。

「妬けるぜ、理佐子」

「……ひっ……」

突然の背後からの声に振り返った夫人の顔から血の気が引いた。

梶原がふたりの部下を従えて悠然と立っていた。

「……か、梶原さん……どうして……」

「俺は独占欲が強い男でね。自分の女がほかの男といちゃついているのを見過ごすわけにはいかないんだ。——相手が死んだ男となればなおさらだ」

黒光りする墓石を見つめた梶原は不気味な嗤いを浮かべた。

「ふふ、さすがの俺も死人にヤキを入れるわけにはいかないからな」

「……でも……こ、これは……」

「ただの墓参りか——。そう言い張るなら、その証拠を見せてもらおうか」

「……証拠……」

「難しいことではない。ヒイヒイヨガリ啼きながらおまえがもう何度も口にしていることだ」

猛禽類のような梶原の眼が淫らな光を帯びた。粘りつくような視線が喪服に包まれた夫人の肢体を舐めるように這いのぼる。

「理佐子、おまえは誰の女だ？」

「……そ、それは……」

夫人は言い淀んだ。確かに何度も「梶原さまの女です」と恥辱の言葉を口にさせられていた。だが、それは官能に身を灼かれた惑乱の中で強制された言葉だった。神聖な霊園の、夫が眠る墓石の前で口にできる言葉ではない。

「……わ……私は……良一さんの……妻です……」

夫人は手をギュッと握りしめて、そう言った。夫の前でこれ以上、罪を重ねるわけにはいかない——恐怖を押し殺し、勇気を振り絞って口にした言葉だったが、声はかぼそく慄え、顔をあげて梶原を見ることもできなかった。

「——どうやら、理佐子、おまえにはヤキを入れてやる必要がありそうだな」

梶原は頬をゆがめると、ふたりの部下に顎をしゃくった。

男たちがジワリと前に進みでる。男のひとりがスーツのポケットから麻縄の束を取りだした。

「ひっ……な、なにをする気……こ、来ないでっ……」

夫人が恐怖に声を引きつらせて、あとずさった。

だが、背後は墓石で逃げ場はない。

荒事に慣れた男たちにとって、慎ましやかな夫人を捕らえることはたやすいことだった。たちまち、夫人の手は左右から捻じり取るように摑まれてしまう。

「いやっ……や、やめてっ……放してっ……」

夫人は悲鳴を噴きこぼすことしかできない。力まかせに墓石の横に引きたてられ、左右からグイと腕を引かれて野太い墓石を両手で抱え込まされる。

「ひいっ、こ、こんなっ……い、いやですっ……」

懸命に逃れようとする両手首に縄がかけられ、容赦なくひとまとめに縛りあげられた。理佐子夫人はあろうことか墓石を抱きしめた格好で自由を失ってしまった。

ふたりの男は梶原に目礼すると左右に散った。それぞれ墓所の区画の角に立って、周囲に鷹のような視線を走らせて警戒を始める。

「ふふ、なにがいやなものか。愛する亭主の墓を抱いているんだ。本望だろう」

夫人の突きだされた双臀を、梶原の大きな手がスカートの上からソロリと撫ぜた。

「いやっ……な、なにをなさる気……」

恐怖と戸惑いに夫人の声が慄える。

「久しぶりだろう。良一におまえのオマ×コを拝ませてやるがいい」

梶原はスカートのホックをはずしファスナーをおろすと、足首まで一気にズリさげた。喪服用の黒いシルクのショーツに包まれた丸く美しい双臀が露わになる。

「ふふ、黒い下着か。なかなか色っぽいな」

夫人の噴きこぼす悲鳴と身悶えを愉しみながら、梶原はシルクの滑らかな手触りを味わうように双臀を撫ぜまわした。

「さあ、ご対面だ」

ズルリとショーツが剝きおろされた。黒い薄布の下から眩しいばかりに白く艶やかな双臀が隠しようもなく露わになって、霊園の冷気にさらされる。

「いやあああっ……」

悲痛な叫び声をあげて、剝き卵のように白い双臀をガクガク揺すりたてた。

「……こ、こんな……酷い……酷すぎます……」

おごそかで神聖な霊園で墓石に縛りつけられて下半身を剝きだしにさせられる。あまりに不埒な人の道をはずれた行為と、血が逆流するような羞恥に夫人の声が慄えた。黒いレースのヴェールに覆われた瞳から涙があふれ、頬を濡らす。

「亭主の墓にすがりついて淫らに尻を振る未亡人か、なかなか乙な眺めだぜ」

夫人の足首からスカートとショーツを抜きとった梶原が、淫猥な嗤いを浮かべた。

「もう一度、訊いてやる。理佐子、おまえは誰の女だ？　この滑らかでヒンヤリとした手触りのいい尻は誰のものだ？」

梶原の大きな手が、夫人の張りのある臀丘をグイと摑みあげた。深い双臀の谷間から、桜色の菊蕾と慎ましやかに口を閉じた肉の合わせ目がわずかに覗く。

「……そ……それは……」

理佐子夫人は言葉に詰まった。

梶原が答を強要しようとしていることはいやでもわかった。だが、それは夫の墓前で決して口にしてはならない言葉だった。だからといって、下半身を剝きだしにされ恐怖に慄える夫人に「良一さんの妻です」ともう一度口にするだけの気丈さはない。

「そうか、言葉で答えられないなら仕方がない」

梶原はベルトをはずすと、ブリーフもろともズボンをズリ下げた。天を突かんばかりに屹立したどす黒い怒張がヌッと現われる。

「身体で答えさせてやる」

梶原は力まかせに夫人の腰を引きつけた。慎ましく閉じ合わされた肉の合わせ目を硬い亀頭でズルリと擦りあげると、花弁をこじ広げピタリと花口に照準を合わせる。

「ひいっ……いっ、いやあっ……そんなこといやですっ……」

夫人は狂ったように顔を振りたて、激しく総身を揺すりたてた。夫の墓前で犯される――そんな神仏を畏れぬ背徳の行為を絶対に受け入れるわけにはいかない。

「……お願いですっ……や、やめて、やめて下さいっ……そんな罰あたりなこと……ゆるされませんっ……」

「ふふ、知らなかったのか、俺は生まれついての罰あたりな男なのさ」

身も世もない夫人の抵抗ぶりが梶原にはこのうえなく愉しい。猛禽類のような眼が嗜虐の炎に爛々と炯り、淫猥なまでに頰がゆがむ。

「良一、聞こえるか。おまえの恋女房はこの俺がしっかり貰い受けたぜ」

梶原は墓石に向かってそううそぶくと、怒張をググッと夫人の双臀のあわいに押し込んだ。

「ひいいっ……いやあっ……い、痛いっ……」

濡れてもいない女の源泉を巌のような亀頭でメリメリ押し開かれ、野太い怒張で縫いあげられていく痛みに、夫人は喉を絞るように悲鳴を噴きこぼした。

「ふふ、いつまでその痛みが続くかな」

意地悪く嗤った梶原はズンッと腰を突きあげ、怒張を根まで花芯に埋め込んだ。

「あううっ……んんんっ……」

立位に近い体位で背後から貫かれる——肉が軋むような拡張感に理佐子夫人は顔をのたくらせて呻吟した。喪服に包まれた肌からジワッと生汗がにじみだす。

（……ああ……どうしたら……）

逃れようもなく禍々しい肉の凶器を深々と埋め込まれてしまった理佐子夫人は恐怖に慄えた。梶原の男根の恐ろしさも、自分の肉体の脆さも、すでにいやというほど知っている。その行きつく先が夫人には恐ろしかった。

すでに痛みはジーンとした疼きに変わり、息苦しいまでの拡張感の底から痺れにも似た熱がジワジワと腰に広がり始めていた。それは夫人にとってすでに馴染み深い崩壊へのきざしだった。

「……ああ……お願い……ゆるして……」

拒む自由を奪われた夫人には声を慄わせ、梶原の慈悲にすがる以外に術がなかった。

哀訴の声を無視するように、梶原の手が黒いレースのブラウスの下に潜り込んでくる。ブラジャーがたくしあげられ、張りのある乳房をムンズと摑みあげられた。絞りだされた乳首が指で摘まれる。

「……ああっ……いやっ……」

「ふふ、どうした理佐子、乳首がもう硬く勃起しているぞ」

囁くように言った梶原の唇がジットリと汗ばんだ夫人のうなじに押しあてられた。ヒルのような舌が敏感な肌を這いのぼり、乳首がコリコリ揉み転がされる。

「……ひっ……だ、だめっ……ああっ……」

身じろいだ夫人の身体がビクンッと慄える。花芯がジュクッと怒張を食い締め、甘美な痺れが背筋をおびやかしたのだ。

（……どうして……こんな……）

濡れ始めた花芯の変化を知った夫人がせつなげに首を振った。

夫の墓石に縛りつけられる——そんな冒瀆的な仕打ちをされているにもかかわらず、あらがいようもなく淫らな反応を見せてしまう女の身体の罪深さを夫人は呪った。

だが、どれほど呪ってみたところで、揉みしだかれる乳房の甘美さも、ジーンと痺れる腰の疼きも押しとどめることはできない。

「……ああっ……や、やめて……」

すでに総身は火照り、腋窩にはジトッと生汗がにじみ、息はあがっていた。油断をすると羞ずかしい喘ぎが洩れでてしまう。

「……お……お願いです……ああ……こ、ここではしないで……」

理佐子夫人は屈辱をこらえ、声を慄わせて哀願した。

「面白い。どこでオマ×コして欲しいんだ？」

「……ああっ……そ、それは……か、梶原さまの……ああっ……お宅で……」

「ふふ、俺の家でヨガリ狂いたければ、俺の女になるとこの場で誓うのが順番というものだろう。理佐子は梶原様の女になりますと誓ってみせろ」

「……そ……そんな……」

「誓えないなら、ここでヨガリ狂え。罰あたりな声をあげて啼き狂うんだ。ふふ、潮を噴きあげて良一の墓を淫らに清めてやるがいい」

そう言い放つや、梶原は大きなストロークで下から突きあげるような抽送を始めた。すでに熱く濡れそぼち、肉茎に絡みつく肉襞を硬い鰓がズルリと掻きたて、ズブウッと女の芯を突きあげる。

「あひいっ……い、いやっ……ああっ……だめっ、しないでっ……あああっ……」

快美な痺れに腰が灼け、たゆたっていた官能の堰が切れ、四肢にほとばしった。

背筋を矢のように駆けのぼり脳天を突き抜ける快美な閃光に、夫人は顔を慄わせ、きざしきった声をあげて啼いた。

「どこがいやなものか。オマ×コがグジュグジュ淫らな汁を熱く垂らして魔羅に吸いついてくるぜ。ふふ、嬉しいくせに」

「……う、嘘ですっ……そ、そんなことないっ……あああっ……いやっ……」

懸命に否定する理佐子夫人の言葉を噴きこぼれる啼き声が即座に裏切っていく。

（……ああっ……いけないっ……だ、だめになってしまう……）

おごそかで神聖であるべき霊園で淫らで羞ずかしい声をあげて啼いている――その人の道を踏みはずした背徳感に脳髄が痺れ、気が遠くなる。

「……ああっ、ゆ、ゆるしてっ……こ、こんなことといやっ……あああっ……ち、誓いますっ……誓いますから、もう、ゆるしてっ……」

狂おしいまでに顔を振りたてて、とうとう夫人は音をあげた。

悪魔の化身のような怒張の動きがピタリと止まる。

「よし、誓え」

ハアハア息をこぼし、ガクリとうなだれた夫人の顔を背後から梶原が顎を摑んでグイと引き起こした。

「ちゃんと墓を見ろ。いいか、俺に誓うんじゃない。良一の墓に誓うんだ。ふふ、これなら出まかせは言えまい」

「……そ……そんな……」

黒光りする御影石の墓石を見つめて、夫人が息を呑む。

ためらいは許さないとばかりに、ズルッと引かれた怒張が肉壺を抉り、ジュブウッと花芯を抉りぬいた。

「あひいっ……いやっ……」

「誓え、理佐子。俺が気が短いことは知っているはずだ」

腰を揺すりあげるようにして脅す梶原への恐怖に夫人は屈した。

「……ああっ……り、理佐子は……梶原さまの……お……女に……なります……」

消え入りたげにかぼそく声を慄わせながら、夫人は屈辱の言葉を口にした。

(……あなた……弱い私をゆるして……)

決定的に夫を裏切ってしまった——その絶望感に夫人の瞳から新たな涙がこぼれ落ち頬を濡らした。

「聞こえたか、良一。今日から理佐子は名実ともに俺の女だ」

勝ち誇ったように梶原が言った。

「理佐子がどれほど俺を気にいっているか、今からそのヨガリっぷりを見せてやる。ふふ、安心して成仏するがいい」

「……そ、そんなっ……約束が違いますっ……」

夫人が狼狽も露わに、声を引きつらせた。

「俺の女になったからには、俺の意向に従う。当然のことだろう。——思いきり狂い啼いて良一を成仏させてやれ」

言うが早いか、梶原は突きあげるように腰を使い始めた。硬く野太い肉の凶器がギアを全開したかのような激しさで女肉を抉りたてる。

「ひいいっ……いやですっ……ああっ、や、やめてっ……あああっ……」

夫人が最も恐れていたことが現実になった。腰骨を砕くような怒濤の律動に、花芯が灼けつき、快美な痺れが稲妻のように四肢にほとばしる。

「ああっ……お願い、やめてっ……ああっ、だ、だめっ、あひいいっ……」

理佐子夫人はヴェールに覆われた顔を狂おしく振りたて、哀訴の叫びをあげながらきざしきった声を噴きあげて啼いた。

「いい声だ、理佐子。さあ、おまえの大好きなところを責めてやる」

梶原の手が夫人の剝きだしの股間に潜り込み、汗に濡れた繊毛を掻き分け、プクンと膨れあがった官能の尖りを探りあてる。

「ひいっ……そ、そこはだめっ……あひっ、お願い、そこはしないでっ……あひっ、ああああっ……」

女の芽をしごきだされて、クリクリ指先でこねられると、夫人の啼き声が透き通るような高い声に変わった。喪服に包まれた身体がブルブル慄える。

「あひいっ……い、いやっ、ゆるしてっ……ああっ、あああっ……」

脳天まで突き抜けるような快美な痺れに顎があがり、わななくように啼かずにはいられない。腰の力がスーッと抜け、立っていることもままならなかった。

夫人は墓石にすがりつくようにギュッとしがみついた。

梶原が乳房を揉みしだき、女の芽をしごきたて、ここを先途とばかりに情け容赦なく肉壺を抉り、女の芯を突きあげる。

「ひいいっ……だ、だめっ……く、狂ってしまいますっ……あひいっ……」

虚空に屹立する巨大な男根さながらの墓石にヒシとしがみつき、狂おしいばかりに顔を打ち振ってヒイヒイ喉を絞りあられもないヨガリ声を噴きこぼす喪服姿の美しい未亡人――。

その姿には、男に与えられる官能の前に屈せざるを得ない女の哀しいまでの業と、淫らなまでになまめいた女の色香が匂いたつようににじみでていた。

「あああっ……も、もうだめっ……ゆ、ゆるしてっ、お願いっ、ああああっ……」

めくるめく官能の大波に突きあげられて、理佐子夫人が総身を揺すりたて、ひときわ狂おしい声を噴きこぼして啼いた。

「いけッ、理佐子。俺に狂い啼かされて肉の悦びを極める羞ずかしい姿を、良一の墓前でさらしてみせろ」

梶原が夫人の乳首と肉芽をグリグリ揉みしごき、しとどに濡れた花芯をこれでもかとばかりにジュブウッジュブウッと抉りぬく。

「いやあああっ……」

腰が灼け蕩け、総身の血が沸きたつ――背筋を貫き、脳天を突き抜けていく快美感に、墓石にしがみついた夫人の身体がグンッとのけぞり返り、唾液に濡れたわななく唇から絶頂を告げる悲鳴がほとばしりでた。

「ううむッ――」

梶原が低い唸り声とともに、熱い樹液を噴きこぼしキリキリ男根を食い締める夫人の女の源泉に精を放った。

「あひいいいいっ……」

深閑とした霊園に生々しい女の喜悦の叫びが響き渡った――。

2

走る要塞のような特別仕様のメルセデスが神仙川を渡り、市街から西に向かって川沿いのバイパスを疾走していく。

グチュグチュ——ゆったりとした豪華な車内に淫らな水音が聞こえている。

対面式の後部シートにもたれる梶原の股間に喪服姿の理佐子夫人がひざまずかされ、延々と口腔奉仕をさせられていた。

(飽きがくるどころか、啼かせれば啼かせるほどに新たな味わいがでてくる——嬲り甲斐のある、つくづくいい女だ)

黒いレースのヴェールに覗く夫人の憂いに満ちた顔を見おろしながら梶原がニタリと相好を崩した。桜色の唇に咥え込まれたどす黒い肉茎と清楚な夫人の顔だちのエロティックな対比が梶原の欲望をこのうえなく刺戟し、嗜虐心を残忍なまでに煽りたてた。

(ふふ、今日は一日、たっぷり嬲りぬいて啼き狂わせてやる)

「……んんんっ……」

その邪悪な情動が怒張を通して伝わったのだろうか、理佐子夫人が美しい額に苦悶の皺を浮かべ、せつなげに呻いた。

唇の端からよだれがあふれ、野太い男根を咥え続けていた顎が痺れ始めた頃、ようやくメルセデスが停まり、理佐子夫人は長い口腔奉仕から解放された。

「着いたぞ、降りろ」

梶原にうながされて車窓越しに外を見た夫人は思わず息を呑んだ。

「……こ、ここは……」

そこは剣山にある梶原の私邸ではなかった。一戸建ての家が並ぶ閑静な住宅街である西が丘の一角——夫人の家の前だった。

「そうだ、おまえの家だ。ふふ、今日からは俺の別宅でもある」

「……そ、そんな……」

夫人の顔から血の気が引いた。

だが、夫人の動揺もお構いなしに、梶原は悠然と車を降りると家の門をくぐってしまう。うろたえながらも夫人はついていかざるを得ない。

ふたりの部下はメルセデスの車内に残った。

「ほお、これが良一の趣味か、なかなか洒落た造りだぜ」

夫人にドアを開けさせ、梶原は玄関に入ると、木の質感を生かしたしっとりと落ち着いた設えに感嘆の声を洩らす。

「冷えたビールを用意しておけ。俺は家の中を見学させてもらおう」

「……お願いです……な、嬲られる覚悟はできています……ですが、それはどうか、ここではなく、梶原さまのお宅で……」

靴を脱ぎ捨て、かまちにあがって早くも奥へ向かおうとする梶原に、夫人は声を慄わせて追いすがり、懸命に哀訴した。

「俺に意見をするな。はい、かしこまりました——俺に命令されたら、おまえが口にするべき返事はそれだけだ。わかったか」

梶原が振り向きざま、怒気を含んだ低い声で吠えるように言った。

「……はい……」

気押された夫人は立ちすくみ、そう答えるほかなかった。

「動くなッ——」

ドスをきかせた声でさらに脅しつけた梶原は夫人の足元に屈みこんだ。喪服のスカートのホックをはずし、力まかせに引きおろす。

「ひっ、いやっ……」

霊園で犯されたあと、夫人はショーツを穿かせてもらえていなかった。瑞々しい丸い腰とこんもり盛りあがった女の丘が、漆黒の毛叢も露わに剝きだしになった。

「俺に逆らうなと教えたはずだ。墓前での良一への誓いの挨拶も済んだ。今日からは容赦なく俺好みにおまえを躾けてやる。逆らえば必ず罰を受ける。そのことを忘れるな。——ふふ、この格好でビールの用意をするがいい」

梶原は剝ぎとったスカートを投げ捨てると、家の奥へと向かった。


書斎、寝室、クローゼットルーム、風呂場——家の構造をざっと見てまわった梶原がリビングに戻ると、ソファの前のテーブルの脇に理佐子夫人が下半身を剝きだしにした羞ずかしい姿で悄然と立っていた。

「ふふ、クラシックラガーか、それも缶ではなくて、瓶というのが気が利いている」

梶原がテーブルに用意されたビールを見てニヤリと嗤った。

「だが、次からはグラスもキンキンに冷やしておけ。それが俺の好みだ」

さも当然というようにソファに腰をおろした梶原がビールをグラスに注ぐ。

「……ああ……そんな……」

夫人が剝きだしの股間を手で覆い隠してかぼそく声を慄わせた。「次からは」というその言葉の重さが絶望的なまでに胸を締めつける。

梶原はうなだれた夫人の姿を眺めながら、冷えたビールで喉を潤した。あえて股間の手をどけろとは言わない。

瀟洒なヴェールで顔を隠し、下半身を剝きだしにした喪服姿のアンバランスさ——喪服の高貴な黒と透きとおるように白い肌のコントラストはこの上なくエロティックで、清楚な未亡人が羞恥に身を揉む姿にまさる酒の肴はなかった。

「後ろを向いて尻を見せろ」

「……そ……そんな……ゆるして……」

理佐子夫人は弱々しく首を振った。

「できなければ無理矢理にでもさせて、さらに罰を与える——それが俺のやり方だと教えたはずだが」

ことさら低い声で梶原が言った。その威圧感に夫人は勝つことができない。

「……ああ……」

せつなく喘ぐとおずおずと後ろを向いた。剝きだしの双臀を見つめられる羞ずかしさに、両手で臀丘の深い谷間を覆わないではいられない。

「隠すな——」

怒気を含んだ声に、ビクッと慄えた夫人は手を脇におろした。

キュンッと上を向いた瑞々しい双臀が隠しようもなく梶原の前にさらされる。

（……は……羞ずかしい……）

淫猥な視線に肌を灼かれる羞恥に双臀がブルブル慄える。

「いい尻だ。二十七という歳にしてはまだ若い、淫らさの足りない尻だな。まさにこれから熟れようとする端境期の尻といったところか」

梶原が夫人の羞恥を煽るように言うと、ビールの最後のひと口を喉に流し込んだ。

「ふふ、俺がたっぷり磨きをかけてやる」

裁判官が木槌で開廷を告げるように、コツンと音をたててグラスをテーブルに戻した梶原は、無造作に服を脱ぎ捨てて全裸になった。羞恥に慄える夫人の姿に欲情した男根が力をみなぎらせてブルルッと虚空を睥睨する。

「さあ、行こうか」

背後から突然、肩を抱かれた夫人がビクッと身体をこわばらせた。

「……ひっ……ど、どこへ……」

「ふふ、男と女が媾わうんだ。ベッドルームに決まっているだろう」

「……そ……そんな……い、いやですっ……それはいやっ……」

夫と愛を交わしあったベッドで梶原に犯される——そんなことを受け入れられるはずはなかった。

「墓場であれほどヨガリ狂ったんだ。ベッドは極楽というものだろう。それとも、すっかり墓場が気に入ってしまったか」

梶原は夫人の手首を摑むとグイと背中に捻じあげた。夫人の肩に激痛が走る。

「……ひっ……い、痛いっ……」

「痛ければ歩け。俺に手をやかせるな」

梶原は押したてるようにして夫人を廊下に連れだした。

「……いやっ……いやですっ……ゆ、ゆるしてください……」

夫人は顔を振りたて、苦鳴を慄わせ哀訴することしかできない。

もちろんその哀訴が梶原に聞き入れられるはずもなく、屠所に引かれるように寝室に引きたてられてしまう。

「ふふ、なかなか洒落たベッドだな」

華美な装飾を排したウッドベースのシンプルで落ち着いたデザインのダブルベッドは良一と夫人が結婚の記念にインテリアショップを一緒にまわって選りすぐったベッドだった。

　梶原は無造作に掛け布団を剝ぎとると、純白のシーツの上に大の字に横たわった。禍々しいまでに屹立した異形の怒張が獲物を待ち構えるように胴震いしながら屹立して天を突く。

「理佐子、またがれ。俺の腰の上で啼かせてやる」

「……そ、そんなこと……できません……」

　夫人はベッドの傍らで身をこわばらせて首を振った。

　無理矢理犯されるならまだしも、夫との思い出が詰まったベッドの上でみずから梶原の腰にまたがることなど、夫人にとって想像を絶した行為だった。

「素直に命令に従わないのはこれで何度目だ。本気で俺を怒らせたいのか？」

「……ああ……お願いです……ここでだけは……ゆるしてください……ほかの場所ならどこでも……ですから、ここはゆるして……」

　梶原の威圧的な低い声にも、夫人は恐怖を押し殺して声を慄わせ、頑なに首を振り続けた。

「理佐子、どうやらおまえには躾けどころか、仕置きが必要なようだな」

　梶原は身を起こすとベッドを降りた。残忍な光を帯びた眼がスッと細くなる。

「……い、いやっ……こ、こないで……」

ジリジリあとずさる夫人に獰猛さを剝きだしにした梶原が襲いかかった。前にかざされた細い腕を摑むとグイッと引き、前のめりになった華奢な身体を横抱きに抱えあげる。そのままベッドに腰をおろした梶原は、両腿の上に夫人の身体をうつ伏せに押さえつけた。

「いやああっ……」

夫人は手足をばたつかせ、悲鳴を噴きこぼすが、どうすることもできない。

ビシイッ——大きく振りかぶられた梶原の手が夫人の瑞々しく張りのある臀丘に炸裂した。

「ひいいっ……い、痛いっ……」

突然、尻を打たれた理佐子夫人が顔をのけぞらせ、悲鳴を噴きこぼした。白く肌理細かな臀丘に赤い手形がクッキリと浮かびあがる。

「……ひ、酷いっ……どうしてっ……」

「古今東西、女への仕置きは尻打ちと相場が決まっている」

そううそぶいた梶原は、ビシイッと第二打を夫人の双臀に叩き込んだ。柔らかな尻の肉がたわみ、ブルブル慄えるほどの容赦のない打擲だった。

「ひいいっ……いやあっ、やめてっ……」

双臀がヒリヒリ灼けつくような痛みに夫人は顔を振りたくり、総身をガクガク揺すりたてて悲鳴をあげた。双臀を打たれるという衝撃と痛みに、こらえようもなく大粒の涙が頬を濡らした。

梶原は容赦がなかった。打つ手が痺れるほどの強さでビシイッ、ビシイッと夫人の双臀を打ち続けた。

「ひいいっ……ああっ、いやあっ……お願いっ、やめてっ、あああっ……」

打擲が十回を超えると夫人は喉を絞るように声を放って泣いた。双臀が焼け爛れたようにヒリヒリ熱く痺れる。

「……ああっ……お、お願いですっ……か、梶原さまっ、ああっ、ゆるしてっ……も、もうぶたないでっ……」

夫人はしゃくりあげるように声を慄わせ、懸命に許しを乞い願った。

「泣き叫ぶまで自分がなぜ打たれているのか、どうすれば俺に許してもらえるのか、よく考えろ」

ここで考えるんだとばかりに、すでに満面赤く染まっている双臀にビシイッとさらなる打擲を叩き込む。

「ひいいっ……し、しますっ……ここでしますっ……ああっ、だ、だから、もうぶたないでっ……」

ついに理佐子夫人は屈した。慎ましやかな夫人は、生まれて初めて加えられる打擲と痛みをこらえ続けることができなかった。

だが、その答えだけでは足りないと言うように、ビシイッとさらなる打擲が双臀に襲いかかった。

「ひいいっ……ここでしますっ……か、梶原さまに……またがってしますっ……だから、もうゆるしてっ……」

しゃくりあげながら、夫人は懸命に言葉を重ねて哀訴し続けた。

だが、それだけでは梶原はまだ許そうとはしなかった。

「俺にまたがってなにをするんだ?」

ビシイッと双臀を打って、意地悪く訊く。

「ひいいっ……ああっ、せ、セックスですっ……」

「上品な言葉を使うな」

ビシイッ――朱に染まった臀丘の上で梶原の手が容赦なく跳ねた。

「あひいいっ……ああっ……お……お、オマ×コですっ……」

泣きじゃくりながら夫人は藁にもすがる思いで恥辱に満ちた言葉を口にした。

「よおし、許してやろう」

満足げに頬をゆがめた梶原は、理佐子夫人の上体を抱え起こすようにして足から降ろした。夫人はそのまま崩れるように床に突っ伏した。ヒリヒリ灼け痺れる双臀の痛みと、ようやく打擲から解放されたという安堵――夫人は幼女のように声を放って泣いた。

梶原はそんな夫人にすぐ声をかけようとも、裸身を無理やり引き起こしてベッドに乗せあげようともしなかった。嗜虐の嗤いを薄く浮かべて、泣きじゃくる夫人の姿を見つめ続ける。希代の嗜虐者として数えきれないほどの女たちを責め嬲ってきた梶原は泣きじゃくることも女にとっては快楽であることを経験的に知っていた。

やがて泣き疲れた夫人の泣き声が潮が引くように弱々しく間欠的になって啜り泣きに変わると梶原はようやく腰をあげた。

床に膝をつき、しゃくりあげる夫人の上体を抱え起こし、ヴェールをめくりあげて、泣き濡れた顔を覗き込む。

「痛かったか？　この痛みを忘れるな」

梶原はそう言うと、ワナワナ慄える夫人の唇に分厚い唇を重ねた。

「……ううう っ……」

夫人には拒む気力は残ってはいなかった。そればかりか、いつになく優しい梶原の口づけは苛酷な暴力にさらされたあとであるためだろうか、なぜかこのうえなく甘美で、髪から背中を柔らかく撫ぜおろされ、舌を包みこむように吸いあげられると身体の力が溶けるように抜けてしまう。

もう酷いことはしないで、もっと優しくしてほしい――せつなく疼くような思いが責めさいなまれた心の底からこみあげてくる。

「……んんっ……」

夫人は慄えるようにせつなく喉を鳴らして舌の動きに応えながら、梶原の腕に身をゆだねた。

長く甘い口づけを与えながら、喪服の上から柔らかく夫人の身体を撫ぜていた梶原の手が、そっと女の源泉に忍び込んでくる。

「……ううっ……」

硬く冷たい指先で亀裂をなぞりあげられると、夫人の身体がビクンッと慄えた。

ヌルリとしたその感触で夫人はいつのまにか花弁が淫らに開き、肉溝が羞ずかしいほど濡れそぼっていることを知った。

（……ああっ……こ、こんな……ど、どうして……）

あんな酷い仕打ちをされたのに――理佐子夫人は自分の身体の淫らな反応にうろたえ、おののくように慄えた。

唇を離した梶原がニヤリと頬をゆがめる。

「ふふ、なにをあわてている。オマ×コを濡らしてしまったことがそれほどの驚きか？　女の身体は淫らにできているんだ。涙をボロボロこぼして泣き叫ぶことも女にはこのうえない快楽だ」

「……そ、そんな……」

「これがなによりの証拠だろう」

梶原の節くれだった指がズブリと花芯に潜り込んだ。汗の浮いたうなじに唾液に濡れた唇が押しあてられ、分厚い舌がヌメリと髪の生え際を這いのぼる。

「……あああっ……」

夫人の細い顎があがり、あえかな喘ぎを洩らして唇が慄えた。

柔肉を揉みほぐすように指でまさぐられ、耳朶を甘噛みされると、夫人は淫らに腰を揺すって熱を帯びた声をあげて啼いてしまう。

「……ああっ……いやっ……んんっ……だ、だめっ、あああっ……」

梶原らしくない、ことさら優しい愛撫にヒリヒリ灼けつく双臀の疼きさえも甘美な痺れに感じられた。

「どうだ、わかるか、たまらないだろう？　理佐子、おまえのここはオマ×コをされたいと望んでいる」

肉襞を焦らすように擦りあげながら、梶原は夫人の耳孔に熱い息を吹き込み、暗示をかけるように囁いた。

「俺の魔羅が欲しくてたまらない――そうだな？」

「……ああ……」

あえかな喘ぎとともに夫人は消え入りたげにうなずいていた。

泣きじゃくるまで痛みを与え、甘美な刺戟で官能を煽る――飴と鞭を自在に使いこなす、女を屠り慣れた海千山千の手管の前に、夫人はあらがいようも拒みようもなかった。

「よし、もう一度最初からやり直しだ」

梶原は夫人の身体を離すと、ふたたびベッドに大の字に横たわった。

「またがれ、理佐子。俺の魔羅を自分でオマ×コに咥えこむんだ」

夫人はもうあらがうことはできなかった。確信を持った声に操られるようにベッドにあがった。

スラリと伸びた脚をおずおずと開き、梶原の腰をまたいだ。犯されるのではなく、みずから男根を受け入れる——全身の毛穴から血が噴きでるような羞恥に身体の芯が灼け、膝頭がガクガク慄えた。

「……ああ……」

夫人は羞ずかしさに両手で顔を覆い、鎌首をもたげた毒蛇さながらの怒張の上に慄える腰をおろしていく。

「……ひっ……」

硬い亀頭が女の丘を擦るように触れると、夫人はビクッと身体を慄わせた。

「ふふ、どうした、理佐子。手で魔羅をオマ×コに入れないと、いつまでたっても媾わえんぞ」

腰を虚空に浮かせたまま、手で顔を覆い続ける夫人の姿を面白がるように見あげて梶原が嗤った。

夫人はおずおずと慄える手を股間におろすと、細く白い指でどす黒い肉茎をそっと握った。

「……ああ……こんな……は……羞ずかしい……」

とても肉でできているとは思えないゴツゴツ節くれだった硬い手触りの逸物を、おそるおそる花口にあてがう。

「……ひっ……」

ヌメリとした熱い感触に背筋がゾクリと粟だつようにおぞけた。

理佐子夫人はきつく眼を閉じ、唇をギュッと引き結んで覚悟を決めると、赤く染まった双臀をゆっくりと沈めていく。

ジュブッ——しとどに濡れそぼった花口は待ちかねたように硬い亀頭を呑み込んだ。

「……あああっ……」

ジーンと腰が痺れるような快美な感覚に、ヴェールに覆われた夫人の顔がのけぞり、きつく引き結んだはずの唇から羞ずかしい声が洩れる。

（……ああ……私……こんな浅ましいことをしながら……感じている……）

気が遠くなるような羞ずかしさと、そのあまりに快美な感覚への恐怖で、夫人はそれ以上腰を沈めることができない。亀頭を花口に咥え込んだまま、進退窮まったようにすくみあがってしまった。

「ふふ、あまり手をかけさすな」

ニヤリと嗤った梶原がグンッと腰を突きあげた。ジュブウウッ——怒張が深々と花芯を縫いあげる。

「ひいっ……あぁっ、いやっ、あああっ……」

花芯を抉られ、子宮を突きあげられる衝撃とともに、快美な刺戟が閃光となって背筋を駆けのぼり、脳天を突き抜けた。柔らかな双臀がグニュッと梶原の腰の上に落ちてしまう。

足の力が抜け、夫人の腰が砕けた。

(……どうして……こ、こんなに……)

理佐子夫人はこれまでにないほど感じやすい自分の身体に怯えた。

激しい打擲による双臀が灼けつくような痛み、身も世もなく泣き叫んだことによる感情の高まり、みずから男根を咥え込む羞恥——そのすべてが自分の中に眠っている被虐の素養をあぶりだし、背徳の官能を覚醒させようとしているのだとは夫人には思いいたらない。

ただ、いつにもまして女肉の芯に染みいる快感の大きさに怯え、その行きつく先に恐怖を感じているだけだった。

「ふふ、オマ×コが灼けるように熱いぞ、理佐子。だが、啼くのはまだだ。まずストリップで愉しませてもらおうか。——喪服を脱げ。俺の魔羅を咥えこんだまま素っ裸になるんだ」

「……そんな……」

せつなく夫人は首を振った。だが、下から梶原に獰猛な眼でにらみつけられ、女の源泉を野太い肉棒で穿たれて官能におびえている身では逆らいようがない。

慄える手でジャケットを脱ぎ、総レースのブラウスのボタンをはずしていく。

夫婦の思い出のベッドの上で憎い男の腰の上にまたがり、夫の死を悼むための喪服を脱いで素肌をさらしていく屈辱と羞恥――。だがその羞恥にすらもカーッと身が火照り、肌がざわめくような官能のきざしが潜んでいる。

「……ああ……」

汗でベットリと肌に張りついたブラウスを脱いだ夫人は、黒いシルクのブラジャーに包まれた乳房の膨らみを両手で覆い隠した。そのためらいは全裸をさらす羞恥だけによるものではなかった。

（……どうして……こんな……）

薄布の下で乳首がプクンと硬く尖りきり、シクシク痛むように疼いていた。その羞ずかしい変化を梶原の視線にさらすことが怖かった。

「どうした？　早く乳をさらせ」

淫猥な嗤いを浮かべた梶原が、ためらいは許さないとばかりに腰を揺すりたてる。

「……あひっ……いやっ……」

腰の芯がジーンと痺れる快美な感覚に身を慄わせた夫人は、梶原の腰の動きに急きたてられるようにブラジャーのホックをはずし、ストラップを肩から抜いた。

「隠すなよ。隠したらまた罰をくわえるぞ」

意地悪くダメをだされた夫人は弱々しく首を振り、せつない喘ぎとともに両手で押さえたブラジャーのカップを胸の膨らみからずらしていく。

黒い薄布の陰から白くたわわな乳房がこぼれるように露わになった。

「ふふ、乳首をカチンカチンに尖らせてしまって──淫らな女だ」

爆ぜんばかりに硬く尖りきった乳首のありさまに梶原がニタリと頬をゆがませる。

「……ああ……言わないで……」

羞恥の核心をズバリと指摘された夫人が声を慄わせ、消え入りたげに首を振った。

「ヴェールはそのままにしておいてやろう。未亡人らしくていい」

瀟洒なレースのヴェールで顔を覆って羞恥に裸身を慄わせる夫人の姿からは、えもいわれぬエロティックな色香が漂い、梶原の嗜虐心を煽りたてた。

「さあ、お待ちかねのオマ×コだ。淫らに腰を振って啼いてみせろ」

言うが早いか、ズンッと大きく腰を突きあげ、責め始めた。

「ひいいっ……いやっ、ああっ、あああっ……」

跳ねるように夫人の身体が上下に踊り、のけぞった顔からきざしきった悲鳴が噴きこぼれる。痺れるような快美感が腰の芯から背筋を駆け抜け、脳天を続けざまに突き抜けていく。

（……ああ……また狂わされてしまう……）

すでに散々梶原に犯されている理佐子夫人は四肢に放たれる快美な痺れの中で敗北を自覚した。梶原の媾わいの恐ろしさはその疲れを知らないスタミナと持続力にあった。休む暇なく力強い律動で自在に責め続けてくるのだ。

その諦めにも似た敗北感がそのまま、夫人の官能を加速させ、増大させていく。

「……あひいっ……ああっ、だ、だめっ……ひいいっ……」

あられもない声を噴きこぼして夫人は啼き悶えた。突きあげられるたびに裸身を跳ね踊らせ、たわわな乳房をプルンプルン弾ませて啼き続けた。

「……ああっ……も、もうだめっ……ああっ、ゆ、ゆるしてっ……あひいっ……」

狂おしく打ち振られる顔の両脇で手をギリギリ握りしめ、官能を極めてしまいそうな予感に感極まった声を引きつらせる。

「まだだ、理佐子。まだいくな」

梶原が激しい突きあげをピタリと止める。

夫人は唇をワナワナ慄わせ、ハアハア荒い息を噴きこぼしてせつなく首を振った。噴きだした汗に濡れた裸身が桜色に上気し、乱れた息とともに波打つように上下に揺れる。

「さあ、啼け」

夫人にひと呼吸つかせて、官能の昂まりをしばし落ち着かせると、梶原はふたたび激しく腰を突きあげ責め始める――このくりかえしだった。梶原は別段、寸止めと呼ばれる焦らしを夫人に加えているつもりはない。アクメを極めさせてしまうと、夫人が身体を支えられなくなり、騎乗位を続けられなくなる――単にそれを避けているに過ぎなかった。

慎ましやかなヴェールで顔を覆った未亡人が、男の腰にまたがり、生汗にぬめ光る裸身をのたうたせて羞ずかしい声を噴きこぼしてヨガリ啼く――その淫らな姿を眼で愉しみながら、梶原は飽きることなく延々と責め続けた。

「……あああっ……ゆるしてっ……あひぃいっ……」

夫人は突きあげられるままに双臀を淫らに揺すりたて、めくるめく官能の中で狂おしい声をあげてヨガリ啼く以外になかった。

甘美な痺れに身体の力が抜け、ともすれば上体が前に倒れてしまいそうになる。梶原の身体にすがりつく、そんな羞ずかしい姿はさらしたくない——夫人は自分の膝をギュッと摑んで上体を懸命に支えた。その姿がむしろ、梶原を愉しませていることに気づく余裕はなかった。

そのとき、想像だにしなかったことが起きた。

「ほお、奥さまはこんな色っぽい淫らな声をあげてヨガリ啼くんですか？」

突然、寝室の入り口から男の声が響いたのだ。その声を待っていた梶原が律動をピタリと止めて、嗜虐の嗤いを浮かべた。

肩越しに振り返った理佐子夫人のうつろな瞳が愕然と見開かれた。

そこには夫の会社の常務、堀田安男が梶原の部下を従えてニヤニヤ淫猥な嗤いを浮かべて立っていた。

「……い、いやあああっ……」

羞恥と驚きに悲鳴をあげた夫人が両手で乳房を覆い隠し、腰をあげて梶原の身体の上から逃れようとする。

だが、梶原の動きの方が速かった。サッと上体を起こすと、両腕で夫人の膝を掬いあげ、グイと背中を引きつけるように抱えあげてしまう。

「い、いやっ、は、放してくださいっ……」

理佐子夫人は両手で梶原の肩を突き、激しく身悶えたが、強靭な力は微塵も揺らぐことはなかった。胡坐に組み直された股の上に怒張を埋め込まれた双臀をスッポリ乗せあげられて逃れようとする動きをさらに封じられてしまう。いわゆる対面座位、俗に茶臼がらみと呼ばれる格好だ。

「……ああっ、こ、こんなっ、いやですっ……」

夫人は首を振りたて悲痛な声を噴きこぼしたが、どうすることもできない。それればかりか、激しく身をよじり、揺すりたてると、快美な痺れが花芯から沸き起こり、意志に反して羞ずかしい声がこぼれでてしまう。

「梶原さん、我が社選りすぐりの女性社員のリストを持ってきました。パートのウェイトレスのデータもふたりほど入れてあります」

堀田は芝居がかった声音で慇懃に報告すると、ディスクのケースをナイトテーブルの上に置いた。

「ご苦労。社内に不穏な動きはないか」

理佐子夫人の身悶えを愉しみながら梶原が悠々と訊く。

「ありません。梶原さんの指示が的確だったおかげです」

「ふふ、所詮、人間は金で動くということだ」

敵対していたはずのふたりが親しげに話す様子に、理佐子夫人がいぶかしさをつのらせる。

「……ああ……こ、これは……どういうこと……」

羞恥と戸惑いに慄える夫人にニタリと梶原が頰をゆがませる。

「早い話、北都フーズ筆頭株主の俺が堀田を新社長にしてやったのさ。おまえの身体をさしだした見返りにな」

「……わ、私を……騙したのね……」

官能に灼かれた夫人の身体におぞ気が走った。

そもそも、堀田と社員を救うために理佐子夫人は梶原に身を任せたのだ。それが罠だったとは露ほども思ってはいなかった。

「奥さん、会社は安泰ですから心配はいりませんよ。ふふ、奥さんは心置きなく梶原さんに可愛がってもらえばいい」

堀田は下卑た嗤いを浮かべると、淫猥な視線を夫人の裸身に這わせる。

「……ほ、堀田さん……私はあなたをゆるしませんっ……」

信頼していた男に裏切られ、夫の形見である会社を乗っ取られてしまった——夫人は眼に涙を浮かべ、羞恥も忘れて口惜しさに声を慄わせた。

と、突然、梶原が夫人の身体を上下に揺すりたて、激しく腰を使った。

「……ひいっ……いやっ、やめてっ、あああっ……ああっ、あひいっ……」

座位の結合感は騎乗位の比ではない。腰の芯から突きあげてくる灼けつくような快美な刺戟を夫人はこらえようがなかった。いやいやと首を振りたてるようにして、きざしきった声を放って啼いてしまう。

「そうだ理佐子、女はそうやって淫らな声で啼いていればいい。男にタメ口をきくことは許さん」

ひとしきり夫人の啼き声を絞りとった梶原が低い声で言った。

「オマ×コでキュウキュウ魔羅を食い締めてスケベ汁を垂らしながら、利いたふうな口をきくな」

「はは、梶原さんにかかったら、淑やかな奥さまもひとたまりもありませんね」

堀田が淫猥な嗤いを浮かべ、感に堪えたようにうなずく。

「それにしてもいい身体だ。奥さん、着痩せするタイプだったんですな。思ったよりオッパイが大きいし、ツンと上を向いた形も色艶も絶品だ」

淫らな眼つきで夫人の乳房を舐めまわした堀田が背後に身を乗りだすようにして、

夫人の双臀を覗き込む。

「……ひっ……いやっ……み、見ないでっ……」

女として最も見られたくない個所──それも男根に穿たれている部分をシゲシゲと覗き込まれる羞ずかしさに夫人が身を揺すりたて、声を引きつらせた。

「ほほう、これはなんとも淫らだ。いやらしい汁までベトベト垂らしてしまって、みごとに梶原さんの逸物を咥え込んでいますな」

隠しようもなくさらされた双臀のあわいをどす黒い肉茎が白濁した樹液にまみれて深々と刺し貫いていた。押し広げられた桜色の花弁はグッショリと樹液を滴らせ、ヌメヌメと妖しい光を放っている。

「オマ×コなんかしたことがありません、なんて言いたげな、そんな淑やかな顔をしていながら、奥さん、実はこんなに汁気が多い淫らなお道具を隠し持っていたんですな。──ううむ、こいつはたまらない。甘酸っぱいスケベな女の匂いがプンプンしますよ」

堀田はこれ見よがしにクンクン鼻を鳴らして、淫らな結合部から漂う夫人の女の匂いを嗅いだ。

「……ああ……そ、そんなこと……しないで……」

気の遠くなるような羞恥に理佐子夫人は顔を火照らせ、せつなく首を振った。

「ふふ、形のいいお尻が真っ赤に染まってしまって——さては梶原さんにきついお仕置きをされましたな」

身を起こした堀田が夫人の顔を覗き込んだ。

「だめですよ、奥さん、ご主人様に逆らったりしては。この素敵な身体で梶原さんにお仕えすることが奥さんの務めなんですから」

「……ほ、堀田さん……あなたは……」

学生時代からの良一さんの友人だった人でしょう——絶望のあまり、夫人はそこまで言葉が続かない。どうしたらここまで手の平を返したように人が変わることができるのか、夫人には理解できなかった。

「ふふ、務めか。そいつはいい。——理佐子、おまえを貢物として差しだした新社長に、立派に務めを果たしている姿をお披露目してやるがいい」

「……ひっ……まさか、そんな……い、いやですっ……そんなことをさせないでっ……お願いですっ……」

夫を裏切り、自分を売った男の前で辱めを受け、淫らな狂態をさらされる——夫人は恐怖に声を慄わせ、すがりつくように梶原を見た。

「……こ、この人の前だけは絶対にいやです……か、梶原様だけで……な、なさってください……お願いです……」

「聞こえないな、理佐子」

にべもなく言った梶原は、夫人のヴェールをめくりあげると髪に留められた帽子ごとむしりとった。

「もう喪に服す必要はない。今日からおまえは俺の手元に置く。名実ともに俺に仕える女になるんだ」

「……そ、そんなっ……いやですっ……」

悲痛に振りたてられた夫人の顔がグンッと白い喉をさらしてのけぞり返った。

「ひいいいっ……」

喉を絞るような悲鳴が唇から噴きこぼれる。

有無を言わさぬとばかりに梶原が激しく腰を突きあげ、責めたて始めたのだ。

「……あひいっ……いやあっ、あぁっ……や、やめてっ……ひいいっ……」

梶原の剛力で夫人の華奢な身体が激しく上下に揺すりたてられ、無防備にさらされた丸い美臀のあわいをどす黒く血脈を浮かせた怒張がジュブッジュブウッと容赦なく抉りぬく。

花弁がズルッと引きだされてはジュブウッと押し込まれ、あふれでた樹液がピチャピチャと淫らな水音をたてた。

「おおッ、す、凄い——こいつはとんでもない見世物だ」

力で女をねじ伏せていくような梶原の怒濤の責めの迫力と、狂おしいばかりに顔を振りたて、わななくようにヨガリ声を噴きこぼす美しい未亡人のあられもない姿に、堀田は眼を丸くして驚きの声をあげる。

「ひいいっ……み、見ないでっ……ああっ、いやっ、あああっ……」

激しく抉り抜かれる腰が灼け蕩け、熱く快美な痺れとなって四肢にほとばしる。淫らで羞ずかしい姿を憎い堀田に見られているという意識すら長くは続かない。気が遠くなるような肉の愉悦に夫人は汗みずくの裸身を狂おしく揺すりたて、啼き悶えずにはいられない。

そして、官能に灼かれ続けた女体の行きつく先は決まっている。

「あああっ……だ、だめっ……あひいっ、いやっ、ああっ、し、しないでっ……」

官能が臨界点に達する——最も恐れていた気配に、夫人が身を揺すりたてて怯え、引きつった哀訴の声をあげる。

だが、もちろん梶原に聞き入れられるはずもない。ここを先途とばかりに怒張は肉壺を抉りぬき、容赦なく子宮を突きあげ、トロトロの柔肉を掻きたてる。

「ひいいっ……いやいやっ、いやですっ……ああっ、あああっ……」

夫人は狂おしいばかりに顔をのたくらせて、きざしきった啼き声を噴きこぼし、すがりつくように梶原の分厚い背にしがみついた。

「さあ、理佐子、堀田の前で女の生き恥じをさらすんだ。俺の女となった証しをしっかり見せてやれ」

壊れろとばかりに梶原が夫人の身体を揺すりあげ、怒張で花芯を抉りぬく。

「あひいっ、だ、だめっ……ああっ、く、狂うっ……狂ってしまいますっ……」

ガクガク総身を慄わせ、顔を打ち振った夫人の裸身が梶原の腕の中でグンッと伸びるように激しくのけぞり返った。

「ひいいいっ、いやあああっ……」

天に向かって熱波を放つような、きざしきった断末魔の悲鳴が夫人の唇のあわいからほとばしった。

虚空にさらされた二肢をビクンビクンッと引き攣らせ、理佐子夫人は総身をブルブル慄わせて官能の頂点を極めてしまった。

シンと寝室が静まりかえり、時間が停まった。

ほおおッ――堀田の呆《ほう》けたため息がそのしじまを破る。

梶原の腕の中でこと切れるように、夫人の顔がガクリと落ちた。

汗と涙に濡れたその顔は肉の愉悦に洗われ、恍惚と照り輝いていた――。

3

深海に沈んだ身体がゆっくりと水面に浮かびあがってくるように、理佐子夫人の意識が徐々にうつつに戻ってくる。

漆黒の闇が次第に白みを帯び、視界にぼんやりと白いシーツが浮かびあがるとともに、堀田の前で犯された恥辱の記憶がよみがえった。梶原に四つ這いに這わされ、組み伏され、身体を海老のように折られて、夫人は何度となく羞ずかしい絶頂を極めさせられてしまったのだ。

腰の芯にジーンと痺れるような疼きと重くたゆたうような熱が残っている。

ああ――せつなく喘いだ夫人は身を起こそうとして愕然とした。

左手首と左足首、右手首と右足首、左右の手足がそれぞれひとまとめに麻縄で縛りあげられている。双臂を虚空に高々と掲げあげた屈辱的な格好でベッドに這わされていたのだ。

（……こ、こんなっ……）

狼狽とともに顔をあげた夫人の総身が凍りついた。ベッドの枕元に良一の遺影と、戒名が金文字で彫り込まれた位牌が立てかけるように置かれている。

「ふふ、なかなか洒落た趣向だろう」

夫人はビクンッと裸身を慄わせ、顔を捻るようにして背後を振り返った。

ナイトテーブルの椅子に全裸の梶原が座っていた。琥珀色の酒精のオン・ザ・ロックを旨そうに嘗めている。

ニタリと嗤った梶原は煽るように酒精を飲み干すと、乾いた音をたててグラスを置き、ボトルの横に置かれていたチューブを手に取ると、ゆっくりと腰をあげた。洗顔クリームが入っているような紫色のチューブだった。

「……な……なにを……」

理佐子夫人の声が戸惑いとともに慄える。

「俺とおまえが夫婦の契りを結ぶところを良一に見せつけてやるのさ。初夜の床で、花嫁が俺に処女を奪われる姿をたっぷりとな」

ベッドにあがった梶原は、高々と掲げられた夫人の双臀の後ろに胡坐をかいた。

「……処女……」

夫人がいぶかしげな声で言った。

「ふふ、そう、処女だ。おまえのここはまだ男を知らない」

隠しようもなく露わにさらされた夫人の尻の谷間を梶原の指がソロリと這いおりた。双臀のあわいにひっそりと息づく淡い桜色の肉のすぼまりを丸くなぞるように擦りあげる。

「……ひっ……そ、そこはっ……」

ビクンッと裸身を慄わせた夫人の声が凍りつく。

「そうだ。尻の穴だ——杓子定規でくそ真面目な良一はここを触りもしなかっただろう。ふふ、つくづく愚かな男だ。理佐子、おまえのこの初々しい尻の穴を俺が女にしてやる」

「……そ、そんな……」

いとわしい排泄器官を犯される——生まれてこのかた想像だにしたことのない行為に、慎ましい夫人にはすぐには現実感がわかない。

「ここの味を知って初めて女は一人前の女になる」

キュッとおののくようにすぼまった肉の蕾を梶原の指が小皺をのばすようにゆっく

りと揉みこんでいく。コリコリとした硬い処女肉の感触と、グッと指の腹で押し込むと吸盤のように吸いついてくるすぼまりの妖しい蠢きが梶原の嗜虐心を心地よく刺戟した。

「……ひっ……いや……」

肛門を指でヤワヤワと揉みこまれるおぞましい感触が、夫人にそのいとわしい排泄器官を犯されるという現実をいやおうなく知らしめていく。

「……いやっ……いやですっ……そんなこといやあっ……」

理佐子夫人は鳥肌だった総身を揺すりたて、恐怖に慄える悲鳴を噴きこぼした。

「ふふ、ようやく処女らしい反応になったな。そう来てくれないと処女を女にする醍醐味がない」

ニヤリと嗤った梶原はチューブを手に取った。揉みこまれて微かに赤みを増し、プックリと膨れた肉の蕾に潤滑用のジェルをトロリと垂らしかける。

「ひいっ……いやあっ……」

冷たく気色の悪いジェルの感触に夫人の瑞々しい双臀がブルブル慄える。

梶原はそのおののきを愉しみながら、小皺にジェルを擦り込むようにまぶしていく。

肛口にはジェルをたっぷりと盛るように塗り置いたが、すぼまりに指を潜らせて奥まで塗り込めようとはしなかった。未通の肛道が初めて味わう挿入感は男根で与えてやると決めている。

肛門にジェルを塗り終えた梶原は、天を突かんばかりにそり返った逸物にジェルを垂らしかけ、両手で揉みこむようにまぶしつけた。

「ふふ、覚悟はいいか」

梶原の手が夫人の顔をグイとさらしあげた。

「さあ、良一に別れを告げろ。これで見納めだ」

「……ああ……」

良一の遺影を見つめた理佐子夫人はせつなく喘いだ。良一がはにかむように微笑んでいるその写真は夫人が最も好きな夫の写真だった。

(……あなた……たすけて……)

排泄器官を犯されるおぞましさと恐怖に、夫人は思わず亡き夫に救いを求めていた。遺影の微笑みが涙でぼうっと霞んでいく。

「ふふ、別れを告げたか」

梶原が夫人の瑞々しい臀丘を両手で掴むとグイッと左右に押し開いた。おののくようにキュッとすぼまる肉の蕾に、ジェルをしたたらせる岩塊のような亀頭をヌルリと

「ひっ……いやああっ……」

肛門に焼き鏝を押しあてられたかのように夫人が激しく顔を振りたてて、悲鳴をほとばしらせた。

「……いやっ、いやですっ……そ、そんな酷いことをしないでっ……お、お尻でなんて……く、狂っていますっ……」

排泄器官でしかない肛門を犯される——汚辱の行為への恐怖に夫人は歯をガチガチ噛み鳴らし、声を慄わせて必死に訴える。

「ふふ、狂うのは、理佐子、おまえだ。思いきり狂い啼いて、俺に尻の処女を捧げ、正真正銘の俺の女になる姿をしっかりと良一に見せてやれ」

懸命に逃れようとする夫人の背を大きな手で押さえつけると、梶原は怒張に体重をのせかけるようにして処女肉への侵犯を開始した。

グググッと肉皺を奥に押し込むようにして、硬い亀頭が夫人の未開の双臀にめり込み始める。

「ひいいっ、いやああっ……んんっ、い、痛いっ……」

双臀を引き裂かれるような激痛が脳天まで一気に突き抜けた。気が遠くなるような鋭い痛みに夫人の顔から血の気が引く。

「ひいっ、お願いっ……や、やめてっ……痛いのっ……」

「ふふ、処女を突き破られるんだ。痛くて当然だ。痛ければ泣き叫べ。あの世の良一が地団太踏むほど、泣き叫んでやるがいい」

嗜虐の炎に眼を爛々と炯らせた梶原は丹田に力を込めると、硬い処女肉をメリメリ軋ませるように押し広げ、ジワジワと、だが確実に、異物の侵犯を知らない未開の肛口に亀頭を埋め込んでいく。

「ああっ……い、痛いっ……し、しないでっ、ああっ、お、お尻が裂けますっ……ゆ、ゆるしてっ、ひいいっ……」

双臀が灼き裂けるような激痛に大粒の涙がこぼれ、視界が白く飛んだ。気色の悪い脂汗が総身からジワッとにじみだし、熱を帯び、桜色に染まった裸身が妖しくぬめ光って苦悶に慄える。

ズブウウッ——最も狭い肉門を亀頭がついに突き破った。

野太い肉茎が夫人の白い双臀のあわいにズズウッと導かれるように没し、未開の肛道を深々と怒張が縫いあげた。

「ひいいいいいっ……」

肉が裂けるような痛みと禍々しい挿入感に、理佐子夫人が顎を突きだすようにのけぞり返った。

双臀の最奥に女の道をつけられた哀しみの叫びが虚空を引き裂くように夫婦の寝室に響き渡る。

「……あああっ……」

双臀が裂けんばかりの拡張感とおぞましい異物感、そして脳までがジンジン痺れる痛みに、夫人は唇をワナワナ慄わせ、苦悶に顔をのたくらせる。双臀が内側から灼かれるように熱く燃えたち、息苦しさに口を閉じることさえままならない。

（ざまあみろ、良一——）

梶原は言い知れぬ勝利感に酔いしれていた。

どす黒い肉棒で穿たれた白い双臀をブルブル慄わせ、ヒイヒイ声を絞って泣く夫人の姿が梶原の征服欲を満たし、怒張を食いちぎらんばかりに締めつける肛肉の生ゴムのような感触が心地よく勝利を讃える。

「どうだ理佐子、尻の処女を失った気分は？　ふふ、女のすべてを俺に捧げた気がするだろう」

汗に濡れた背に覆いかぶさるように上体を倒した梶原が、夫人の耳元で勝ち誇ったように囁いた。大きな掌がジットリと汗ばんだ乳房を掬いとるように包み込んだ。

つきたての餅のように手に吸いつく、しっとりと重い乳房を味わいながら、梶原は肛肉が野太い怒張に馴染むのを悠々と待った。

（……ああ……く、苦しい……）

双臀の奥が灼けるように熱かった。身体の芯に焼け爛れた丸太をクサビさながらに深々と打ち込まれたような異様な挿入感と息苦しいばかりの拡張感に、夫人は身じろぐことも恐ろしく、ハアッ、ハアッ、ハアアッと腹の底から熱を絞りだすように喘ぐばかりだった。

肛門を刺し貫かれた時の肉が裂けるような激痛はいつのまにか去っていた。ジーンと重く痺れるような感覚に変わっている。双臀の最奥がむず痒く疼くような異様な感覚だ。

（……こ、怖い……）

それが肛門性交特有の官能のきざしだとは知るよしもない夫人は、その感覚の不気味さに慄えおののいた。

「尻の奥が灼けるようにジンジン疼いてきたか？　オマ×コの処女と違って尻の穴は女の道をつけられたら、すぐに啼けるようになる。ふふ、理佐子、尻の穴でヨガリ啼きたいんだろう？」

「……そ……そんな……」

排泄器官を犯されて淫らな声をあげて啼く――にわかに信じがたいおぞましさに理佐子夫人は声を慄わせる。

「そんなことはないか――ふふ、なら試してやろう」

梶原は上体を起こすと、キュッとくびれた夫人の腰をガッシリと摑んだ。

ズズズッ――肛辱の感触を夫人にじっくりと味わわせるように、怒張がゆっくり肛口の外まで引きだされる。

「ひいっ……い、いやあっ……あああっ、いやっ……」

鋭く張りだした鰓で肛襞を掻きたてられ、肛道を外へ引きだされ、めくりかえされるようなおぞましい感触に、夫人が汗と涙で濡れた顔をワナワナ慄わせ、悲鳴を噴きこぼした。

ググッ――亀頭がプクンと膨れた肉の蕾を肛口に押し込み、ふたたび肉棒が夫人の肛道をズブズブッと縫いあげていく。

「いやあっ……あううっ、んんんっ……」

内臓まで刺し貫かれるようなおぞましく重い挿入感に背筋がザワザワと粟だち、呻きにも似た声を洩らして夫人が苦悶に顔をよじりたてる。

「ふふ、尻の穴がすっかり俺の魔羅に馴染んだようだな。キリキリ嬉しそうに食い締めてくるぜ」

梶原はきつい収縮を愉しみながら、悠々としたテンポで肛肉を練りこむように責めていく。挿入感を際だたせ、夫人に肛辱の味わいを教え込むために、亀頭は必ず肉門からズルッと抜きだし、肉蕾を押し込むようにズブウッと埋め込んだ。

「……あぁっ……い、いやっ……やめてっ……ああっ、あううっ、んんんっ……」

いとわしい排泄器官を犯されるおぞましさに慄えながらも、理佐子夫人は怒張の動きに合わせるように放たれてしまう声を抑えることができない。できることといえば唇を懸命に引き結んで、こみあげてくる声を嚙み殺すことだけだったが、それすらも長くは続かない。

（……ああ……こ、こんな……ど、どうして……）

双臀が灼けるように熱くジーンと重く痺れていた。肛道を捲り返すように怒張が引きだされ、媚肉を練りこむように抉りぬいてくるたびに、その重く熱い痺れが背筋をザワザワざわめかすように這いのぼってくる。ネットリとした粘度の高い生汗が総身ににじむ。熱の塊りが息苦しいまでに喉元にこみあげ、こらえきれずに口から放たれて羞ずかしい声となった。

「……や、やめてっ……あああぁっ……」

声を放つたびにその重く熱い痺れはさらに膨れあがった。怒張が抜かれる時の、硬い鰓が肛襞を掻きあげ、肛門をズルッと引きずりだされていくような異様な感覚がこらえられない。

こんなおぞましいこと——意識でどれほど否定しようとしても、その感覚は双臀の力がすべて吸いとられていくような、妖しいまでに甘美な官能だった。

「ふふ、いい声で啼けるようになったな。尻の穴を抉られて淫らな声をあげてしまう羞ずかしさがたまらないだろう。それが尻の穴の味だ」

「……う、嘘です……な、啼いてなんかいません……」

声を慄わせ、顔を振りたてた理佐子夫人の眼に夫の遺影が映じた。

こんなおぞましい行為に負けてはならない——微笑みを浮かべる夫の遺影をすがるように見つめて、夫人はギュッと唇を嚙みしめる。

「これでも嘘か」

ニヤリと嗤った梶原が一転して、叩きつけるように腰を使い始めた。

「ひいいっ、いやあっ……あああっ、んんっ、あううっ……」

抉りぬかれた肛道から灼けつくような痺れが背筋を駆けのぼり、ズンッと重い衝撃となって脳髄を揺さぶる。視界が白くはじけ、夫の微笑みがかき消えた。

「……あひいっ……や、やめてっ、あううっ、あああっ……」

肛道がヒリヒリ灼け爛れるばかりか、責め嬲られてもいない女体の芯までがトロトロに蕩けていく。妖しい快美感が双臀と腰を支配し、夫人は総身をのたうたせて淫らになまめいた声を絞らずにはいられない。

「ふふ、わかったか、理佐子。おまえは尻の穴でヨガっているんだ」

腰の動きを止めた梶原は手を前にまわし、夫人の股のあいだに差し入れた。汗に濡れた毛叢の奥で、女の肉溝はあふれだした樹液にグッショリと濡れそぼっていた。

「オマ×コまでビチャビチャに濡らして、ふふ、尻の穴はそんなにいいか?」

「……ああ……そ、そんな……」

秘所を淫らに濡らしていた驚きと羞ずかしさに夫人は消え入りたげに声を慄わせ、顔を振った。

「あひいいっ……いやああっ……」

その顔がのけぞり返って悲鳴を噴きこぼした。行きがけの駄賃とばかりに、梶原の指がプックリと膨れた女の芽を摘みあげ、しごきあげたのだ。

「ふふ、理佐子、おまえは俺に尻の穴を抉られてオマ×コを濡らす淫らな女だ」

足首とひとまとめに縛られた夫人の左手を梶原の手が摑んだ。

「もう、こんなものは必要ないだろう」

薬指から捻じるようにして結婚指輪を抜きとってしまう。

「……ああっ、いやっ……」

夫と唯一繋がる指輪を奪われた夫人が悲痛な声をあげた。

「これで正真正銘の丸裸だな、理佐子。それにしてもこんな指輪ひとつで、女を自分のものにした気になっていたとは幸せなヤツだ」

梶原は指輪をピンッと弾き飛ばした。

ピシッ——冷たい音をたてて指輪が良一の遺影に当たり、柔らかな微笑みを切り裂くようにガラスに亀裂が走った。

「良一、女ってのはな、こうやって自分のものにするんだ」

ズブウウッ——怒張が理佐子夫人の双臀の最奥を激しく抉りぬいた。梶原はビシッビシッと腰を夫人の双臀に叩きつけるように責めたてていく。

「あううっ……いやあっ、ああっ……あううっ、あああっ……」

灼けつくような熱波が双臀から立ち昇り、総身を痺れさせ、脳髄を溶かしていく。

細い眉をたわめ、ネットリ濡れ光る額に苦悶の皺を刻み込んで、熱く重い熱の塊りを吐きだすように夫人はおめきにも似た声を放って啼いた。

総身が重く灼け痺れ、力を絞りとられていくような肛辱特有の官能だった。

（……ああ……私……お尻で啼かされている……）

夫の遺影の前で絆の指輪を奪われ、おぞましく肛門を犯されながら愉悦の声を放って淫らに啼いている——その背徳感に夫人の脳がトロトロに蕩けていく。

（……ああ……わ、私……だ、だめになっていく……）

そんな思いにさえも妖しいまでに甘美な官能が隠されていた。

「あああっ……だめっ、し、しないでっ、あああっ……あううっ、ゆるしてっ……」

理佐子夫人がひときわ高い声をあげて啼いた。双臀を深々と刺し貫いた怒張が灼熱の火柱となって喉元まで突きあげてくるような官能の凄まじさに夫人は怯えた。

「あううっ……こ、怖いのっ、あああっ……たすけてっ、あううっ……」

夫人は錯乱したように首を振り、熱い声を噴きこぼした。

「理佐子、おまえの主人は俺だッ。——いけッ、尻の穴でいってみせろッ」

吼えるように声を放った梶原が怒濤のように腰を叩きつける。

「あひいいいっ……いやあああっ……」

首の骨が折れんばかりに夫人が顔をのけぞらせ、末期の悲鳴をほとばしらせた。

ズンッ——重い衝撃とともに肛道を抉りぬいた怒張がブルルッと震え、爆ぜた。

ドクッ、ドクンッ——灼熱の精が双臀の最奥に注ぎこまれる。

「あううううっ……」

背徳の器官に射込まれた精の汚濁が悪魔の刻印であるかのように、理佐子夫人は苦悶にゆがんだ顔をのたくらせ、獣じみた呻きを放った。

生汗にネットリと濡れた総身がワナワナ慄え、ガクッと息が途絶えるように総身が弛緩し、夫人の顔がシーツに沈んでいった——。

第四章　数珠　並べられた美臀

1

（……いったいいつまでここに閉じ込められているのだろう……）

多江は不安にさいなまれながらその部屋を見まわした。

そこはウッドベースの落ちついた質感のある、ゆったりとした個室だった。

ベッドにテーブルと椅子、壁には40インチはあるかと思える大きな液晶テレビのモニターが掛けられ、部屋の隅には冷蔵庫が置かれている。ゆったりとしたトイレとバスルームも設えられていて、窓がひとつもないという異常さを除けば、ちょっとしたワンルームマンションか、シティホテルの一室という趣きだった。

椿亭から縛りあげられ目隠しをされてこの部屋に連れ込まれて、すでに三日がたとうとしていた。

ショーツ一枚許されない全裸のままでの監禁だったが、食事は朝、昼、夕の三度、栄養バランスを考えた手の込んだ料理がルームサービスのように与えられた。

そして、夜には、ふた晩続けて梶原がやってきた。

どこぞと知れぬ密室で、女を犯し慣れた梶原と対峙しては抵抗を押し通せるはずもなかった。多江は口を汚され、様々な淫らで屈辱的な体位をとらされて、気が遠くなるまで犯しぬかれた。

（……口惜しい……）

鉛のように重い腰の気だるさとともに、昨夜の恥辱に満ちた記憶が生々しくよみがえってくる。なによりも口惜しいのは、自分の身体が見せた反応だった。無理矢理犯されているにもかかわらず、多江は梶原の望むがままにヨガリ啼かされ、淫らで羞ずかしい声をいやというほど絞りとられた。あられもなく肉の悦びにのたうち悶え、羞恥の極みの姿を何度となくさらしてしまったのだ。

（……どうしてこんなことに……）

犯されるたびにより深くなる官能と、より淫らな反応を見せてしまう自分の情けなさを思いだして多江は唇を噛んだ。だが、多江の心を締めつけているのは口惜しさと悔恨だけではなかった。

（……こんなことを続けさせられていては……どうなってしまうかわからない……）

そんな恐怖と不安がジワジワと多江を追いつめていた。昨夜は、あろうことか、梶原の背中にしがみついて信じられないほど羞ずかしい声をあげて肉の悦びを極めてしまっていた。

カチャリ――鍵が開錠される微かな音に続いて、ドアが開いた。

妖艶な黒のドレスを身に纏ったルミ子がふたりの男を従えて入ってくる。

「フフ、おはよう」

戸惑いとともに乳房と女の茂みを手で覆い隠す多江の裸身に、ルミ子の冷たい視線がチェックするように注がれる。

「きちんと朝のお風呂は済ませているようね。感心だわ。梶原様にお仕えする女として忘れてはいけない心がけよ」

意識を失うまで嬲りぬかれて、そのまま深い眠りに落ちてしまった多江は、梶原の精の汚濁と唾液にまみれた身体を目覚めると同時に洗い清めずにはいられなかっただけだった。そんな多江の気持ちをおもんばかることもなく、ルミ子は意地悪く微笑んでいる。

「……私は、梶原に仕える女なんかじゃない……人を自分の卑しい物差しで見ないことね……」

多江が怒りを込めて、ルミ子を見つめ返した。

「そんな強がりは通用しなくてよ、多江。昨日も梶原様に抱かれて、浅ましく腰を振ってヒイヒイヨガリ啼いたくせに、よく言うわね。梶原様にしがみついて失禁までして気をやったのはいったいどこの誰なのかしら？ ──フフ、あなたの身体からは淫らな女の匂いがプンプンするわ」

「……私はあなたを絶対にゆるさない……」

屈辱に多江の声が慄える。

「いつまでそんな強がりを言っていられるかしら、とても楽しみね。多江、ここがどこかを教えてあげましょうか。フフ、ここはあなたたちが言うピンクゾーンの心臓部なの。新地で働く女たちを男好みの身体に仕込む場所よ。ここに連れてこられた女は元の身体では二度と外の世界に出ていけないの」

歌うように言ったルミ子がふたりの男を眼でうながした。

男たちは前に進みでると、左右から多江の腕を引き剝ぐように摑んだ。

「いやっ、な、なにをするのっ、放してっ……」

声を引きつらせて抵抗する多江の腕がやすやすと背中に捻じあげられ、ひとまとめにされた手首に細い結束バンドがまわしかけられ、キュッと締めあげられる。多江は瞬く間に両手の自由を失ってしまった。

「さあ、来るのよ、多江。ここが女にとってどんな場所なのか、いやというほど教えてあげるわ」

そううそぶいたルミ子が身を翻して部屋を出て行く。その後ろを男たちに腕を取られて多江がドアの外へ引きだされた。

そこはホテルの客室フロアさながらだった。グレイの絨毯が敷き詰められた廊下がまっすぐ延び、その左右に同じ仕様の赤いドアがずらりと並んでいる。

廊下の中ほどに梶原が立っていた。梶原の背後には、やはりふたりの男に腕を取られた全裸の女がうなだれるように立たされている。

「……り、理佐子さんっ……」

多江は愕然とした。その悄然とした美しい女は理佐子だった。

「……ひっ……多江さんっ……」

多江の声に顔をあげた理佐子が凍りつく。

「ど、どうしてっ……理佐子さんを放しなさいっ……」

激しく身を揺すりたてて、多江が梶原に向かって叫んだ。

「ふふ、昨夜、あれだけヒイヒイ俺にヨガリ狂わされたというのに、まだその生意気な言い草か。多江、おまえはつくづくたいした女だ」

多江の前に立った梶原がたわわな乳房をムンズと摑みあげた。

うっ——微かに呻いた多江が挑むように梶原を睨み返す。

「従順な理佐子の爪の垢でも煎じて飲めとは言わない。この気の強さがおまえの味だ。その気丈さがどう崩れていくか——今日もこの熟れた身体を責め嬲ってたっぷり愉しませてもらうぜ」

柔らかく張りのある乳房をシナシナ揉みしだいた梶原は、絞りだされて硬く尖った乳首をピシッと指で弾いた。

「ひっ……」

ビクンッと身を慄わせた多江は唇を引き結んで痛みを耐え、気遣わしげに理佐子を見つめた。囚われの身のふたりの視線が哀しく交錯する。

じっと見つめ合うその重みに耐えられないように理佐子がせつなく首を振って憂いに満ちた顔を伏せた。

（……ああ……理佐子さん……）

清楚で気の優しい理佐子が最愛の夫を失ったばかりの身に、梶原から受けただろう狼藉を思うと多江の胸が締めつけられるように痛んだ。

「さあ、行こうか」

梶原が廊下を奥へ向かって歩きだした。その大きな背中の後を、全裸に剝かれたふたりの美しい未亡人が悄然と引き立てられていく。

ふたりが連れて行かれたのはフロアの最奥にある「仕込み部屋」と呼ばれる広い洋間だった。奥の壁際に四隅に革枷の付いた巨大なベッドが置かれ、鉄パイプが縦横に走る天井からは不気味な滑車や鎖が垂れ下がっている。

「ひっ……」

部屋に足を踏み入れた多江と理佐子は思わず息を呑み、身をこわばらせた。

だが、それはその部屋の異様なたたずまいによるものではなかった。

巨大なベッドの前に全裸に剝かれた四人の美しい女が両手を天井から吊り下げられ、二肢を思いきり割り裂かれたあられもない姿でさらされていたのだ。

「……ひっ……お、奥さまっ……」

「……お、女将さんっ……ど、どうしてっ……」

女たちの口から驚愕の悲鳴があがった。

「……こ、これはっ……いったい、ど、どういうことなのっ……」

多江が驚きに声を慄わせた。理佐子は眼をみはるばかりで声も出せない。

女たちのうちふたりは夫の良一が残した会社である北都フーズの社員だった。ひとりは倉持祐実という営業担当の社員、もうひとりは佐藤範子という要町にあるイタリアンレストランのフロア主任だった。社員と家族づきあいをしていた理佐子はふたりともよく知っていて、理佐子よりふたつ年上の範子は昨年暮れに結婚したばかりの人妻だった。

多江を女将さんと呼んだ二十歳そこそこのスレンダーな女は料亭「もりむら」の米川陽子という仲居だった。

もうひとりの女は多江も理佐子も知らない女だったが、ほかの三人に劣らず美しい三十歳前後の女だった。

「北之宮新地、おまえたちがピンクゾーンと呼んでいるこの街で最も金になる商品はもちろん女だ」

四人の女の前に立った梶原が理佐子と多江に講釈するように言った。

「このビルには、様々ないわくつきの女が商品となるべく集まってくる。自分から志願してくる女もいれば、しがらみや借金に縛られて連れて来られる女もいる。その数は月、百人を優に上まわる」

梶原が範子の顎を摑んで泣き濡れた顔をさらしあげた。

「ひっ、やめてっ……」

「もちろん、女たちは十人十色、商品価値も均一ではない。個体差に応じたランクがある。年齢、顔、プロポーション、場合によっては人妻、学生と言った属性――それぞれの女の商売道具で選り分けられるわけだ」

梶原の手が範子の濃い毛叢で覆われた女の丘を包み込み、節くれだった長い指が女の亀裂をまさぐった。

「いやああっ……」

「……や、やめなさいっ……」

範子の悲鳴を追うように、多江が怒りに声を慄わせた。

「ふふ、その選り分けはセレクションと呼ばれて、ルミ子が取り仕切っている。女たちの働き先はそこで決まる。キャバクラ、ソープ、ホテトルというようにな。だが、時として、飛びきりの上玉がいることがある」

梶原が範子の横に吊るされた三十前後の女の前に立った。髪をアップにまとめた瓜実顔の美しい女だ。

「ギャンブル好きの亭主の借金のカタに闇金から送り込まれた前原雅子、おまえのようにな。そんな飛びきりの上玉は特Aランクとされ、このフロアに送られてくる。俺が味見をしたあと、従順で淫らな商品になるまで徹底的に仕込まれて、この街最高級のコールガールとなるわけだ」

「……わ、私たちは関係ないじゃないっ……」

祐実が恐怖に声を引きつらせながら言った。

「ふふ、面白い。亭主運が悪く借金のカタとなった雅子と、優良企業のまっとうな社員であるおまえとは違うというわけか」

梶原がニタリと嗜虐の嗤いを浮かべて祐実の顔を覗き込んだ。

「祐実、範子、陽子――おまえたち三人は俺が新たなオーナーとなった会社と料亭の女だ。俺の経営理念は適材適所、いわばこれは配置転換だ。この素敵な身体でみっちりと稼いでもらおうというわけだ」

梶原が祐実のツンと突きでた乳房をシナシナと揉みしだいた。

「……狂ってる……」

多江が男たちに摑まれている裸身を揺すりたてるようにして怒りに染まった声を慄わせた。

「……梶原、あなたは、心の底から狂っているっ……そ、そんなことが許されると思っているのっ……」

「ふふ、多江。おまえの身体を張った協力のおかげで、俺を締めだすはずだった条例案は提出さえされずに闇に葬られる。良一亡きいま、この街はすでに俺の王国だ。許すも許されないもない、俺が法であり、俺が王なのだ」

梶原は多江と理佐子の前に立ち、勝ち誇ったように声をあげて嗤った。

2

「新入り四人の味見の前に、おまえたちふたりには手本を示してもらおう。ここで女たちがどのように仕込まれるのか――かつての使用人の不安と恐怖を身をもって取り除いてやるんだ。本望だろう」

梶原は残忍に頰をゆがめると、壁際に控えていた男たちに顎をしゃくった。

「ふたりに尻をさらさせろ――」

男たちの手で部屋の中央に体操の跳馬台を小さくしたような尻責め用の拘束器具がふたつ並べられた。黒革張りの台座に四本のパイプの脚が付いた、高さ六〇センチほどの器具だ。不気味な革ベルトが垂れ下がる台座の隅から左右に金属のパイプが突きだしている。

「な、なにをするの……放してっ……」

「……いやっ……やめてっ……」

器具の前に引きだされた多江と理佐子は声を慄わせ、懸命に裸身を揺すりたてた。

だが、荒ごとに慣れた屈強な男たちの前では、そんなあらがいはなんの役にもたたなかった。上体を台座にうつ伏せに押しつけられ、台座を抱いた格好で両手首をパイプの脚の根元に革ベルトで固定され、たちまち動きを封じられてしまった。

左右の足はそれぞれ台座から出ているパイプに膝の裏をかけた形でやはり革ベルトできつく固定された。追い込みをかける競馬の騎手さながらに双臀を高々と虚空に掲げた恥辱に満ちた拘束である。

「……ああっ……いやっ……」

「……こ、こんな……羞ずかしい……」

最も秘めておきたい双臀の谷間を隠しようもなくさらした格好をとらされた屈辱と

羞恥に多江と理佐子は声を慄わせ、総身を揺すりたてた。

だが、それは取りも直さず、並べるようにさらされたふたつの美しい双臀を梶原の眼の前で淫らに振りたてることにしかならない。

「ふふ、ふたり揃ってオマ×コを剝きだしにして尻振りダンスか——なかなか乙な眺めだな」

瑞々しい張りと光沢を見せるやや小ぶりな理佐子の双臀と、しっとりと脂ののったまるく熟れた多江の双臀——ふたつの白く美しい尻を梶原が淫猥な嗤いを浮かべて見較べた。

双臀の谷間にくっきりと露わになったふたりの女肉の亀裂は申し合わせたようにわずかな綻びを見せ、花弁のあわいからヌメリと濡れた鮭紅色の肉色を覗かせている。多江の肉溝の方がやや朱色が濃く、漆黒の繊毛で縁どられていることともあいまって淫靡な趣きが深い。

「ふふ、多江、淫らに尻をさらして、これからなにをされるかわかるか」

柔らかな肌理を味わうように、多江の尻たぶを梶原の手がソロリと撫ぜて、臀丘のあわいへと滑りおりた。節くれだった二本の指が綻びを見せる花弁をなぞり、ズブッと花芯に潜り込んだ。

「ひいっ……や、やめてっ……」

「なにがやめてなものか。どうやらオマ×コは俺の指を忘れずに覚えていたらしい。ジットリと湿った淫らな肉が待ちわびたように指に吸いついて、キュウキュウ絡みついてくるぜ」

「……う、嘘よっ……」

野卑な男たちばかりか、同性までが見守る衆人環視の中で淫らさを指摘される恥辱に、多江は声を引きつらせた。だが、秘所への指の挿入というおぞましい嬲りにもかかわらず、花芯が梶原の指をギュウウッと食い締めてしまっていることは自分でもわかっていた。

わかっていても淫らな肉の蠢きを止めることはできない。梶原が言うように三夜続けて辱められた身体が梶原に慣れ始めてしまったのかも知れないという不安が多江の心をよぎる。

「ふふ、これでも嘘か」

梶原が指先をギュッと曲げ、プクンと膨れた肉襞のシコリを掻くように激しく擦りあげた。

「ひっ、いやっ……あああっ……」

痺れるような快美感に多江が双臀を慄わせ、あえかな喘ぎをこぼして啼いた。

「わかるか、多江。おまえのオマ×コはすっかり俺に仕込まれて、嬲られる悦びを覚えてしまったんだ」

（……ああ……口惜しい……）

多江は梶原の揶揄に反駁できない女肉の淫らさを呪った。昨夜、自分が演じさせられたあられもない狂態が脳裡にまざまざとよみがえる。

「だが、女が淫らに仕込まれるのはオマ×コだけではないぞ」

ズルッと花芯から指が抜きだされた。

「どこだと思う？　ふふ、ここだ。今日はここをじっくりと仕込んでやる」

ヌメリを帯びた梶原の指が蟻の門渡りを這いあがり、微かにセピア色を帯びた肉の窄まりをとらえた。小菊の蕾のように、細かく刻み込まれた小皺を延ばすようにまるくなぞりあげる。

「ひっ、そ、そこはっ……そ、そんなっ……まさか……」

想像だにしなかった場所――排泄器官を指でなぞられるおぞましい感触に多江が狼狽の声をあげた。

「ふふ、そのまさかだ。アナルセックスという言葉を知らないわけでもないだろう。

おまえに尻の穴でヨガリ啼く悦びをたっぷりと教え込んでやる」

コリコリと硬いすぼまりの感触を確かめながら、梶原の指が多江の処女地をいたぶるように揉み込んだ。

「ひっ……そ、そんなおぞましい外道なことを……て、手を放してっ……」

確かにアナルセックスという言葉を知らないわけではなかった。だが、それは多江にとっては外道の世界、人の道からはずれた極北の地で行なわれている身の毛もよだつ行為に違いなかった。

「ふふ、聞いたか、理佐子。おまえが好きな尻の穴は外道だそうだ」

多江の双臀を離れた梶原の指が理佐子の肉のすぼまりに移った。

「……ひっ……いやっ……お、お尻はいやっ……」

理佐子が顔を振りたてて、声を慄わせる。

「嘘をつけ。すっかり尻の味を覚えて、昨日もヒイヒイよだれを垂らしてヨガリ啼いたくせに。ほら、おまえはこの感覚が好きなんだろう」

梶原の指が理佐子の肉蕾をググッと押し込んだ。

「……ああっ……や、やめてっ……し、しないでっ……」

多江の前で肛門を嬲られることへの羞ずかしさと恐れに理佐子が声を引きつらせて

哀訴した。

だが、すでに何度も梶原の野太い怒張に侵犯された肉蕾には拒みようはなかった。

ズブッ——苦もなく指が肉蕾に没し、抉るように理佐子の肛道を縫いあげた。

「ひいいっ……いやあっ……」

理佐子は羞恥に染まった顔を振りたてて悲鳴を噴きこぼした。

背筋をおぞけるような感覚が這いのぼり、双臀の芯をおぞましい異物感が支配する。このおぞけとおぞましさの中から妖しい官能がやってくることを、理佐子はもういやというほど知っている。

「……お、お願い……や……やめて……」

理佐子がかぼそく声を慄わせて訴えた。多江はもちろん、夫の会社に勤める女性たちの前で、排泄器官であるいとわしい肛門を嬲られて感じてしまう羞ずかしい姿だけは見せたくなかった。

「ふふ、理佐子、しおらしい声をだしてどうした？　尻の穴でヨガリ啼く恥じはさらしたくないということか？」

意地悪く訊く梶原に理佐子は消え入りたげにうなずいた。

（……ああ……理佐子さん……）

羞恥に身を揉むその姿に、多江は理佐子がすでにその禍々しい行為の洗礼を受けていることを知った。

「なにもそれほど気に病むことではない。男に仕える女が尻の穴の味を覚えさせられるのは当然のことだ」

梶原は理佐子の肛道から指を抜くと、人の字に吊られている女たちを見まわしてニタリと淫猥な嗤いを浮かべる。

「ふふ、おまえたちの尻もひとり残らずこの俺が女にしてやる」

「ひっ……」「いやっ……」「そんな……」

悲痛な声を口々に洩らして四つの双臀が怯えるように揺れた。

「まずこの熟れた尻で処女喪失の実演をしてやろう」

梶原の手が多江の尻たぶをピシャリと打った。

「ひっ……」

多江の裸身がビクンッとおののく。

「その前に多江、あいかわらず減らず口をきくおまえには生き恥じをさらしてもらおう。――ルミ子、準備はいいか？」

「はい、できております」

部屋の隅からルミ子がもったいをつけて、多江と理佐子の前にワゴンを押してくる。ワゴンの上には透明な薬液をなみなみとたたえたガラス製のボウルと、巨大な注射器のようなガラス器がふたつ載せられている。

「フフフ、これからなにをされるか、わかるかしら？」

不安といぶかしさに怯えた眼を向ける多江に、ルミ子が意地の悪い微笑みを浮かべて、奇怪なガラス器を手に取った。

「太い注射器みたいでしょ。これは浣腸器——フフ、お尻にするお注射よ」

ルミ子がこれ見よがしに浣腸器の嘴管をボウルの中に浸すと、キューーッと音をたててグリセリンを希釈した薬液を野太いシリンジいっぱい吸いあげた。

「……か、浣腸……」

薬液を肛門に注入されて排泄を強要される——愕然と眼を見開いた多江の顔からスーッと血の気が引いた。

「……ど、どうしてっ……そんな、酷いことを……」

「ふふ、まず尻の中を綺麗にしてから俺の魔羅を突っ込まれるということだ。おまえのような気の強い女には、浣腸と魔羅の連続注射がよく効くのさ。女の毒気を抜く魔法の注射というところだ」

梶原はもう一本の浣腸器を手に取ると、慣れた手つきでボウルから薬液をキューッと吸いあげた。

「ひとりで生き恥じをさらすというのも心細いだろう。ふふ、理佐子、おまえも初浣腸のご相伴にあずからせてやろう」

「ひっ……そ、そんな……か、浣腸なんて、いやっ……いやですっ……」

理佐子が恐怖に総身を慄わせて激しく首を振る。

「……理佐子さんは関係ないわっ……し、したければ、私、ひとりにすればいいでしょっ……」

多江は浣腸の恐怖を押し殺して訴えた。最愛の夫を失ったばかりの不憫な理佐子をこれ以上苦しめるわけにはいかない。

「……そ、そんな……多江さん、そんなことをおっしゃってはだめっ……か、梶原さんっ……お願い、わ、私、ひとりにしてっ……」

理佐子があわてたように声を慄わせ、梶原に訴える。

もう私は身も心も汚されてしまっているのに、多江さんの情に甘えるわけにはいかない――それが、心優しい理佐子の思いだった。

「ふふ、未亡人同士の麗しき友情というやつか――心配するな、ふたりに四〇〇ccずつ、分けへだてなくたっぷりと注ぎ込んでやる。だが、面白いことを聞かせてもらった。多江、今度俺にこざかしい口をきいたり、小生意気な態度で歯向かったときには罰を受けるのはおまえではない。理佐子だ。もちろん、その逆もある。ふふ、心しておけよ」

意地悪く言い渡した梶原は薬液が滴る浣腸器を手に理佐子の背後に屈みこんだ。キュッと怯えるようにすぼまった肉蕾に小指ほどもある嘴管があてがわれる。

「……ひっ……いやっ……ゆるしてっ……」

冷たいガラスの感触に理佐子が思わず声を慄わせる。

「ふふ、多江、あなたのお注射は私が担当よ」

ルミ子が多江の双臀の後ろに屈みこんだ。セピア色の肉のすぼまりに嘴管をあてがうやいなや、ためらいもなくズブッと突き入れた。

「ひいいっ……いやあっ……」

覚悟するいとまさえ与えられなかった多江は、硬く冷たい異物の挿入感に双臀をブルルッと慄わせ、思わず悲鳴を噴きこぼした。

「あらあら、可愛い声をだしてしまって。でも、お尻は処女なんだもの仕方ないわね。フフ、お尻の穴はね、こうやって挿入される感じと抜き取られる感じがたまらないのよ。そのうち、この味が忘れられなくなるわ」

ルミ子は焦らすように嘴管をズブッ、ズルッと抜き差しして、多江のおぞましさをかきたてる。

「ああっ……いやあっ……」

理佐子が悲鳴を噴きこぼした。梶原に嘴管をズブウッとすぼまりに突き入れられたのだ。

「俺の魔羅をヒイヒイ悦んで咥え込むくせに、これしきで情けない声をだすな」

身も世もなく揺すりたてられる理佐子の双臀を梶原がビシイッと平手で打った。

「さあ、味わえ、理佐子、これが浣腸の味だ」

梶原がグググッとポンプを力まかせに押し込んだ。

ジューッ――勢いよく噴出した薬液が肛壁を叩くように洗い、一気に腸内に注ぎ込まれる。

「ひいいいっ……いやあっ、や、やめてっ、ああっ……」

生温い薬液が腸内に噴出する汚辱感に理佐子は総身をブルブル慄わせ、顔をのたくらせて哀訴の悲鳴をほとばしらせた。

「フフ、理佐子ったらいい声で泣くこと。さあ、多江、あなたの泣き声を聞かせてもらうわ」

嗜虐の悦びに眼をキラキラ炯らせて、ルミ子がポンプをゆっくりと押した。

ルミ子には梶原のように一気に注ぎ込むつもりはない。チュルチュルチュルとおぞましさを長引かせるように微量ずつ、さりとて途切れることなくゆっくりと注入していく——梶原の手で何度となく浣腸を経験させられたルミ子自身が最もつらいと感じた注入法だ。

「……うう っ……いやっ……んんっ……ああっ……」

負けてはならない、弱音を吐いてルミ子を喜ばせてなるものか——多江は奥歯をキリキリ噛みしめて耐えようとした。

だが、薬液のおぞましい注入感に総身がおぞけて鳥肌だち、悪魔の生温い精液をチュルチュル注ぎ込まれているような禍々しさをこらえることができない。かぼそく喘ぐような苦鳴がどうしようもなく洩れでてしまう。

時間をかけて四〇〇ccすべて注ぎ終えると、ルミ子がズルッと嘴管を抜き取った。

「すっかり飲み込んだわね。フフフ、でも、本当に愉しいのはこれからよ」

鳥肌だった多江の尻たぶを撫ぜながら、ルミ子が笑った。

「……ああ……こ、こんな……」

ルミ子の言葉に応えるように、理佐子が声を慄わせ、顔を苦しげに捻じりたてた。キュルキュル音をたてて薬液が腸内を渦巻くように蠢き、薬液に刺戟された腸壁が不気味な蠕動を始めていた。

下腹部が刺しこむような感覚とともに、ジワジワ高まってくるそれはまがうことなき便意だった。

狼狽とともに左右に揺れる理佐子の顔の横で、多江の顔が苦悶に慄える。

「……んんっ……あぁっ……」

弱みを見せまいと懸命に引き結んだはずの唇がゆるみ、苦しげな喘ぎとともに腹の底から絞りだすような深い息がハアハア音をたてて吐きだされる。

（……く、苦しぃ……ど、どうしたら……）

多江は浣腸がこれほど速く、そして確実に便意をかきたてるものだとは思いもよらなかった。下腹部がキリキリ刺し込むように痛み、容赦なく便意が膨れあがっていく。屈辱的な崩壊だけはなんとしてでも防がなければ——そう思って、息むように腹に力を込めてもジワジワ高まる便意を押しとどめることはできない。

ジットリと脂汗を浮かべて苦悶に喘ぐふたりの美しい未亡人——梶原はその姿を愉しみながらゆっくりと服を脱いでいった。

高まる便意を懸命にこらえるその姿にも、当然それぞれの個性があり、女の性格がにじみでる。

負けん気を表にだして懸命に便意をねじ伏せようとする多江は、時おり憤怒に燃える眼で梶原をグッと睨みつけてくる。その視線が突きあげてくる便意に揺らぎ、うろたえたように弱々しく虚空をさまよう様子がなんとも色っぽく、梶原には心地よい。

「……ああ……だ、だめ……ああ……」

一方、理佐子はせつない喘ぎを洩らしつつ、くねくね顔をよじりたてることをやめられない。すがりつかんばかりに救いを求める弱々しい視線を梶原に送ってくるが、喉元まで出かかった哀訴の言葉を飲み込むように哀しく首を振りたてて眼を伏せる。気丈に便意を耐えぬこうとする多江を思うあまり、屈服の声をあげ、許しを乞うことができないのだ。

（ふたりして想像以上に愉しませてくれるぜ）

梶原はほくそ笑みながら、黒のビキニタイプのブリーフを脱ぎ捨てた。

虚空を突かんばかりに力をみなぎらせた毒蛇さながらの怒張が、ブルンッと胴震いとともにふたりの獲物の前に解き放たれる。

「ひいっ……」「いやっ……」

初めて眼にする禍々しい男根に、吊られた女たちの口から悲鳴が噴きこぼれた。

「ふふ、理佐子、つらいか？　どうして欲しい？」

せつなげに喘ぐ理佐子の顔を覗き込むようにして梶原が誘うように訊く。弱い女から堕としていく──それはふたりの女を同時に責めるときの鉄則だ。

理佐子は一瞬のためらいを見せたが、思いもよらず投げかけられた救いの手を拒む余裕はすでになかった。

「……ああ……お、おトイレへ……おトイレへ行かせてください……」

羞恥に声を慄わせながらも、すがるように梶原を見あげて哀訴する。

「トイレか？　俺にしたところで、ここで垂れ流されるのを望んではいない。ふたりとも揃ってトイレを使わせてやってもいい。だが、理佐子、俺に仕える女にはきちんとしたお願いの仕方があるはずだな」

ニヤリと嗜虐の嗤いを浮かべた梶原は理佐子の顔の前に誇示するように怒張をヌッと突きだした。

「……ああ……そんな……」

理佐子には梶原がなにを要求しているのかわかった。多江をはじめ、使用人でもある同性たちが見守る中で、夫の天敵に屈した惨めな姿をさらせと言っているのだ。

グルグルッ——逡巡する理佐子の腸の中で悪魔の薬液が出口を求めて渦を巻き、キリキリ刺し込むような痛みが下腹部を襲い続ける。我慢には限界がある。このまま放置されれば、衆人環視のこの場で死ぬほど羞ずかしい姿をさらしてしまうことは火を見るよりも明らかだった。

理佐子は高まる排泄の生理と恥辱への恐怖に屈した。

「……ああ……か、梶原さま……理佐子と……多江さんを……お、おトイレへ……どうか行かせてください……お……お願いします……」

「……ああ……理佐子さん……」

屈辱を耐え忍んで自分の分まで梶原に哀訴する理佐子の姿に、多江の心がキュッと締めつけられる。

「ふふ、よし、俺への服従を誓え」

ビシッ——梶原が腰を捻って怒張で理佐子の頬を打った。

「ひっ……ああ……り、理佐子は……梶原さまに……お、お仕えする女です……ああ……ふ……服従を……ち、誓わせていただきます……」

理佐子は声を慄わせ、禍々しい怒張におずおずと桜色の唇を寄せていく。

ところが、怒張はスッと理佐子の顔の前から逃げて、悲痛な面持ちで見つめる多江の顔の前にヌッとかざされた。

「多江、おまえはたいした玉だな。理佐子が我が身を犠牲にして、おまえまで救おうとしているのに、それを高みの見物とはな。ふふ、汚れ役はすべて理佐子に任せようというあくどい魂胆か」

仁王立ちに多江を見おろした梶原が挑発するように嗤った。

「……そ、そんなことないわ……」

キッと梶原を見つめ返して多江が言った。

「それなら、理佐子に代わっておまえが俺の魔羅に服従を誓い、口での奉仕ができるか?」

「……そ、それは……」

多江はギュッと唇を噛んだ。最初から多江を貶めようという梶原の悪辣な計略に気づいたのだ。拒否すれば、汚れ役を理佐子に任せていることを結果として認めてしまうことになり、従えば、みずから誇りを捨てて梶原に屈服する姿を皆の前でさらすことになる。

悪魔さながらの二者択一の前で多江に逃げ場はなかった。

「……ああ、梶原さま……わ、私がご奉仕いたしますから……多江さんをゆるしてあげて……」

理佐子が多江をおもんばかって、健気に声を慄わせた。

「……いいえ、理佐子さん……それはいけないわ……心配なさらないで……私がします……」

多江にはそう答えるほかに道はなかった。心優しい理佐子に甘えるわけにはいかない――ためらいを振りきるように禍々しくおぞましい肉棒に唇を差しのべていく。

だが、怒張は唇からスッと身をかわすと、反動をつけてビシッと多江の頬を打った。

「……ど、どうしてっ……」

「ふふ、多江、俺への服従の言葉がない。理佐子がしたようにまず俺への服従を誓え」

ニヤリと梶原が嗤った。

「……そ、そんな……」

何度となく梶原にヨガリ狂わされ、女として最も羞ずかしい姿をさらされてきた多江だったが、梶原への服従と屈服を認める言葉だけは頑として拒み続けてきた。それは身は汚されても心までは汚されないという多江の最後に残された女の矜持だった。

「どうした、多江？　やはり、理佐子に奉仕を譲るか？」

逡巡を許さぬとばかりにひときわ激しく下腹部がグルルッと音をたて、キリキリ腸を締めつけるような便意が襲いかかってきた。

「……ああっ……口惜しい……ううっ……」

無念さも露わに多江は呻吟するように顔を捻じりたてると、唇をわななかせて屈服を認める声を慄わせた。

「……ああっ……た、多江は……梶原さまに……お、お仕えする女です……ああっ……ふ……服従を……ち、誓わさせていただきます……」

同性たちの見守る中で、女としての矜持を捨て天敵に屈する口惜しさ——多江は涙のにじんだ眼をきつく閉じると、どす黒い亀頭に慄える唇を寄せ、禍々しい肉の凶器をみずから咥えこんでいく。

「……ううっ……」

すでに何度となく味わわされている梶原の男の異臭が、ひときわ忌まわしく口腔に広がった。

「ふふ、俺の女になると誓って咥える魔羅の味は格別だろう」

梶原は多江の頭をガッシリと掴むと、脂汗に濡れる顔を前後に揺すりたて、屈辱感を煽りたてるように肉棒で口腔を蹂躙し、喉を深々と突きあげる。

「……んんっ……ううっ……」

激しい便意をこらえながら男根を咥えさせられ、口腔を汚される恥辱に、きつく閉じ合わせた多江の眼尻から大粒の涙が頬を伝い落ちた。

「……ああっ……お、お願いですっ……も、もうっ……」

理佐子が蒼ざめた顔を慄わせて、切迫した苦鳴をあげた。

我慢の限界を超えようとする便意に虚空に掲げた双臀がブルブル慄える。いま、拘束を解かれたとしても、トイレまで我慢がもたないかも知れないという恐怖が理佐子の胸を締めつけていた。

「ふふ、いよいよ限界か。よし、多江の屈服に免じてトイレを使わせてやる」

ズルリと怒張を多江の口から抜き取った梶原がルミ子に顎をしゃくった。

「さあ、これがあなたたちのトイレよ」

ルミ子が隠し置いていたペリカンの嘴のようなガラス製の容器をふたつ手に取り、これ見よがしにかざして見せた。

「……そ、それは……」

理佐子が恐怖に眼を見開く。

「フフ、そうよ、素敵でしょ。これは介護用の尿瓶なの。心置きなくウ×チをさせてあげるわ」

「……だ、騙したのねっ……」

屈辱の上に更なる屈辱を強いてくる梶原の悪辣なやり口に、多江が吐きだすように言った。

衆人環視のこの場で排泄を強いられる——あまりのことに理佐子はワナワナ慄えるばかりで言葉もでない。

「俺はトイレを使わせてやると言ったが、トイレに行かせてやると言った覚えはない。勝手に勘違いしたのはおまえたちだ」

梶原がニヤリと嗤う。

「フフ、別に使いたくなければ使わなくてもいいのよ。後始末はすこし厄介だけど、それはそれで素敵なショーが見られるでしょうから」

「……ああっ……そ、そんなっ……」

「……な、なんて、卑劣なのっ……」

理佐子と多江は悲痛な声を洩らして首を振った。

だが、そうしているあいだにも便意は確実に高まり、ふたつの美しい双臀がブルブルガクガク断末魔の予感に慄える。

「ふふ、思いきり泣き叫んで生き恥じをさらしてみせるがいい」

嗜虐の炎に眼をギラギラ炯らせて梶原が言った。

美しい顔をゆがめ、呻くような苦鳴とともに歯をキリキリ軋ませて必死に便意をこらえるふたりの未亡人の姿に、唾液でぬめ光る怒張が爆ぜんばかりにいきりたつ。

理不尽な生理の欲求に最初に屈したのは理佐子だった。

「……ああっ、も、もうっ、だめっ……」

激しく首を振りたてて、せつない声をあげた。

「……お、お願いっ、ルミ子さん、そ、それを使わせてっ……は、早くっ……」

恥辱は避けられないにしても獣じみた姿はさらしたくない——それは苦渋に満ちた選択だった。理佐子は切迫した声を引きつらせ、双臀をみじめに振りたてて尿瓶を求めた。

「あらあら、たいへん。奥さま、粗相をしてはいけませんことよ」

ルミ子が芝居じみた大仰さで理佐子の背後にまわると、鯉の口のように開いた尿瓶の開口部をブルブル慄える双臀の谷間にグッと押しあてた。

「ああっ、だ、だめっ……」

ヒンヤリと冷たいガラスの感触が崩壊への引き金となった。ギュッと内に吸い込まれるようにすぼまっていた肉蕾がプクンと膨れあがったと思う間もなく、ジャーッと汚濁の水流が噴きこぼれた。

「ひぃいいっ……いやあああっ……」

人前でいとわしい排泄の姿をさらす——気が遠くなるような羞恥に理佐子は狂ったように顔を振りたて悲鳴を噴きこぼした。

「ふふ、理佐子、それが糞をひりだすおまえの顔か」

梶原が淫猥な嗤いを浮かべて屈みこむと、しげしげと理佐子の顔を覗き込んだ。

「……い、いやですっ、み、見ないでっ……」

理佐子は懸命に顔をそむけようとするが、梶原はそれを許さない。グイと顎をつかまれ引き戻されてしまう。

「まあ、ずいぶん溜めこんでいたものだこと。上品な奥さまでもやっぱりこんなに臭いのね」

ダメを押すようにルミ子が背後から言葉で嬲りあげた。

「……ああっ……いやっ……こんなこといやですっ……」

理佐子の双眸からボロボロと涙があふれでた。脂汗で濡れ光る裸身をワナワナ慄わせて、理佐子は幼女のように声を放って泣きじゃくった。

「さて、多江、真打ちはおまえのようだな」

梶原が多江の顔を覗き込んで淫猥な嗤いを浮かべた。

「気の強く小生意気なおまえがどんな顔をして糞をするのか、じっくり拝見させてもらおうか」

「……んんんっ……」

すでに多江には反駁する余裕はなかった。涙と脂汗でベットリ濡れ、血の気が引いた顔をブルブル慄わせ、唇を真一文字にギュッと引き結んで息むように便意をこらえようとするばかりだ。

だが、いつまでもその緊張は続かない。息苦しさにきつく閉じ合わせた口がゆるんでしまう。

「……ああっ……だ、だめっ……」

せつない喘ぎとともに弛緩した身体にブルルッという慄えが走り、あわててふたたび歯を食いしばる。

「フフ、多江、お尻の穴がピクピク慄えているわよ。もう、秒読み態勢なのかしら」

ルミ子が双臀の谷間を覗き込むと、キュウッとすぼまった肉の蕾を爪の先でくすぐるようにコリコリと嬲った。

「ひっ、や、やめてっ……いやっ……んんんっ……」

悲痛な声をあげた多江はガクガク双臀を揺すりたてて懸命に便意を抑え込もうとしたが、すでに限界だった。

「……ああっ、だ、だめっ……わ、私にも、そ、それを、使わせてっ……」

切羽詰まった崩壊のきざしに、多江にためらっている時間はなかった。せめて尿瓶の中に——それは女としての最後のたしなみだった。

「フフ、それってなんのことかしら？」

「ああっ、そ、そんなっ……尿瓶よ、尿瓶を使わせてっ……」

多江はガクガク総身を揺すりたて、声を引きつらせて叫んだ。

「あらあら、多江ったらすっかり取り乱してしまって。人にものを頼むのにお願いしますも言えないの」

ルミ子はどこまでも底意地が悪い。

「ああっ、お、お願いしますっ……は、早くっ、も、もうだめなのっ……」

わななくように顔を振りたてて多江が訴える。

「フフ、多江、最高よ」

ルミ子が笑いながら尿瓶の開口部を多江の慄える双臀の谷間に押しあてた。

と、ほとんど同時に無惨な破裂音があがり、多江の肉の蕾が内側からめくり返るように決壊した。ジャーッ、褐色の噴流が凄まじい勢いでガラス器の底を叩き、グルグル汚濁の渦を巻いた。

「あああっ、いやああっ……み、見ないでっ……あああっ……」

狂おしいまでに顔を振りたてて、多江が悲鳴を噴きこぼした。

広間の空気を引き裂くようなその声は、矜持を粉々に打ち砕かれたか弱い女そのものの泣き声だった。

3

男たちの手で尿瓶が片づけられ、排泄の恥辱に泣きじゃくるふたりの未亡人の双臀の汚れをルミ子が濡れタオルで拭き清めた。

「理佐子、あいかわらずおまえの泣く姿は可愛い。そそられるぜ」

しゃくりあげる理佐子の顔を梶原がグイと引き起こして近々と覗き込んだ。

「……ああ……も、もうゆるして……」

なにをされるか悟った理佐子がせつなく声を慄わせる。

「ふふ、嘘をつけ。こうされるのが好きなくせに。泣きじゃくったあとのキス、これがたまらないんだろう」

ニタリと嗤った梶原が分厚い唇を理佐子の唇に重ねた。

「……んんっ……」

理佐子には拒む気力は残っていない。いざなわれるままに舌を梶原の舌にゆだね、やんわりと吸いあげられる。

「……んんっ……ううんっ……」

優しい手つきで髪を撫ぜられ、耳朶をくすぐられると喉の奥からせつなげな呻きが洩れた。理佐子の意志を離れて、梶原に馴らされた女体の芯がジーンと甘く疼いてしまう。

(……ああ……だ、だめっ……)

梶原に見抜かれた通りだった。どういう理由によるものか定かにはわからなかったが、思いきり酷い仕打ちにあわされ、泣きじゃくったあとに、口づけをされ優しい愛撫を受けると脳髄が蕩けてしまうほどの甘美さにとらわれてしまうのだ。

「……ああ……いや……」

長い口づけから解放されると、理佐子はせつなく声を慄わせて喘いだ。

「ふふ、素直な女だ。多江が俺に尻の処女を奪われる前に、理佐子、おまえもひと啼きしたいのだろう」

「……そ……それは……」

「いやか――。生き恥じは多江だけがさらせばいいというわけだ」

それは卑劣極まる悪魔の囁きだった。

「……ち……違います……」

理佐子は思わず首を左右に振っていた。自分がさせられるはずだった口での奉仕を多江が代わってさせられたという負い目もあった。

「……理佐子さん、いけないっ……あなたがこれ以上つらい思いをすることはないのよ、こんな男の口車に乗せられてはだめっ……」

多江が声を引きつらせて懸命に訴えた。心優しい理佐子がまんまと梶原の悪辣な術中にはまるのを見過ごすわけにはいかない。多江は泣き濡れた眼で梶原をキッと睨みつけた。

「……理佐子さんではなく……私を犯せばいいわ……は、早くすればっ……」

排泄器官を犯される恐怖を押し殺し、多江が声を慄わせる。

（……それほどまでに私を守ろうとしてくれている……）

覚悟を決めた多江の訴えは梶原ではなく、理佐子の胸を打った。

「……ああ……梶原さま……お願いです……わ、私を……り、理佐子を……啼かせてくださいっ……」

もう元には戻れないほど汚されきった身体なのだから――理佐子はそう思った。

「ふふ、よおし、思いきりヨガリ狂わせてやる」

してやったりとばかりに嗤った梶原は腰をあげると、理佐子の背後に立った。

「り、理佐子さんっ、これは罠よっ……そ、そんなことをしてはいけないっ……」

多江が激しく首を振った。

罠なのは理佐子にもわかっていた。私が辱められたあと、梶原は多江も犯すに違いなかった。だが、多江の思いに甘えてしまう自分を許すことはできない。

「……ああ……多江さん……わ、私を軽蔑なさらないで……」

衆人環視の中で肛門を犯され、淫らであられもない姿を見せることを覚悟した理佐子が消え入りそうに言った。だが、覚悟はしても羞恥やつらさが減じるわけではない。拒めるものなら拒みたい――理佐子は思わず肛門をキュッとすぼめて侵犯に備えた。

と、その顔が大きくのけぞり返って、「ひいいっ……」と悲鳴が噴きこぼれた。有無を言わさぬとばかりに梶原が怒張を突き入れてきたのだ。しかも野太く硬い男根で刺し貫かれたのは覚悟していた肛門ではなく花芯だった。

「ああっ……いやっ、あああっ……」

理佐子は狼狽しながらも、官能に染まった声で啼いてしまった。ゆったりとした男根の律動とともに痺れるような快美感が総身に広がり四肢に散っていく。浣腸と排泄というおぞましい嬲りを受けたというのに、花芯は羞ずかしいほど熱く濡れそぼってきざしていた。

肛門ではなく花芯への侵犯だったという驚きが安堵に変わり、その安堵がさらに官能に拍車をかけた。

「ああっ、だめっ……ああっ、あああっ……」

理佐子はきざしきった声を抑えることができずに、花芯を抉りぬいてくる怒張の大きなストロークに応えるように淫らな声を放って啼いた。

「ふふ、いい声で啼いてくれるじゃないか。理佐子、どうだ、俺の魔羅がそんなにたまらないか？」

梶原がビシッビシイッと肉音も高く腰を双臀に叩きつけ、ひときわ強く花芯を抉りぬきながら訊いた。

「あひいっ、あああっ……ああっ、た、たまりませんっ……あひいいっ……」

鋭く快美な衝撃が腰の芯から総身を灼き貫く——理佐子はあらがいようもなく声を

慄わせ啼き悶えた。

「ふふ、可愛い女だ。理佐子、小生意気な誰かと違って、おまえのよさはその素直さにある。さあ、もっといい声で啼かせてやる」

梶原はその言葉とは裏腹に激しい律動をピタリと止め、怒張をズルリと理佐子の花芯から引き抜いた。

「ウォーミングアップは終わりだ」

樹液をしたたらせたどす黒い亀頭が蟻の門渡りを擦りあがり、桜色の肉のすぼまりにヌルッと押しあてられた。

「……ひっ……そ、そこはっ……いやっ……お、お尻は、ゆるしてっ……」

肛門は犯されずにすんだと思っていた理佐子が最初の覚悟も忘れて思わず声を慄わせ、激しく顔を振りたてた。

「ふふ、理佐子、なにを勘違いしている。オマ×コでヨガリ狂ったのでは多江の手本にはならないだろう。どれほど尻の穴がたまらないか、尻の穴でヨガリ啼く淫らな声を聴かせて多江にしっかり教えてやるがいい」

嗜虐の嗤いを浮かべた梶原はググッと亀頭を双臀の奥へと沈めにかかった。

「ああっ、いやあ、や、やめてっ……ひぃいいっ……」

理佐子は悪魔の矛先から逃れようと懸命に総身を揺すりたてたが、すでに何度となく道をつけられた肉道に拒みようはなかった。ググッと肉門を亀頭に押し広げられ、そのままズブウウッと双臀の最奥まで一気に縫いあげられてしまう。

「あああっ……いやっ、あううぅっ……」

双臀の芯を埋めつくす息苦しいばかりの拡張感に理佐子は顔をのたくらせて呻くような声で啼いた。肛辱特有の熱を帯びた重い痺れがジワジワと背筋を侵食し総身に広がっていく。

「……ああ……お、お願いです……し、しないでっ……」

妖しい官能の予感に理佐子が恐怖ににじんだ声を慄わせた。

このあと自分がどうなってしまうか、理佐子はすでにいやというほど知っている。その淫らで羞ずかしい姿を、多江はもちろん、ほかの女たちの眼にも触れさせたくなかった。

そのせつない願いを嘲笑うように怒張が悠々と背徳の抽送を始めた。ズルッと肛壁を掻きだすように亀頭が引きだされ、えもいわれぬ拡張感とともにズブウウッと肛道を抉りぬいてくる。

「あひいいっ……い、いやっ……ああっ、あうううっ……」

肛辱の味を教えられ、馴らされてしまった女体にこらえようはなかった。双臀の芯が灼け、腰骨までが蕩けるような妖しい快美感に理佐子の顎があがり、どこか獣じみた羞ずかしい啼き声が喉の奥から噴きこぼれてしまう。

もとより多江の前でヨガリ狂わせようという狙いの梶原は容赦がなかった。

「ふふ、いい声で啼くな、理佐子。そんなに尻の穴がいいのか？　多江があきれているぞ」

意地悪く言葉で嬲りながら、大きなストロークで肛肉を練り込むように理佐子の双臀を抉りぬいていく。

「ひいいっ……ああっ、は、羞ずかしいっ、あううっ……ああ、いやっ、た、多江さん、ご覧にならないでっ……あああっ……」

理佐子は狂おしく顔を振りたてて啼いた。肛門を犯されてヨガリ啼く姿を多江に見られている──その羞恥すらが脳髄を痺れさせ、背徳の官能を煽りたててしまう。

（……ああ、理佐子さん……）

排泄器官を犯されてあられもなく身悶える理佐子の姿を、多江は正視していることができなかった。だが、顔をそむけ、きつく眼を閉じ合わせても、理佐子が噴きこぼす声を耳から締めだすことはできない。いや、むしろ眼を閉じることで、そのなまめいた啼き声が肉の愉悦に慄える声であることをより際だたせてしまう。

（……こ、こんなことが……）

あのどこまでも控えめで慎ましやかな理佐子がいとわしい排泄器官を犯されて悦びの声をあげて啼き悶えている——理解を超えた衝撃に多江は戦慄した。

「あああっ、だ、だめっ……あひいっ、ゆ、ゆるしてっ……あううっ……」

理佐子が総身を揺すりたてて、ひときわ激しい声で啼いた。

「ああっ、も、もうしないでっ……あううっ、お、お願いですっ……」

「ふふ、理佐子、いきそうなのだろう。いけ、遠慮なくいってみせろ。頭でっかちで堅物の多江に、尻の穴で女の生き恥じをさらす姿を見せつけてやるがいい」

吠えるように言い放った梶原がここを先途とばかりにビシビシ腰を理佐子の双臀に叩きつけ、妖しい熱を帯びた肛道を抉りぬいた。

腰の芯が燃えあがり、電撃さながらの痺れが背筋を駆けのぼり、熱波が理佐子の脳髄を灼き尽くす。

「あひいいっ、いやあああっ……ああううううっ……」

グンッとのけぞらせた顔をのたくらせて、理佐子が生臭い呻きを噴きあげ、背徳の愉悦の頂点に一気に昇りつめた。脂汗でネットリと濡れた裸身がワナワナ慄え、「はあああっ……」と魂消えんばかりの長い息を吐きだしてガクリと顔が前に落ちた。

アクメを極めるその生々しい姿に誰もが息を呑み、広間がシンと静まりかえった。

「ふふ、たいしたいきっぷりだ」

梶原が理佐子の肛道からズルリと男根を引き抜いた。

湯気がたたんばかりの怒張を誇示するようにユラリと揺らせて振り返ると、両手吊りにさらされた四人の美しい生贄を残忍な嗤いを浮かべて見まわす。

「どうだ、女の尻の穴がオマ×コと変わらぬ淫らなお道具だということがよくわかっただろう。おまえたちも尻の穴でヨガリ狂える身体になるまで、ここでみっちりと仕込まれるんだ」

「……ひっ、そんな……」

「……いや……」

女たちが裸身をガクガク揺すりたてて悲痛な声を洩らした。

「怖いか——。四人とも尻はまだ処女なのだから無理もないな。尻の穴の味を知っている理佐子がヨガリ狂ってみせただけでは気が休まらないというところなのだろう。

——ふふ、だが安心しろ。ここにもうひとつ見事な尻がある」

梶原はニタリと嗤うと、掲げるようにさらされた多江の双臀をピシャリと平手で叩いた。

「ひっ……」

鋭く息を呑んだ多江の裸身がビクンッとこわばる。

「理佐子の尻よりも脂の乗った熟れた尻だが、この尻の穴はまだ男を知らない」

梶原の指先が多江の肉蕾をググッと押し込んだ。

「ひっ……いやっ、や、やめてっ……」

双臀を犯される覚悟はしていても、排泄器官を指で嬲られるおぞましさに多江は思わず声を慄わせた。

「ふふ、なかなか処女らしい反応だ。――というわけで今度はおまえたちに尻の処女を奪われる女の姿を見せてやろう」

梶原は両手で多江の尻たぶを鷲摑みにすると、恐怖を煽りたてるように双臀の谷間をグイと左右にくつろげた。

多江の裸身がビクンッと慄え、無数に刻み込まれた肛皺も露わにセピア色をした蕾が梶原の眼下にさらされる。恐怖にすくみあがるように肉の蕾がキュウッとすぼまった。

「……ううっ……」

ついにいとわしい排泄器官を犯される、それも女たちの前で見世物として——多江は恐怖と屈辱を押し殺すように奥歯をキリキリ嚙みしめ、血の気が失せるほど唇をきつく引き結んだ。声も洩らしたくなければ涙もにじませたくない——弱みを見せて、梶原を喜ばすことだけはすまいと懸命に心に誓った。

「覚悟はできているようだな、多江。おまえが言う外道の味をたっぷり教えてやる」

梶原が岩塊のような亀頭をグッと肉蕾に押しあてた。

(……ああ……いやっ……)

多江はきつく眼を閉じ、息むように下腹に力を込めた。禍々しい異物の侵入を拒もうとするかのようにギュッと肛門を引き締める。こわばった裸身が緊張をみなぎらせて、ブルブル小刻みに慄えた。

「慄えているぞ、多江。小生意気に強がってみせていてもやはり女。ふふ、いい感じだ。怖がってくれなくては処女を奪う愉しみも半減するというものだからな。——さあ、犯すぞ」

多江の恐怖をことさら煽るように言った梶原がグンッと腰を突き入れた。

だが、野太い怒張が突き入れられたのは未開の肉門ではなかった。その下に無防備にさらされた女の源泉をズブウウッと抉りぬいたのだ。

「ひいいいっ……いやあっ……」

予想だにしていなかった花芯を深々と刺し貫かれた多江は一瞬惑乱し、引き結んでいるはずの唇のあわいから悲鳴を噴きこぼした。なかば覚悟していた肛門からのおぞましい感覚ではなく、花芯から痺れるような快美感がもたらされたと知り、狼狽したように顔を振りたてる。

「……そ、そんなっ……ああっ……」

「ふふ、待ち焦がれていたとばかりにオマ×コでキュウキュウ魔羅を締めつけておいて、なにがそんなだ」

梶原は気丈な多江を手玉に取って翻弄する悦びも露わに、ズブウッズブウウッと大きなストロークで花芯を抉りぬいていく。

「……ああっ……や、やめてっ……あひいっ、あああっ……」

意表を突かれた分、多江はあらがう体勢を作ることができず、持ちこたえることができなかった。鋭く張った鰓で柔肉を擦りあげられる甘美な痺れと、野太く硬い肉棒で腰の芯を突きあげられる快美な衝撃に、こらえようもなく喉を慄わせ、熱い声を噴きこぼしてしまう。

「あああっ……いやっ……んんっ、ああっ、だ、だめっ、あああっ……」

理佐子同様、多江の女体も梶原の怒張と責めにすっかり馴らされてしまっている。責めどころを熟知する確信を持った律動に操られるように多江はヨガリ啼かされ、たちまち官能の臨界点へと追いあげられていく。

「あひいっ……いやっ、やめてっ、ああっ……あひっ、お、お願いっ、あああっ……」

最も羞ずかしい姿をさらしてしまう予感に、多江は狂おしく顔を振りたて、生汗の噴きでた裸身を揺すりたてて、きざしきった声を引きつらせて思わず知らず哀訴の叫びをほとばしらせていた。

いつもなら絶対に聞き入れられることのない哀訴だったが、肉蕾の処女を奪い、肛虐による恥辱を極めさせるという目的を持つ怒張はピタリと動きを停め、熱くたぎった花芯からズルッと無造作に抜きとられた。

「ふふ、なかなか洒落たウォーミングアップだっただろう。どんなに気の強さを装おうとしてもオマ×コに魔羅を咥え込まされれば、あられもなく淫らな声をあげてヨガリ啼いてしまう。それが女だ」

ジットリと汗に濡れ桜色に染まった裸身を波打たせ、ハアハアッと荒い息を噴きこぼす多江を心地よさげに見おろした梶原は、ビシイッと熟れた双臀を思いきりしばきあげた。

「オマ×コだけではない。尻の穴も同じだ。理佐子の淫らな姿を見ただろう。尻の穴も立派な女の道具だ。魔羅に貫かれれば、ヒイヒイ喉を絞って啼かされる。——おまえもそんなただの女に過ぎないことをいやというほど教えてやろう」

覚悟を決めていた多江を翻弄してガードを粉砕し、まんまと自分のペースに持ち込んだ梶原にためらいはなかった。

樹液にまみれた怒張を肉のすぼまりにあてがうと、双臀に身体をかぶせるようにして体重をかけた。巌のように硬い亀頭が小皺をのばすように肉門をググッと双臀の奥へと押し込み、未開のすぼまりにめり込んでいく。

「ひいいいっ……」

官能の余韻に喘いでいた多江の顔がのけぞり返って、苦悶にゆがんだ。

「や、やめてっ、ひいっ、い、痛いっ……」

潤滑用のジェルも使われない力ずくの破瓜である。岩塊のように硬い亀頭でメリメリ肉を軋ませ肛門を押し開かれる痛みに、多江はおぞましさを感じている余裕すらなかった。こわばった総身を慄わせ、右に左に顔をのたくらせて、双臀が引き裂かれるような激痛に苦鳴を噴きあげた。

「い、いやっ……ひいっ、痛いっ……ああっ、やめてっ、お願いっ……」

これほどの激痛に見舞われるとは思いもよらないことだった。こらえきれずに哀訴の声をあげる多江の顔から血の気が引き、ジワッと総身に脂汗がにじみだす。

「……ああ……多江さん……」

苦悶にのたうつ多江の姿に理佐子は声を慄わせた。人並みはずれた梶原の剛直で双臀に無理矢理道をつけられた、破瓜の激烈な痛みがまざまざとよみがえる。

「ふふ、処女を奪われ、女にされるんだ。痛いのは当然だ。処女を散らされる痛みの向こうに淫らな快楽があることはとっくに知っているはずだろう」

気丈な多江の処女肉を屠る悦びに眼をギラギラと炯らせた梶原は、破瓜の痛みを長引かせるようにジワジワと肉門を押し広げ、ミリ刻みで亀頭を未開の肉道へと沈めていく。

（……ああっ……お、お尻が裂けてしまう……）

気が遠くなるような痛みに、多江はガチガチ歯を噛み鳴らし、縛められた手をギリギリ握りしめた。苦悶に見開かれた眼から流さないと決めていたはずの涙があふれ、頬を伝い落ちていく。

ズブウッ——ついに岩塊のような亀頭が肉門を貫き通した。

「ひいいいいいっ……」

脳天まで突き抜けるような激痛に、のけぞり返った多江の唇から絶息せんばかりの悲鳴がほとばしりでた。

破瓜の痛みにガクガク慄える双臀のあわいに節くれだったどす黒い肉茎がズズッと没して、未開の肛道を深々と縫いあげていく。

「ああっ……あううっ……」

双臀に丸太を埋め込まれたと思えるほどの拡張感と、内臓を抉りぬかれ胃の腑まで串刺しにされたようなおぞましい異物感に、多江は額に苦悶の縦皺を刻み込んで生臭い呻きを噴きこぼした。ネットリと脂汗に濡れた裸身が妖しい光を帯びて、悪寒に襲われたようにブルブル慄え続ける。

「ふふ、多江、尻を女にされた気分はどうだ。満更でもない咥え心地だろう」

処女地を奪った征服感に酔い痴れ、勝ち誇ったように梶原が嗤った。

だが、その言葉に反駁する余裕は多江にはなかった。双臀の芯に鋼鉄のクサビを打ち込まれたような圧迫感に身じろぐこともできない。

(……ああ……く、苦しい……)

破瓜の瞬間の激痛に変わってジーンと灼けつくような疼痛が双臀を支配していた。

熱を帯びた重い痺れがジワジワと全身に広がり、腹の底からこみあげてくる熱の塊りが喉元を押しあげ、はああっ、はああっと低い呻きのような喘ぎとなって噴きこぼれる。

「オマ×コの初体験は痛いばかりだが、尻の破瓜が愉しいのは実はここからだ」

梶原には多江の身体が肛辱に極めて脆いという読みがあった。

花芯と肛門の感度は比例する——花芯が味わい深く感度がすぐれている女は、肛門もまた極めて感度が高く犯し心地がいい。同じ筋肉で繋がっているためという構造的な説もあったが、なによりも梶原の経験がそう教えていた。

ズズッ——その読みを確かめるように梶原はゆっくりと怒張を引き抜いた。

「ひいいっ……い、いやっ、やめてっ……」

硬く張りだした鰓で肛襞を擦りあげられ、肉道を引きずりだされるようなおぞましい感触に多江が顔を振りたてて声を慄わせる。

ズルッと引きだされた亀頭がプクンと膨れた肛口をふたたび内に押し込むように、ズブズブウゥッと双臀の最奥に沈んでいく。

「あううっ……いやあっ、んんんっ……」

背筋が粟だつような不気味な挿入感と双臀が灼けるような拡張感に多江は総身をワ

ナワナ慄わせ重く低い声をあげて呻吟した。

「ふふ、なかなか味わいのある尻の穴だ」

怒張を食いちぎらんばかりに締めつけてくる生ゴムのように硬い肛肉を、梶原は野太い肉棒でじっくりと練りあげるように腰を使って責めた。

肉道が引きずりだされ、押し込まれる肛辱特有の抽送感を教え込んでいくような悠々としたストロークだった。肛肉が次第に熱を帯び、ネットリとした餅のように蕩けていく感触がえもいわれぬほどに心地よい。

「ああ、あああっ……い、いやっ、あううっ、んんんっ……」

排泄器官を犯されているという汚辱感を際立たせるような責めから逃れようにも、双臀を捧げるように掲げた拘束のために逃れることはできない。多江はジットリと生汗のにじんだ裸身を慄わせ、苦鳴をあげながら、そのいとわしく忌まわしい感覚を女盛りの熟れた双臀で受けとめざるを得なかった。

「……んんっ……こ、こんなおぞましいこと……や、やめてっ、ああっ、いやっ、んんんっ……」

禍々しい感触を払い捨てるように多江は激しく顔を振りたて、声を引きつらせて訴えた。

「なにをそんなにうろたえている。さては、外道な行為に感じ始めたな。多江、尻の穴でヨガリ啼いてしまいそうなのだろう」

「……あううっ……そ、そんなことないっ……ああっ、んんんっ……」

気丈に言い放ってみたものの、梶原の指摘は図星だった。

（……ああ……こ、こんなことが……）

あるはずがない、決してあってはならない――そう思っても、ズズウウッと肛襞を掻きだされ、ズブウウッと肛道を最奥まで縫いあげられる異様な感覚と、双臀の芯が灼けるように熱を帯びていく不気味な感覚を払拭することはできない。そればかりか、その熱の底からジーンと疼くような重く妖しい痺れが四肢を侵食し、総身を内から炙るように力を奪っていく。

（……あ、熱い……）

異様なまでに身体が熱を帯び、息苦しさに口を閉じることさえままならず、引き結んだはずの唇のあわいから「ああっ、あううっ……」と喘ぎとも呻きともつかぬ生ぐさい声がこぼれでてしまう。

「ふふ、この感覚がたまらないだろう」

梶原はここのことだとばかりに、肛口近くまで引いた怒張を小刻みに突き動かし、最も狭い肉門を硬く張った鰓でズブッ、ズボッ、ズブッと間断なく責めたてた。

「あひっ、いやっ、ああっ、ひいっ、やめてっ……」

鋭い痺れが背筋を次々に駆けのぼり、脳天に消えていく。その妖しいまでに快美な感覚にこらえようもなく短く高い声がほとばしりでてしまう。

「それともこっちの方が好きか」

多江の息があがるまで続けざまに責めたてた梶原はニタリと嗤うと、渾身の力を込めてズンッと怒張を突き入れ、双臀の最奥をズブウウゥッと抉りぬいた。

「あひいいっ……いやあっ、あううううっ……」

重く熱い衝撃が脳天を突き抜け、腹の底からこみあげた熱の塊りが喉を灼き、わななく唇から放たれる。多江は総身をよじりたてて身悶え、呻きにも似た狂おしい声を長く尾を引くように噴きこぼした。弓なりにのけぞり返った裸身がブルブルガクガク慄える。

それは多江が初めて知らされた肛辱によるアクメだった。

「外道だ、おぞましいなどと言いながら、もう尻の穴で恥じを極めたか。ふふ、多江、おまえの身体はとことん淫らにできているようだな」

やはり覚えが早い――梶原はニタリと頬をゆがめてほくそ笑んだ。

「死ぬほど尻で啼かせてやる」

梶原は多江の腰のくびれを摑むとグイと引きつけ、動きを完全に封じた双臀にビシッビシッと腰を叩きつけ、野太い肉の杭をズブッ、ズブッ、ズブウウッと打ち込むように本格的に責め始めた。

「ひいいっ……いやっ、やめてっ……あううっ、あああっ……」

双臀が灼き裂けるような激甚な刺戟が多江に襲いかかった。

総身がフツフツとそそけるように粟だち燃えあがり、血が沸きたつほどの熱波に覆われる。息苦しいほどの熱く妖美な感覚に多江はほつれ毛のまとわりついた顔をのたうたせ、熱の塊りを吐きだすように重くなまめいた啼き声を噴きこぼした。

（……多江さん……）

肛辱特有のヨガリ声をあげる多江の状態が理佐子には自分のことのようにわかった。

花芯から与えられるめくるめく肉の愉悦と違って、肛門から与えられる官能は常にいとわしさがつきまとう。おぞましさと甘美さ、苦しさと快楽が渾然一体となった負の愉悦、背徳の官能なのだ。

絶頂感も花芯のように大きく放物線を描いて突き抜けるような感覚ではない。重く狂おしい苦悶にも似た絶頂感なのだ。その重い絶頂感が醒めやらずに延々と続いていく——それが肛門から与えられる肉の愉悦だった。

「……ああ……」

生々しく放たれる多江の啼き声に煽られ、いざなわれるように理佐子があえかな喘ぎを洩らした。

（……ああ……こ、こんな……）

双臀の芯がジーンと疼くような感覚に理佐子は慄然とした。

（……わ、私……お尻を求めている……）

いけない——理佐子は邪念を振り払うように大きくかぶりを振った。

「フフ、理佐子さんったらどうしたの？　羞ずかしげもなくお尻を淫らに揺すってしまって——物欲しそうだこと。多江のヨガリ声にあてられて、あなたももっとお尻を嬲られたいんでしょ？」

意地の悪い微笑みを浮かべたルミ子が理佐子の顔を覗き込んだ。

「……そ、そんなこと……ありません……」

「ごまかそうとしてもだめよ。女の身体はそうできているんですもの。——フフ、これでお尻を慰めてあげるわ」

ルミ子が黒い物体を理佐子の眼前に掲げた。

「ひっ……いやっ……」

思わず息を呑んだ理佐子が顔をそむけた。

それは屹立した男根を模した野太いバイブだった。潤滑用のジェルを塗られて妖しい光沢を見せる漆黒の胴体に無数のイボ状の突起が配されている。

「素敵なイボイボでしょ。これで肛門を掻きたてられたら、たまらない気分になるわ。フフ、こんなこともできるのよ」

ルミ子がバイブの底に付いたスイッチをカチリと捻った。

ブーン——低く唸るようなモーター音とともに責め具が激しく震動し始める。そればかりか、邪悪な蛇のように胴をのたくらせて、鋭く鰓を張りだした亀頭がクネクネと不気味な動きを見せた。

「……い、いやっ……そ、そんなものを使わないで……お願いっ……」

「フフ、食わず嫌いはよくないわ。一度これの味を知ったらどんな女も虜になってしまうんだから」

歌うように言ったルミ子が理佐子の背後に移動した。

「……ひっ……いやっ、やめてっ……そんなこと、し、しないでっ……」

理佐子は声を慄わせ、白い双臀をガクガク揺すりたてる。

「もう、理佐子さんたら、そんなに淫らにお尻を揺すってしまって、本当にいやらしいこと」

ルミ子はバイブのスイッチを切ると、白く引き締まった尻たぶを摑んで双臀の谷間をグイとくつろげた。キュッと怯えるようにすぼまる肉の蕾にヌメリを帯びたバイブの亀頭部がグッと押しあてられる。

「いやっ……や、やめてっ……」

理佐子は顔を振り、裸身を揺すりたてて声を引きつらせるが、梶原の強直の侵犯を受けたばかりの肉蕾は忌まわしい責め具を拒みようがない。

ズブズブッ——漆黒のバイブはイボ状の突起で肛襞を擦りあげながら、深々と肛道を縫いあげていく。

「あああっ……いやああっ……」

無機質の責め具の冷たくヌメリを帯びた不気味な挿入感に理佐子はおぞけるように裸身を慄わせ、悲鳴を噴きこぼした。

「あらあら、こんな太いバイブを待ちかねたようにお尻で咥え込んでおいて、オーバーだこと。いやとか言いながら、本当は嬉しいくせに。梶原さまに犯されてあれだけヨガリ狂ったんですもの、あなたのお尻好きはもうバレバレよ。カマトトぶっていないで、素直に嬉しいって言ってごらんなさい」

ルミ子が平手でビシッと理佐子の双臀をしばきあげた。

「ひっ……そ、そんなことない……」

「あらそうなの。――じゃ、素直にさせてあげようかしら」

意地の悪い笑みを浮かべたルミ子がバイブのパワーを全開に設定してスイッチを入れた。ブーンと不気味な唸りをあげて、理佐子の肛道の中でバイブが激しく震えのたくり始める。

「ひいいいいっ……」

双臀の最奥に電流を流されたかのように、理佐子の身体がビクンッとそり返り、甲高い悲鳴がほとばしりでた。

「ああああっ、いやあっ……んんっ、あううっ……と、停めてっ、あひいっ……」

激しい震動に肛道が痺れ、のたくる亀頭に媚肉を練りあげられるおぞましくも妖美な感触に、理佐子は狂ったように顔を振りたてた。機械仕掛けの容赦のない刺戟に追いたてられて、噴きこぼす悲鳴は理佐子の意志を裏切り、たちまち背徳の官能の色に染まっていく。

「あううっ……いやっ、と、停めてっ、あああっ……お願いっ、あううっ……」

「フフ、停めて欲しかったら、理佐子はお尻が好きです、お尻の穴をバイブで嬲られてとっても嬉しいですって言ってごらんなさい」

「ああっ……そ、そんなことっ、あああっ……いやっ、あううっ……」

「あら、言えないの。本当は停めて欲しくないから言えないんでしょ。素直じゃないけど、それなら仕方がないわね。思いきり羞ずかしい声をあげて多江と一緒に狂い啼いて見せるがいいわ」

ルミ子は淫猥な微笑みを浮かべると、くねるように動くバイブで肛道を深く抉りぬいて、ズブッズブウッと抽送を加えていく。

「あひいいっ、だ、だめっ、んんっ、あううっ……ああっ、いやっ、あああっ……」

双臀が熱く燃えあがり、腰骨がジンジン灼け痺れた。脳髄までが蕩けるような妖しい快美感に、理佐子は涙と汗に濡れ桜色に上気した顔をのたくらせ、きざしきった声を噴きあげて啼き悶えた。

だが、理佐子に新たに降りかかった災厄も、そのなまめかしく切迫したヨガリ声も、すでに多江には届かなかった。

「……あひいいっ……や、やめてっ……あう、あうっ、あううっ……」

ズブッ、ズブッ、ズブリッと双臀の最奥を突きあげる梶原の怒張の動きに操られるままに、多江はネットリと生汗に濡れ光る裸身を揺すりたて、狂おしいばかりに顔をよじりたてて熱を吐きだすような声で啼き続けていた。

「……あああっ……か、かんにんしてっ……あううっ……」

トロトロに灼け溶けてしまったような双臀の芯を深々と抉られるたびに、肉が燃え血が沸きたたんばかりの熱波が重い衝撃とともに脳天に押し寄せてくる。脳髄が蕩け、手足の先まで灼け痺れる妖しいまでの快美感だった。

閉じる力さえ失って、わななき慄える多江の唇からは重いヨガリ声とともによだれがあふれ、ネットリと糸を引いて滴り落ちた。

その狂おしいまでの肉の愉悦が肛門から与えられる人の道にはずれた邪悪な官能であることともあいまって、多江はその背徳感にうつつを失っていた。

「……ああっ……き、気が変になるっ……ひっ、あひいっ、も、もう、お尻はやめてっ……あうっ、あううっ、お、お願いっ、ゆるしてっ、あああっ……」

果てしなく続く底なしの、蟻地獄のような悪魔の官能に、矜持はおろか意識のよりどころさえなくして、多江はすがりつかんばかりに哀訴の声を慄わせた。

「ふふ、許して欲しければ誰になにをされて啼かされているのか言ってみろ」

キュウキュウ締めつける肛道に深々と埋め込んだ怒張を激しく揺すりたてて、梶原が野太い声で命じた。

多江は自分の生殺与奪を握る支配者そのものの声に逆らいようがなかった。

「……ああっ、あひいっ……あ、あなたにっ……ああっ、あううっ……お、お尻を犯されて……ああっ、啼かされていますっ、あああっ……」

憎い男への屈服を認める言葉を憑かれたように口走ると、あろうことかその屈辱感にすら脳髄が灼け蕩け、肛道から送り込まれる刺戟がさらに妖美さを増して、より深い官能の奈落へと女体をいざなっていく。多江はひときわ淫らでなまめいた声をあげて啼いた。

「そうだ、多江、おまえは俺に尻の穴を犯されてヨガリ啼いているんだ。さあ、もっと狂い啼いて俺を愉しませろ」

勝利感に酔いしれた梶原は嗜虐の悦びに頬をゆがませると、さらに激しく腰を突き動かして多江を責めたてていく。

「ひいいっ……そ、そんなっ……ああっ、あううっ、あああああっ……」

いやもおうもなかった。抗議の言葉すらおぼつかないままに、双臀の芯から突きあげてくる灼けつく熱波に煽られ、多江は火を吐くような声をあげて悶え啼いた。

「フフ、多江は梶原様に屈服したわよ。さあ、理佐子さん、今度はあなたが素直に認める番よ」

ルミ子がバイブを妖しく操りながら理佐子の尻たぶをビシイッと平手で打った。

「ひいいっ……ああっ、ゆ、ゆるしてっ……あああっ、も、もう、しないでっ……んんっ、あううんっ……」

激しい振動と妖しいうねり──肛道が灼け爛れるような刺戟の渦に翻弄された理佐子は、泣き濡れた顔をなよなよとくねるように揺すりたて、喉を絞ってきざしきった声を慄わせる。

「さあ、理佐子はお尻が好きです、お尻をバイブで嬲られて嬉しいですって、素直におっしゃい。肛門がもうこんなにトロトロになっているじゃない。フフ、これが好きなんでしょ」

バイブにネットリと絡みついてズズズッとめくりだされた肛肉が、イボを埋め込まれた茎胴とともにズブウッと双臀の奥に沈みこんでいく──その淫靡な様子を、ルミ子が心地よさげに見つめながら笑った。

（……ああっ……く、狂ってしまうっ……）

機械の精巧で容赦のない刺戟の前に、すでに何度となく梶原の前で屈服を味わわされている理佐子はもうこらえようがなかった。

「あひぃっ……ああっ、り、理佐子は……あううっ、お、お尻が好きです……ああっ、お尻を、あううっ……な、嬲られて……あひっ、嬉しいですっ……」

よだれで濡れた唇をわななかせながら屈服を認める恥辱の言葉を口にした理佐子の顔が甲高い悲鳴とともにのけぞり返った。

「ひぃいいっ……いやあっ……」

屈服を認める瞬間を待ち構えていたルミ子が、ここぞとばかりに二本揃えた指をズブウウッと花芯に捻じ込むように突き入れたのだ。

「あらあら、オマ×コまでグジュグジュに濡らしてしまって、淫らな奥さまだこと。いやらしい肉が指に吸いついてくるわよ。——フフ、羞ずかしい言葉を口にしたあとって、たまらなく感じてしまうでしょ。さあ、狂ってごらんなさい」

女にとってどうされることがつらいかを知り尽くしているルミ子は、曲げた指先で蕩けた柔肉をジワジワ掻きたてながら、バイブをうねらすように突き動かして理佐子を官能の奈落へと追いたてていく。

「ああああっ、そ、そんなっ……ひぃいっ、だ、だめっ……ああっ、や、やめてっ、あううっんんっ……」

花芯と肛道——表と裏の官能の源泉を同時に責め嬲られる気が狂わんばかりの愉悦

に理佐子は総身をガクガク揺すりたて、振りもげんばかりに顔をのたくらせて、せっぱつまった声を噴きこぼして啼いた。

「フフ、そんなにいいの。でも、ここはもっと好きでしょ」

肉壺から引き抜かれたルミ子の指がヌメリを帯びた亀裂を這いのぼって、苞を押しのけ爆ぜんばかりに膨れた女の芽をキュッと摘みあげた。

「ひいいいっ……やめてえっ……」

電撃のような快美な閃光が一気に脳天を突き抜け、視界が白く弾け飛んだ。

最も敏感な肉の尖りをクリクリとしごきたてられ、バイブのイボイボで肛襞を掻きあげられ肉道を引きだされる感覚の凄まじさに、理佐子の裸身が折れんばかりにのけぞり返る。

「いやあああっ……」

こらえるいとまもあらばこそ、理佐子は白い喉を慄わせ、魂消えんばかりの悲鳴を噴きこぼして一気に絶頂を極めてしまった。

ジャーッ——断末魔の悲鳴に応えるように肉の亀裂のあわいから銀色の水流が音をたててほとばしりでた。あまりの愉悦に感極まった理佐子は不覚にも失禁してしまったのだ。

「あらあら、たいへん。奥さまったら、気持ちよすぎてお漏らしまでしてしまったの。羞ずかしいわねえッ」

ルミ子があげる意地の悪い嬌声も理佐子にはもう届かない。羞恥も屈辱もアクメに慄える女体にとってはすべてが快楽だった。

「……はあああっ……」

失禁とともに全身からすべての力が抜けていく——その心地よさに酔うように、深い吐息を尾を引くように洩らした理佐子はガクリと首を前に折り、そのまま気を失ってしまった。

「あひいいいっ……く、狂ってしまうっ……ああっ、あああっ……」

凄絶なアクメをさらして散った理佐子の横で、多江が汗みずくの総身をのたくらせて叫ぶように啼いた。

ズブウッズブウウッ、疲れを知らぬ怒張に双臀の芯を抉りぬかれて、多江は背徳の官能の極みにすでに何度も昇りつめさせられていた。

だが、その余韻を味わういとまさら与えずに怒張は肛道を抉り続ける。アクメの重い高まりが醒めやらずに延々と続いていくような肛虐独特の官能の地獄に、多江の意識はトロトロに蕩け、矜持は粉々に砕け散っていた。

「ひいいっ……か、かんにんして……ああっ、お願いですっ……ああっ、も、もう、ゆるしてっ、お願いですっ……あうっ、あうううっ……」

快楽に酔うというよりも苦悶を訴えるように顔をゆがめて、多江は許しを乞い願う言葉をくりかえした。黒髪はしどろに乱れて汗を吸い、狂おしいヨガリ声に煽られるようにバサリバサリと宙に舞い踊る。

「多江、引導を渡してやる。俺のザーメンを尻の穴で味わうがいい」

梶原は吠えるように言い捨てると、ビシイッと肉音も高く多江の双臀に腰を叩きつけた。ズブウッと肛道を深々と刺し貫いた野太い怒張がブルルッという胴震いとともに爆ぜ、ドクッドクッドクンッと濃厚な精の汚濁が女の道をつけられた多江の双臀の芯に注ぎ込まれる。

「ひいいいいっ……」

熱い精のほとばしりに腸粘膜を灼かれる異様な感触に多江は喉を絞りあげるように啼いた。弓なりにのけぞり返った裸身をビクッビクンッとアクメの痙攣が津波のように洗っていく。

「……あうううううっ……」

生汗でネットリとぬめ光る肌がブルブル波打つように慄え、獣じみた長い呻きを放った多江の身体からスーッと緊張が抜け落ち、精根尽き果てたというように泣き濡れた顔がガクンと前に落ちた。

「ふふ、絶品の尻の穴だな」

満足げに嗤った梶原がズルリと怒張を抜きとった。

汗にまみれ桜色に染まった双臀の谷間に、男根に道をつけられた肛口が漆黒の闇を丸く覗かせ、朱に染まった肛襞が喘ぐように妖しい収縮をくりかえす。

その蠢きに絞りだされた精の白濁がトロリと肛口から流れだし、花口からにじみでた樹液と混ざりあってツツーッと糸を引くように床にこぼれ落ちていく。

シンと静まり返った広間の中央で、屠りあげられたふたりの美しい未亡人が妖しくぬめ光る双臀を虚空に掲げて完膚なきまでに官能に屈した姿をさらしていた。

ガクリと崩れ落ちた汗と涙で濡れ光るふたりの顔は、背徳の官能に啼き狂わされた女の哀しみを際だたせるように黒髪をはかなくまとわりつかせて、妖艶な色香を放っていた――。

第五章　供物　令嬢恵里香

1

梶原が根城とする梶原興業のビルは北之宮新地と呼ばれる大歓楽街の中心にあった。

九階建てのビルの最上階が梶原の執務室である。巨大な執務机と黒革張りの応接セット、毛足の長い絨毯を敷き詰めたその広く豪奢な部屋を、昼日中であるにもかかわらず、クチュクチュと淫らな水音が満たしていた。

ソファに巨軀をあずけた梶原の股間に全裸に剝かれた多江がひざまずき、どす黒い怒張を桜色の唇で咥え込んで口腔奉仕を続けている。

梶原の前にはやはり全裸に剝かれた理佐子が立たされていた。二肢を大きく左右に開き、両手を後頭部で組んで、瑞々しい乳房も漆黒の毛叢に飾られた女の丘も隠しようもなく梶原の視線にさらす恥辱の姿勢だ。剃きだしの腋窩には処理を禁じられているために生え伸び始めた腋毛がうっすらと煙って、白く美しい裸身に淫靡な翳りを与えている。

　このビルの六階にある仕込み部屋で、双臀を並べられて嬲られた日からすでに三日が経過し、ふたりの未亡人の顔には諦念と哀しみが入り混じった憂いの色がくっきりとにじんでいる。

　梶原はたがいがたがいの枷になるようにふたりの未亡人を馴致していた。それが梶原の悪辣なやり口だとわかっていても、多江も理佐子も一方が酷い目にあうと脅されると従わないわけにはいかない。

　とても大切な方と旅行をしている——と嘘の電話を多江は愛娘の恵里香にかけさせられ、料亭にはしばらく留守をする旨の電話を入れさせられていた。

　今はそっとしておいてください、市民葬への出席とご協力は辞退させていただきます——これは理佐子が〈二百万石城下町の情緒と伝統を守る市民の会〉事務局宛てに書かされた書面の趣旨だった。多江が事務局を辞める旨の連絡を市村に入れたこととあいまって〈川奈良一市民葬〉はその柱と舵取りをともに失い、中止を余儀なくされてしまった。

もっともたとえイベントが開催されたところで、大原が主導する民自党の方針転換により条例案そのものが市議会に提出されなくなった今となっては、なんの効力も持ちはしなかったのだが――。

すべては梶原の思惑通りに進み、事態は収束を迎えようとしていた。

その元凶である男の眼前に裸身を供物のようにさらし、禍々しい男根に口での奉仕を続ける――ふたりの未亡人の胸中には重い絶望感が垂れ込めていた。今日もこれから梶原に嬲られ、いやもおうもなくヨガリ啼かされて肉の愉悦に溺れさせられることは目に見えている。梶原によって知らしめられた自分たちの肉体が秘めていた淫らさが、ふたりから反発心を奪っていた。

コンコン――硬い音をたててドアがノックされ、梶原の腹心である弁護士崩れの山岡が執務室に入ってきた。

「失礼します。ご老公から電話です」

山岡はふたりの裸身にも微塵も動ずることなく、縁なし眼鏡の下の眼をまっすぐに梶原に向けると執務机に置かれていた電話の子機をスッと差しだした。

「ふん、いよいよ業突く張りジジイのおでましか」

梶原は露骨にいやな顔をして受話器を手に取った。

「ご老公」とは先々代の市長で、公共事業の談合汚職に連座して職を追われるまで四期十五年にわたって北之宮市に君臨した土建業界のドンと呼ばれる鍋島久作のことだった。齢七十を越え、隠居した現在はかつての実権を失っているとはいえ、この地方の政財界への隠然とした影響力は無視することができない。

実際、梶原が市の歓楽街に地歩を固められたのも、当初は鍋島の後ろ盾があったからだった。そのこともあり、梶原は現在でも上がりの一部を鍋島に上納している。

「――梶原です。ご老公、ご無沙汰しております」

梶原が慇懃に口火を切った。

「ふふふ、梶原、反対派を腕力で捻じ伏せてどうやら新地は安泰のようじゃのお」

冥府から聞こえてくるような嗄れ声で鍋島が嗤った。

「儂も新地には二度と手を出すなと井上のガキに念押しをしておいてやったわい」

「それはわざわざどうもありがとうございます」

口調とは裏腹に梶原が苦虫をつぶした顔で応えた。井上のガキとは現市長のことである。鍋島は市長に口をきいたことで恩を売り、暗に見返りを要求しているのである。

鍋島が求める見返りとは金ではなかった。女である。希代の猟色家、サディストとして知られる鍋島は女に眼がなかった。それも老境に入った今では処女を屠り、自分好みに仕込みあげることにしか食指が動かないという偏屈ぶりだった。

もちろん老醜をさらすサディストに身をまかそうという処女がいるはずもなかった。それでも梶原は年に数人、犯罪まがいの手段で調達した少女を鍋島の求めに応じて差しだしてきた。

「梶原、今回は儂の方からリクエストがある」

相手の出方を見ようと黙した梶原を気にかけるふうもなく、鍋島が気色の悪い声で言った。その背後からヒイーッという若い女の悲鳴が聞こえた。女を嬲りながら電話をかけているのだ。

「リクエスト、とおっしゃいますと?」

「おぬし、最近、後家をふたり飼っておるそうじゃな。——ひとりはあの生意気な若造、川奈の女房。結構な美人だそうじゃの。もうひとりは儂もよく知っておる〈もりむら〉の女将じゃ」

「あいかわらず、地獄耳ですな。おそれいります」

「情報収集は儂の生命線じゃからのお」

悪びれた様子もなく嗤う鍋島の声を聞きながら、梶原は怒張への奉仕を続ける多江と羞恥のポーズをとり続ける理佐子に視線を這わせる。

「ご老公に差しだせ、と」

「ふふふ——」

耳障りな含み嗤いがひとしきり受話器から響いた。

「いまや飛ぶ鳥を落とす勢いの新地の帝王——おぬしの怨みを買うような愚かな真似を儂はせぬわい。じゃが、川奈の評判の女房と〈もりむら〉の美人女将だ。冥土の土産に一度味見をさせてもらってもバチは当たるまい」

「なるほど、それが見返りということですか」

このくたばりぞこないの変態ジジイめ、さっさと地獄に落ちるがいい——梶原は内心の憤りを押し殺して聞き返す。

「ふふふ、それでは儂を見くびり過ぎじゃわい。おぬしのお古だけで満足するほど耄碌はしておらぬ。——〈もりむら〉の女将には女学館に通う愛娘がおるじゃろう。あの未通女《おぼこ》が儂の望みじゃ。娘の前で母を犯し、母の前で愛娘を女にする。なかなか気の利いた趣向じゃろう」

（くそッ、恵里香か——）

梶原は腹の底で唸った。良一の葬儀で多江と並ぶ制服姿の可憐な美少女恵里香を眼にして以来、母娘をともに屠りあげることは嗜虐者梶原ももちろん企図していたことだった。

（しょせんジジイも俺も同じ穴のムジナ――考えることは同じということか。トンビに油揚げとはこのことだな）

梶原は自嘲気味に嗤った。

「では、供物の調達ができたら連絡せい。ふふふ、早めの吉報を待っておるぞ」

鍋島は梶原の承諾の返事も待たずに電話を切った。

「ジジイめッ」

梶原はそう吐き捨てると、子機を放り投げるように山岡に返した。

「ご老公は見返りになにを要求してきたんですか？」

子機を受け取った山岡が眼鏡の奥の眼を細めて訊く。

うむと唸った梶原は山岡にドアの向こうを顎で示すと、多江の頭を摑んで怒張から顔を引き離した。

「多江、もういい。待機の姿勢で待っていろ」

そう言い置いて、梶原はソファから腰をあげた。

「あのエロジジイ、理佐子と多江を味見させせろと言ってきやがった」

執務室に隣接する山岡の部屋に入ると梶原は苦々しく言った。

「それが見返りですか？」

「いや、味見は味見──、見返りの供物は多江の娘の恵里香だそうだ」

「なるほど、恵里香に眼がいくとは──老いさらばえたとはいえ、ご老公は見くびれませんね」

感情を表に出さずに冷めた声で応じた山岡がスッと眼を細めた。

「どうします。思いきって戦争を仕掛けますか？」

「戦争か──勝てると思うか？」

「ご老公はすでに経済基盤も実体としての兵力もなくしています。あるのはかつての遺産であるパイプと政治的な影響力だけ。兵力はもちろん、政治力にしてもすでに私たちがまさっています。九分九厘、勝てるでしょう。ただ、ある程度の血は流れますがね」

山岡が言う血とは必ずしも人が流す血だけを意味していない。むしろ、経済的な損失と鍋島の揺さぶりによって組織が受けるダメージを指していた。

「ふふ、俺と同じ読みだな。だが、戦争はなしだ。放っておいてもじきにくたばるジジイだ。あえて手を汚してまで北之宮に波風を立てる必要もあるまい」

しばし逡巡した梶原がおもむろにそう答えた。

あの妖怪同然の鍋島に理佐子と多江を嬲らせ、無垢で可憐な恵里香を供物として差しだす——そのことを思うとはらわたが煮えくり返るほどの憤りを感じたが、その感情にまかせて、ここまで大きくした組織にダメージを与え、恩を仇で返したという不必要な誹謗を浴びるべきではない。それが権力者としての梶原のリアルな判断だった。

心臓にガタが来ているという噂のある老い先短い鍋島が死ねば、すべては梶原に禅譲される。確かに女は梶原にとって人生最大の愉しみだが、それも力があってこその物種だった。

まずは天下を取り、唯一無二の権力を得ることだ——梶原は自分の抱いてきた野望を再確認した。

「恵里香をジジイに供物として差しだす準備をしろ。方法はおまえにまかす」

梶原は山岡にそう命じると踵を返した。

「……ああ……」

両手を後頭部で組み、二肢を大きく左右に開いた〈待機の姿勢〉で多江と理佐子が執務室に戻った梶原を迎えた。

多江の剝きだしの腋窩にも、うっすらと生えた腋毛が汗に濡れて妖しい光沢を見せ、熟れた裸身に淫靡な色香を添えている。

（ジジイに一度賞味させれば、俺の欲望は醒めるだろうか）

梶原は舐めるような視線をふたりの美しい裸身に注ぎながらそう思った。

蕩けんばかりにたわわに熟れた多江の乳房と、これからまさに熟れようとする瑞々しい張りを見せる理佐子のやや小ぶりな乳房――ふたりの裸身を見較べる梶原の脳裡に、老獪そのものの鍋島に多江と理佐子が犯される姿がよぎった。だが、梶原の眼には未練の色はなかった。

（醒めたとすればそれまでの女ということだ。あるのはいまこの時だけ、明日の欲望のゆくえは明日になればわかる）

梶原は嗜虐心を剝きだすようにニタリと頰をゆがめた。

「尻を掲げろ」

「……ああ……」

せつなく喘いだ多江と理佐子はおずおずと裸身を反転させ、後ろ向きになると、絨毯の上に這った。重ね合わせた両手の上にお辞儀をするように額を押しつけると、双臀を高々と虚空に掲げあげて、梶原の視線に捧げる。

白い双丘の谷間にさらされたふたりの女の裂け目は、申し合わせたように花弁を充血させてパクリと左右に開き、ヌメヌメと淫らに濡れ光る女肉の構造を露わに覗かせている。

「ふふ、ふたりとも見事なまでにオマ×コを濡らしてしまって、すっかりできあがっているな。——俺の魔羅を最初に欲しいのはどっちだ？」

梶原は屈みこむと、二本揃えた左右の指をふたつ並んだ女芯にズブッと挿し入れた。

「ああっ……いやっ……」

「ひいっ……ああっ……」

ふたつの双臀が淫らに揺すりたてられ、多江と理佐子の口からほとんど同時にきざしきった啼き声が噴きこぼれた。節くれだった指で肉襞をまさぐられるだけで腰骨が痺れ、甘美な刺戟が背筋を蕩かすように這いのぼってくる。

「フェラチオをしていた分だけ、多江、おまえのオマ×コの方が熱く蕩けているな。ふふ、しゃぶっていた俺の魔羅が欲しくてたまらないのだろう」

「……そ、そんな……あああっ……」

肉壺のしこりをコリコリ擦りあげられた多江が否定の言葉もおぼつかなげに顔をせつなく振って甘く慄える声で啼いた。

ろ。わかったな」

「多江、おまえから啼かしてやる。理佐子は多江が女の恥じを極めるまで我慢してい

肉壺から抜きとられた梶原の手がビシイッと理佐子の双臀を容赦なく打った。

「あひいっ……は、はい……わかりました……り、理佐子は、お待ちいたします……」

打たれた双臀をなよなよと揺すりたてて理佐子が声を慄わせて応える。

「さあ、いい声で啼いてみせろ」

梶原が多江の尻たぶをグイと左右に押し開く。どす黒い亀頭が淡いセピア色をした肉のすぼまりに押しあてられ、ググッと肉皺を押し込むように侵犯していく。

「ひいっ……そ、そこは……お、お尻はゆるしてっ……あああっ、いやあっ……」

肛門を犯されると知った多江が哀訴の声を慄わせるが、すでに何度となく凌辱を受けた肉門は苦もなく亀頭に押し広げられ、ズブズブと野太い肉棒で肛道を縫いあげられてしまう。

「……ああっ……だ、だめっ……んんっ、あうううっ……」

双臀に杭を埋め込まれるような拡張感とともに、妖しい痺れが身内にジワッと広がっていく。ジーンと腰の芯が灼けるいとわしくも快美な背徳の官能感に、多江は絨毯の毛叢をかきむしるように両手をギリギリ握りしめ、肛辱特有の低く呻吟するような

声を喉から絞りだして啼いた。

（……ああ……ま、またお尻で啼かされてしまう……）

敗北感とも諦めともつかぬ多江の思いに応えるように、根まできつく埋め込まれた硬い肉棒がゆったりとした抽送を加え始める。鋭く張った鰓でズルズルと肛肉を掻きだし、ズブウッと双臀の最奥を抉りぬく。

「……あううんっ……こ、こんなっ……あああっ……」

脳髄までが遠火で炙られるようなジーンと重い官能が多江を支配する。こらえようもなく顎を突きだすようにして苦悶と愉悦が混交した声をあげて多江は啼いた。

白い肌が桜色に染まり、ジワッと脂汗がにじみだす。総身が律動に合わせるように揺れ、たわわな乳房がタプタプと重たげに踊った。濃厚な花蜜が花芯からトロリとあふれ、漆黒の繊毛を濡らしていく。

「……あうっ、あうっ、あああああっ……」

昼下がりの執務室に、きざしきった女の甘酸っぱく熟れた匂いが立ちこめ、生々しく淫らなヨガリ声が染み入るように虚空を満たしていった――。

それから二日後――。

レンガ塀に囲まれた古風な洋館を思わせる北之宮女学館の校舎を、秋の盛りの夕陽が深紅に染めあげていた。

その校門から、胸元の赤いリボンが眩しい白地に紺のラインが入ったセーラー服に身を包んだ女生徒たちが濃紺のスカートをたなびかせながら三々五々に帰宅の途についていく。

「さよなら」

にこやかに手を振って友だちと別れた森村恵里香の足どりがひとりになると急に重くなる。細い眉、つぶらな瞳、プクンと可愛らしく膨れた小作りな唇――人形のように可憐な少女の顔に影がさして重く沈んでいく。

（……お母さま……どこにいらっしゃるの……）

母の多江が突然出奔してしまってからすでに十日あまりがたっていた。

一週間ほど前に「とても大切な方と旅行をしている」という電話が携帯にあってからは、毎晩七時前後に決まって電話があった。料亭の方にも同じ時分に電話があるらしい。

とても大切な人、それは誰なの？　お母さまは誰かを好きになってしまったの？　その人は私よりも料亭の仕事よりも大切なの？　いつ家に帰ってくるの――なにを訊いても母は「もうすぐ帰るからそれまでなにも訊かないで」と答えるだけで、そのすぐがいつなのか、なぜ答えられないのか、具体的にはなにも教えてくれない。そのうえ、電話の向こうから聞こえる声は恵里香が知る快活な母の声ではなく、消え入るほどに弱々しく、時おり涙ぐんでいる気配すらあった。

それはどうしてなの？　身も心も焦がれるほど人を好きになったことがなく、恋を知らない少女の胸は戸惑いに揺れ、千々に乱れた。

（……お母さまに会いたい……）

ポツンと取り残されてしまったような寂しさに涙がこぼれそうになる。

と、その時、スマホが鳴った。

ディスプレイの表示が母の携帯からの着信であることを示している。

（……帰ってきたのかしら……）

いつもと違う時間帯の電話に、恵里香の顔が戸惑いがちにほころぶ。

「──もしもし、森村恵里香さんね」

だが、聞こえてきた声は母の声ではなかった。見知らぬ女の緊張した声だった。

「……はい、そうですが……」

「お母さまが倒れられたの」

「えっ……倒れた……どういうことですか？」

「わかりません。今、お医者さまに診ていただいていますが、近親者に知らせた方がいいということでしたので、お電話しました。車で迎えに伺いたいのですが、今、どちらですか？」

急くような口調で畳みかけるように問われて、恵里香はあわてて周囲を見まわし、地名を告げた。

「では、八幡橋のたもとのバス停で合流しましょう。急いでください。私も急ぎますから」

女はそれだけ言うと返事も待たずに電話を切った。

（……お母さま……）

心臓が早鐘のように鳴った。八幡橋ならここから五分もあれば着ける。恵里香は迷わずに駆けだしていた。

だが、バス停に着いてもなかなか相手は現われなかった。

無情に眼の前を通り過ぎていく何台もの車を見送りながら、恵里香はせめて車の色でも訊いておけばよかったと悔やんだ。

母の携帯に電話をかけてみたが、応答はない。

場所を聞き間違えてしまったのだろうか——不安と焦燥が極限まで高まっていく。と、その頃合いを見計らってでもいたかのように、黒塗りの乗用車が恵里香の前で停まった。後部ドアが開き、黒いパンツスーツ姿の四十前後の女があわてたように降りてくる。

「恵里香さんね。——遅れてごめんなさい。急いで」

後部座席の奥にはスーツ姿の男がすでに座っていた。一瞬ためらいを覚えた恵里香だったが、焦燥感に急かされるように車に乗り込んだ。女が恵里香の後ろから乗り込んでバタンとドアを閉める。と、同時に車が滑るように走りだした。

ハアッ——安心したように深く息を吐いた女は梶原の情婦で料亭〈椿亭〉の女将、山村礼子だった。良一の葬儀でルミ子が恵里香と一度だけ顔を合わせているため、この大役を命じられたのだ。

「フフ、噂通りの可愛い娘ね」

まだあどけなさを残す蕾のように可憐な少女の顔を見て意味ありげに微笑んだ礼子の眼が、制服に包まれたいかにも処女らしいたおやかな胸の膨らみを検分するように見つめる。

「……あの……母は……どこに……」

礼子の無遠慮な視線に恵里香がいぶかしげに訊いた。

「心配しなくても会えるわ。あなたは今夜、お母さまの前で女にされるんだから」

「……え……」

意味がわからないと言うように恵里香がつぶらな瞳をしばたいた。

と、背後から男の手が伸び、冷たく湿ったハンカチが小ぶりな唇と鼻を覆った。

揮発性の刺激臭がツーンと鼻腔の粘膜と喉を灼く。

（いやっ、なにをするのっ、やめてっ……）

くぐもった呻きにしかならない声を放って、恵里香は男の手を摑み懸命に引き放そうとするが、強靱な手はビクともしない。

（……た……たすけて……）

意地悪く微笑む女の顔が溶けるように霞み、恵里香の視界が闇に閉ざされた——。

2

北の杜と呼ばれる丘陵地帯のはずれ、鬱蒼と茂る森の中にかつて北之宮の首魁と呼ばれた鍋島久作の屋敷があった。

小高い塀に囲まれた広大な敷地の中に武家屋敷のようなたたずまいの母屋があり、その背後に渡り廊下で結ばれた「奥」と呼ばれる大きな平屋造りの建物がある。女を飼うことが生きがいと言ってはばからない鍋島自慢の寝所であり、屠所であり、ハーレムであった。

その「奥」の中心の広間にふたつの白く美しい裸身がさらされていた。

手枷足枷で四肢をX字型に伸ばされ、総身を開かされたあられもない姿だ。

腋窩にうっすらと煙る飾り毛も、たわわに揺れる乳房も、こんもりと漆黒の毛叢で覆われた女の丘のたたずまいも、女のすべてを隠しようもなくさらされているのは誰あろう、理佐子と多江、ふたりの美しい未亡人だった。

ふたりとも黒革製のアイマスクで視界を覆われ、ボールギャグと呼ばれる球状の箝口具を口にきつく嚙まされて声を奪われている。今日の夕方、梶原の根城である北之宮新地のビルからこの「奥」へと連行されてきたのだ。

「……ううっ……」

どこであるのかさえもわからない場所で一糸まとわぬ姿をさらす不安と羞恥に、多江と理佐子の総身がたゆたうように揺れ、箝口具で塞がれた喉の奥からくぐもった呻きが洩れる。

（……誰かがいる……見られている……）

視界を奪われた闇の中にカチャカチャと時おり微かに聞こえる物音と人いきれそして、乳房や腰まわりに瘴気のようにネットリとまとわりつく邪悪な視線の気配に、ふたりは周囲にひとりやふたりではない複数の人間がいることを感じていた。その不気味でおぞましい気配が不安と恐怖を一層煽りたてる。

「ふふふ、そろそろ腰振りダンスにも飽きてきたのお」

不意にふたりの正面から低く嗄れた気色の悪い老人の声が聞こえた。

「顔をしかと見て、声を聞いてやろう。目隠しと轡をはずしてやれ」

多江と理佐子、それぞれの背後から手が伸ばされ、アイマスクとボールギャグがはずされた。

「……ひっ……」

いきなり飛び込んできた光の渦に瞳をしばたかせた多江と理佐子は、やがて明るさに慣れると、その場の異様な光景に息を呑み、凍りついた。

黒光りするほど磨きあげられた板敷きの広間の中央、さらされたふたりの前に一〇センチほどの高さの鉄製の台座が並べて設えられ、その上にそれぞれまばゆいばかりに白い夜具が二組延べられている。掛け布団はなかった。横長のクッションのような枕が置かれ、夜具の四隅には黒い革枷の付いたロープが台座から引きだされて獲物を待つ蛇のようにとぐろを巻いている。そこが女にとって屠所以外の何物でもないことは火を見るよりも明らかだった。

その夜具の向こう側に、多江と理佐子と向き合う形でこの屋敷の主、鍋島久作が梶原と並んで座っていた。

達磨さながらのギョロ眼、悪魔のように鋭く尖った鉤鼻、巨大な裂け目のような赤い口と垂れ下がった頬――テラテラ不気味に光る禿げ頭から妖気が漂う異形としか言いようのない風貌である。

筋肉がゲッソリと落ち、皮がたるんで骨が浮きでた褌一枚の裸形も冥府から舞い戻った幽鬼さながらの不気味さで、横に並ぶ黒いブリーフ一枚の梶原の鍛えあげられた肉体とはまさに好対照だった。

鍋島と梶原の前には酒肴を載せた膳が据えられ、ふたりの横にはそれぞれひとりずつ髪をお下げに結った全裸の少女が酌をするために侍っている。

「ふふふ、久しぶりじゃな、多江」

あまりの不気味さに声もでない多江と理佐子の怯えを愉しむように鍋島が嗤った。

「忘れたか。無理もないわい。儂が〈もりむら〉を利用していたのはもう十数年以上前、市長を務めておった頃じゃからのお。まだおまえは見るからに未通女の小娘じゃった」

「……鍋島市長……」

多江が愕然と眼をみはった。記憶の中に残っている鍋島はもっと恰幅がよく、精力的な偉丈夫だった。

鍋島久作——その名は理佐子も聞き知っていた。北之宮繁栄の礎を築いた反面、都市開発、公共事業に名を借りて私腹を肥やし、市を私物化して悪政の限りを尽くした市長、それが亡き良一の鍋島への評価だった。

「どうやらふたりとも儂を知っておるらしい。光栄じゃな。ふふふ、今宵からは忘れたくても忘れられない男となるはずじゃ」

鍋島はゆらりと立ちあがると、幽鬼さながらの奇怪な姿を恥じる様子もなく多江と理佐子の前にさらした。老醜そのものの裸身の中で褌を締めた股間だけが異様なほどに膨れあがり、白布を突き破らんばかりのグロテスクな精気をみなぎらせている。

「……わ、私たちに……な、なにをする気……」

多江が声を慄わせた。いや、慄えているのは声ばかりではない。そのおぞましい妖気に多江と理佐子の膝頭はブルブル慄えおののいていた。

「面妖なことを申すな。女が褥《しとね》の前で素っ裸に剝かれて乳もオマ×コもさらしあげられておるのじゃ。これからなにが始まるかは一目瞭然じゃろう」

ニタリと赤い舌で上唇を舐めた鍋島はおもむろに褌の結び目をほどき、これ見よがしにかなぐり捨てた。

「……ひいっ……」

「……いやあっ……」

多江と理佐子の口から小娘のような悲鳴があがった。四つの乳房が恐怖におののくようにプルプル慄える。

鍋島の股間にヌッとそびえる逸物はとても人間のものとは思えぬ代物だった。馬並みという形容はあるが、その逸物はむしろ妖怪並みと言った方がピッタリくるほどのグロテスクさである。

節くれだった丸太の上に拳を載せあげたような野太く無骨な肉塊は、屠りあげた女たちの淫水を吸いとってどす黒い輝きを見せ、なによりも異様なのは肉茎がブツブツとイボ状の突起で覆われている点にあった。

その禍々しい悪魔のような器官が皺だらけの腹に届かんばかりにそり返り、ギラギラ脂ぎった力をみなぎらせている様子は、さながらすべての精気を男根が吸いあげ、鍋島の存在そのものがその肉塊に化身しているかのような凄みがあった。

「ふふふ、儂のシリコン玉入りのチ×ボをお気に召してくれたようじゃな。オマ×コで咥えこむともっと気にいることになるわい」

男根を初めて眼にした処女のように恐怖を露わにする女たちの姿に、鍋島は奇怪な顔をさらにゆがめて嗤った。

「じゃが、残念ながらおまえたちはメインディッシュではない。今宵は正真正銘の生娘が儂との初夜を迎える花嫁として用意されておる。おまえたちにはその花嫁の立ち合い人、祝言を盛りあげるオードブルを務めてもらう」

鍋島はニタニタ嗤いながら理佐子の前に立った。

「まず理佐子おまえからじゃ。ふふふ、名うての料理人梶原が仕込みあげた身体を味見させてもらおうか」

恐怖にすくみあがってブルブル慄える理佐子の細腰を鍋島はグイと引き寄せ、白く柔らかな裸身に奇怪な身体をベタリと擦りつけるように抱きすくめた。

「ひいいっ……いやああっ……」

理佐子は狂ったように総身を揺すりたて絹を裂くような悲鳴を噴きこぼした。ヒンヤリと冷たく、かさついた肌の気色悪さに背筋がそそけだち、鳥肌だった。

「……や、やめなさいっ……あ、あなたは、それでも元市長でしょ、恥じを知りなさいっ……」

悲痛な叫びを噴きこぼす理佐子の痛ましさに多江が思わず声をあげた。

「ふん、儂が現役の頃はこんなものじゃなかったわい。とっかえひっかえ市長室の隠し部屋で女を屠りあげたものじゃ。中でも愉快じゃったのは、正義漢ヅラした政敵の女房を有無を言わさず犯しぬいた時じゃった。ふふふ、理佐子、ちょうどおまえのような年恰好じゃったわい」

鍋島は骨ばった手で瑞々しい乳房をグリグリと揉みしだき、汗ばんだうなじにベロベロ赤い舌を這わせて理佐子の悲鳴を絞りとっていく。

「……ひいっ、いやっ、お願い、やめてっ……ああっ、か、梶原さんっ、た、たすけてっ……ひいいっ……」

理佐子はあまりのおぞましさと恐怖に惑乱するあまり、自分を地獄に引きずり込んだ元凶であることも忘れて、思わず梶原に救いを求めた。

だが、夜具の向こうの梶原は無表情に酒精を嘗めながらじっと視線を送ってくるばかりで、もちろん助けに動く気配すら見せない。

「ふふふ、女じゃな。梶原に犯され続けて肌が馴染んで情が移ったか。面白い。今度は儂のチ×ボに馴染んで儂に情を移してみるがいい。それも女じゃ」

ギョロ眼に嗜虐の炎をメラメラと燃えたたせた鍋島は異形の逸物に手を添えるとズルリと肉の亀裂を擦りあげ、理佐子の女の源泉に奇怪な亀頭をあてがった。

「ひいいっ、いやあっ、や、やめてっ……」

硬く熱い肉の凶器の感触に、理佐子はX字に広げられた手足を引きちぎらんばかりに総身を右に左によじりたてて悲鳴を噴きこぼす。

「なにがいやなものか、梶原にすっかり仕込まれてオマ×コをグッショリ濡らしておるくせに。——ふふふ、こうやって無理矢理犯されるのが好きなのじゃろう」

鍋島は淫猥な嗤いを浮かべると、ググッと腰を突きあげた。

漆黒の亀頭がジットリと濡れた花口を押し広げ、襞肉を巻き込むようにズブズブッと花芯に捻じ込まれていく。

「ひいいいっ……い、痛いっ……」

巨大な肉茎で押し広げられた柔肉をゴツゴツしたシリコン製のイボで擦りあげられる異様な痛みに理佐子は白い喉をのけぞらせて苦鳴をあげた。

「ふん、生娘のような泣き言を言いおって。このグリグリした痛みがすぐに快感になる。女の身体がそのようにできておることは、いやというほど教えられておるはずじゃろう。——ふふふ、そう言っておるはじから、もうオマ×コが淫らにチ×ボを食い締め始めたわい。ほれほれ、ヨガリ声を聞かせてみせい」

鍋島は理佐子の尻たぶを鷲掴みにすると、ズンズン下から突きあげるように腰を使い始めた。

「あひいいっ……いやあっ……ああっ……あああっ……」

裂けんばかりに肉壺を広げた剛直に柔肉を抉るように擦りあげられ、子宮を貫かんばかりに突きあげられると、痛みが消し飛び、花芯が熱く燃えあがった。灼け痺れるような快美な感覚が四肢にほとばしり、背筋を駆けのぼっていく。

(……ああっ……ど、どうして、こんなっ……)

目隠しをされて全裸をさらされていただけで花芯が濡れてしまっていたことも驚きだったが、初対面の醜悪な老人にいきなり犯されて官能に溺れていこうとする自分の肉体の淫らさが理佐子には信じられなかった。

だが、こんなことがあるはずがない——そう思ってもめくるめく官能を抑えることはできない。

「……ああっ……や、やめてっ……んんっ、あああっ……」

腰骨が蕩けるような快美感に、喉元をせりあがる熱い塊りを吐きだすように羞ずかしい声をあげて啼いてしまう。

醜い妖怪のような老人に無理やり犯されて淫らに啼かされている——そんな思いすらが花芯から突きあげてくる官能を増幅し、脳髄を甘美に痺れさせて気が遠くなる。

(……化け物め……)

梶原はグイとあおるように酒精を飲み干した。

手数をかけて自分好みに仕込んできた女をみずからの野望のために差しだす——すでにそう割り切っているはずのことではあっても、鍋島の男根に刺し貫かれてあられもなくヨガリ啼かされる理佐子の痴態から梶原は眼をそらすことができない。嫉妬と憤りに心を揺さぶられながら、怪異な老人に犯される美しい未亡人という美醜の醸しだすエロティシズムに梶原は魅せられ、激しく欲情していた。ブリーフの下の逸物が痛いほど勃起している。それは制御不能な怒りにも似た欲望だった。

「おまえ、名前は?」

空になった杯に酌をしようとする少女に梶原が低い声で訊いた。

「……早苗です……」

あどけなさの残る顔に微かに怯えをにじませて少女が消え入りそうに答える。

「早苗か——」

梶原は凶暴な欲望を隠そうともせずに露骨な視線を、見るからに硬さを残した乳房から股間へと這わせる。鍋島から膝を閉じて坐ることを禁じられている早苗の女の丘にはそこを飾るべき毛叢がなかった。白い丘に刻まれたクレバスのような女の裂け目がクッキリと覗いている。

少女性をさらに際だたせるために剃毛を施す——それが鍋島の嗜好だった。

梶原は立ちあがると無造作にブリーフを脱ぎ捨てた。怒りに猛り狂ったように屹立した逸物がヌッと虚空にさらされる。

「這って尻をさらせ——」

「ひっ……」

早苗は微かに息を呑んで、裸身をこわばらせた。だが、逆らうなと鍋島に言い含められているのだろう、おずおずと梶原に背を向け四つ這いになると双臀を掲げた。青林檎のような双丘のあわいに露わにさらされたピンク色も鮮やかな肉の裂け目はすでにしとどに濡れそぼち、そこだけが成熟した女だと言いたげに花口が淫らな収縮を覗かせている。

ブルブルおののく細腰を梶原はグイと引き寄せると、爆ぜんばかりの亀頭を少女の花口にあてがった。

「この屋敷に来てどれくらいになる」

「……ひ、ひと月です……」

「ご老公以外の男に犯されるのは初めてか？」

「……は……い……」

微かに早苗がうなずいた。

「そいつはいい」

残忍な嗤いを浮かべると梶原は野太い怒張で一気に少女の花芯を刺し貫いた。

「ひいいっ……んんっ……」

早苗の小さな頭がグンとのけぞり、三つ編みのお下げが跳ね踊った。声をあげることをはばかるかのように握りしめた手を口元にあて、懸命に喘ぎを押し殺す。

「オマ×コは完全に女だな」

たぎらんばかりに熱い柔肉が肉茎に吸いつくように絡みついてくる感触を味わいながら二度、三度肉壺を抉りたて、早苗から呻き声を絞りとると梶原は怒張をズルリと花芯から抜きだした。

花蜜にベットリと濡れた亀頭をそのままずりあげ、ひっそりとたたずむ桜色の肉の蕾にあてがう。

「……ああっ……そ、そこはっ……」

「ふふ、ここももちろん女だろう」

ググッと体重をかけると、鍋島の化け物じみた男根ですでに女の道をつけられている早苗の肉門は亀頭をズブッと受け入れ、ズルズル吸い込むように怒張を咥え込んでいく。

「……んんんっ……あううっ……」

双臀の最奥を深々と怒張で縫いあげられた早苗は細い顎を慄わせて苦悶とも愉悦とも知れぬ声をあげて啼いた。

「……あっ……いやっ……」

早苗の身体がそり返るように宙に浮いた。梶原が両膝の裏に手を添え、早苗の華奢な身体を掬いあげるように抱え起こしたのだ。少女の小ぶりな双臀は深々と怒張を咥えこんだまま、胡坐に組まれた梶原の腰の上にスッポリと納まってしまう。

梶原の大きな手が早苗の乳房を包み込むと、硬さを確かめるようにユルユル揉みこみ始めた。もう一方の手があられもなくM字に開いた股間に潜り込み、濡れそぼつ亀裂をまさぐりながらツンと尖った肉芽を掃くように擦りあげる。

「……ああっ……だ、だめ……あううんっ……」

なよなよ顔を揺すりたてて早苗が少女とは思えぬなまめいた声をあげて啼いた。

「これでいい」

猛り狂った怒張を埋め込む肉の器を得たことで、梶原は怒りにも似たやり場のない欲望を鎮めると、官能にきざして揺れ動く早苗の頭越しに、鍋島に責めたてられて身も世もなく悶え啼く理佐子の姿に視線を戻した。

「あひいいっ……い、いやっ……あああっ……やめてっ、ひいいっ……」

理佐子が汗みずくの裸身を揉みしぼるようにしてきざしきった声をあげ、激しくかぶりを振りたてた。唇をわななかせて啼くその顔は哀訴の声とは裏腹に、肉の愉悦に翻弄されるなまめいた女の顔だった。

「ふふふ、どうした理佐子、立ったままオマ×コされて他愛もなくもうアクメの生き恥じをさらしてしまいそうなのか。亭主が死んでまだ四十九日の忌も明けぬというのになんとも淫らな女じゃの。理佐子、おまえは亭主を裏切るふしだらで淫らな女じゃ。ほれほれ、おまえははしたない女じゃ。スケベな女じゃ。ほれほれ、すこしはこらえてみせろ」

鍋島は歯茎を剝きだしにして奇怪な嗤いを浮かべ、言葉で嬲りあげながら容赦なく腰を突きあげ、間断なく肉壺を抉りあげていく。老いさらばえた身体のどこにそんなスタミナが隠されているのか、女との媾わいに取り憑かれたような鬼気迫る腰の動きだった。

女を啼かすためのシリコン玉を埋め込まれイボ状になった巨大な肉茎で執拗に責めたてられては、官能に脆い身体に仕込まれた理佐子にこらえる術はなかった。

「ひいいっ……も、もうだめっ、ゆ、ゆるしてっ……あああっ……」

狂おしいばかりに顔を振りたてたかと思うと、淫らに揺すりたてた腰を鍋島に差しださんばかりにグンと突きだし、ひときわ高い声をあげて啼いた。

「ふぉふぉふぉッ、気をやってみせるんじゃ、ほれい、いけいッ」

奇声を発した鍋島がトドメだとばかりに柔肉を抉り、ズンッと子宮を突きあげる。

「ひいいいいっ……」

桜色に染まった喉をさらして理佐子が断末魔の悲鳴をほとばしらせた。

弓なりにそり返った裸身がブルブル慄え、柔肉が痙攣とともに野太い剛直をキリキリ絞りあげるように食い締め、たぎらんばかりの樹液を噴きこぼす。あふれでた淫らな汁が鍋島のグロテスクな玉袋を伝って、ポタポタと床に滴り落ちていく。

「ふふふ、潮まで噴きおったか。楚々とした顔に似合わず、たいしたいきっぷりじゃわい」

淫猥な嗤いを浮かべて鍋島がズルリと剛直を理佐子の肉壺から抜き取った。

「……はあああっ……」

あえかな吐息を洩らして理佐子の顔がガクリと前に折れ、力尽きたように両手を吊りあげたロープに汗まみれの裸身をゆだねる。

「さて、多江、次はおまえの番じゃ」

理佐子の屈服のさまに茫然とする多江の前に、鍋島が樹液を滴らせた剛直をユサユサと揺すりたてるようにして立った。

多江はキッと唇を引き結んで鍋島の異形の顔を見つめ返すが、割り裂かれた膝頭がガクガク恐怖に慄えるのを抑えることはできない。犯されたら最後、自分も羞恥の極みの姿をさらしてしまうことは目に見えていた。

「ふふふ、怖いか。もっと怖がるがいい。おまえには飛びきりの趣向を用意してあるわい」

残忍な嗤いを浮かべた鍋島は、多江の背後に黒子のように控えるふたりの書生に顎をしゃくった。

「床にさらせ」

「はっ――」

白袴にツルツルのスキンヘッドという異様な風体のふたりの書生が鍋島に一礼すると、多江の手足の縛めを解いた。

「……いやっ……な、なにをするのっ……」

自由になった手でたわわな乳房をかき抱く多江の裸身がまばゆいばかりに白い夜具の上に突き転がされる。

「や、やめてっ……」

懸命に身を縮ませようとする多江の両手が左右から引き剝ぐように摑み取られ、頭上にグイと引き延ばされた。夜具の下に設えられた台座の隅から引きだされた革枷が左右の手首に塡められる。

「ひいいっ……いやあっ……」

場慣れした男たちの力の前で、多江は女の弱さを剝きだしにした悲鳴を噴きこぼすことしかできなかった。ばたつかせる二肢をたやすく絡めとられて、生木を裂くように力まかせに割り裂かれ、革枷で足首を留めあげられてしまう。

俎上の魚そのままに、多江の裸身を夜具の上にX字にさらしあげると、書生たちは腰の下にクッションと見まがうばかりの大きな枕を捻じ込んで腰枕として仕上げを施した。

「……ああ……こんな……」

艶やかな毛叢に飾られた多江の女の丘が、ぬめ光る肉の亀裂も隠しようもなく鍋島の眼下にさらされる。

「ふふふ、やはり女は褥にさらすと一段と色香を増すな。淫らに脂ののった、いかにも三十後家らしい熟れきった身体じゃ」

多江の裸身を淫猥な視線で舐めあげた鍋島が、書生たちを振り返った。

「花嫁を連れてまいれ」

はっ――短く答えた書生たちが広間を出ていくと、鍋島はユラユラと上座に戻った。梶原に背後から貫かれ、あえかな喘ぎを洩らす早苗の姿をギロリと一瞥してニタリと頬をゆがませる。

「ふふふ、早苗、尻を串刺しにされたか。いい格好じゃ。自分の女が他人に犯されて喘いでいる姿というのも、それはそれで一興だの。なあ、梶原」

不敵に嗤って、もうひとりの少女にワイングラスを差しだす。

少女がデキャンタからなみなみと注いだ漆黒の酒精を、鍋島はグビグビ喉を鳴らして飲み干し、口元を手で拭って瘴気のような息をプファーッと吐いた。

（業だな――）

暗い眼をしてその姿を眺めた梶原が心の中でひとりごちた。

その漆黒の酒精は「ヘラクレス」と呼ばれる強精ドラッグを赤ワインで割ったものだった。ヘラクレスは非合法の合成ドラッグで、その効果はバイアグラの比ではなく、ドラッグ天国と呼ばれるオランダの闇マーケットを中心に高値で流通している。

だが、その副作用もまたバイアグラとは比較にならない。鍋島の奇怪な肉体もヘラクレスを過度に服用し、常用し続けた結果だった。

老いさらばえてもなお、女を屠り続ける欲望を捨てきれず、精力の減退とともにその欲望の対象は成熟した女から無垢な処女、少女性への偏執的なこだわりへと退行したとはいえ、我が身を削ってまで女に固執し続ける鍋島の姿は業としか言いようがなかった。

「……いやっ、放してっ……」

突然、廊下から悲鳴が聞こえた。

ふたりの書生に左右から腕をとられてセーラー服姿の美少女が広間に引きたてられてきた。長い黒髪を鍋島が好む三つ編みのお下げに結いあげられ、つぶらな瞳に涙を浮かべる少女は恵里香だった。

全員が裸身をさらしている広間の異様な光景に恵里香は息を呑み、身をすくめた。両手を無惨に吊られている女の姿を見つめたその瞳が驚愕のあまりに大きく見開かれる。

「……ひっ……」

(……お、おばさま……)

汗みずくの裸身を苦しげに波打たせて喘いでいる美しい女は奥ゆかしく優しい理佐子夫人だった。

そして、白い夜具の上にX字型に美しい裸身をさらされている女は——。

「……お……お、お母さまっ……」

「……え、恵里香っ……」

思いもよらない場所、想像だにしなかった状況での愛娘との再会に多江は愕然とした。

「こ、これは一体どういうことですっ……放しなさいっ、娘から手を放すのよっ……」

多江は引き伸ばされた手足がもげんばかりに激しく身をよじりたて、悲痛な叫び声をあげた。

「ふふふ、多江、おまえはメインディッシュではないと教えたはずじゃ。儂と今宵、初夜を迎える花嫁は娘の恵里香じゃ」

「なんですってっ……そ、そんな非道なっ……そんなことはさせないっ……ぜ、絶対にゆるさないっ……」

よりにもよってこんな妖怪そのものの老人に娘が手籠めにされる——多江は修羅さながらの形相で怒りに声を慄わせた。

「恵里香をさらしあげろ」

ギョロ眼を嗜虐の炎に燃えあがらせて、鍋島が書生たちに命じた。

「ひいっ……い、いやっ、やめてっ……」

澄んだ声を恐怖に引きつらせる恵里香がもうひと組の夜具の上に引きたてられた。

両手を頭上に引き伸ばされ、天井から垂れ下がるロープの革枷に手首を繋ぎ留められる。たたらを踏むように夜具の上をよろめく足を男たちが左右から絡めとった。

「いやあっ……そ、そんなこと、いやっ……」

自分がとらされる羞ずかしい格好を知った恵里香が悲鳴をほとばしらせ、懸命に足を踏んばるが、母ですら敵わなかった男たちの力に抗えようはずもなかった。

紺色の襞スカートから覗く白く細い脚が無情にも左右に割り裂かれて、夜具の隅から引きだされた革枷が白ソックスに包まれた足首に填め込まれる。

「……ああっ……いや……」

母ともども身体の自由を奪われた恵里香は早くもつぶらな瞳から涙をあふれさせ、しゃくりあげるように小さく尖った顎を慄わせて啜り泣き始める。

「どれ、初夜を迎える花嫁の身体を検分させてもらおうか」

ユラユラと幽鬼のように鍋島が腰をあげた。獲物の気配に鎌首をもたげた大蛇のように股間の逸物が不気味に揺れる。

「ひいっ……い、いやあっ……」

初めて眼にする男根の化け物のようなグロテスクさに恵里香は恐怖の悲鳴を噴きこぼし、捻じるように顔をそむけた。

「ふふふ、いかにも未通女《おぼこ》然とした可愛い娘じゃ。人形のような顔じゃわい」

そむけた顔を追いかけるようにして舐めんばかりに覗き込んだ鍋島が、クンクン鼻を鳴らして白い首筋から赤いリボンを結ばれた襟元へと穢れを知らぬ乙女の若い汗の匂いを嗅いでいく。

「未通女の匂いがプンプンしよるぞ。ふふふ、ここはちと甘い乳の匂いがする」

「……ああっ……や……やめて……」

白地のセーラー服を押しあげるたおやかな胸の膨らみに鼻を押しあてられてクンク

ン体臭を嗅がれる羞ずかしさと恐怖に、恵里香は歯をカチカチならしてかぼそい声を慄わせる。

「ここはどんな具合かの」

紺色のスカートに包まれた細腰の前に身を屈めた鍋島は襞スカートの裾を摑むとペロリとめくりあげた。カモシカのように引き締まった白く瑞々しい太腿とその付け根をピタリと覆う純白のショーツが隠しようもなく露わになる。

「ひいっ……い、いやああっ……」

絹を裂くような悲鳴をほとばしらせて恵里香が激しく身をよじりたてた。

「え、恵里香っ……や、やめなさいっ……」

抗議の声をあげ続けていた多江がひときわ悲痛な声をあげて、狂ったように裸身を揺すりたてる。

「ふふふ、一人前にこんもりと盛りあがりおって、母親譲りの土手高じゃわい」

淫猥な嗤いを浮かべた鍋島は小手調べは終わったとばかりにスカートの裾から手を放して腰をあげた。

「さて、素っ裸になって、儂の女になる身体をじっくりと拝ませてもらおうかの」

鍋島は恵里香の横に立つと、スカートのホックをはずしてファスナーを押し下げた。

「多江、おまえも娘が一人前の女になる前の裸をしかとその目に焼きつけておきたいじゃろう」

引きつった声をあげ続ける多江の顔をニヤリと見つめるや、ビリビリと絹音も高く襞スカートを一気に引き裂いた。一枚の濃紺の布地と化したスカートが容赦なく少女の腰から剝ぎとられる。

「いやあああっ……」

恵里香がショーツ一枚の腰をよじりたてるようにして悲鳴を噴きこぼした。

ピタリと薄布を張りつかせたまだ幼さの残る尻たぶを鍋島の皺だらけの手がグッと摑みあげた。

「ひいいいっ……や、やめてえっ……」

「まだ硬く蒼い尻じゃ。これが男の精を吸って、いつしか多江、おまえのような淫らな尻に熟れあがっていくのかのお」

鍋島は恵里香の恐怖をかきたてつつ、言葉で多江の焦燥感を煽りたてていく。

「ハサミじゃ」

恵里香の背後から手を前にまわして赤いリボンをスルスルと抜き取った鍋島の手に、手術に立ち会う看護師のように書生が大きな裁ちバサミを手渡した。

「……ああっ……やめてっ……」

恵里香があげるせつなく慄える哀訴の声と、セーラー服の背中を裾からジョリジョリ切りのぼっていくハサミの非情な音が交錯する。後ろ衿まで切り裂かれたセーラー服がハラリと左右にはだけられ、白く滑らかな少女の背中が露わになった。

「……ああ……お願いっ……恵里香を……む、娘を……ゆるしてあげてっ……」

愛娘の悲痛な叫びに煽られるように、多江が裸身を揺すりたてて、とうとう鍋島に慈悲を乞い願った。

「ふふ、許してと声を慄わすだけなら、誰でもできるわい」

挑発するようにせせら嗤った鍋島は、セーラー服の襟首からハサミを入れて左の袖まで一気に断ち切った。

「いやあッ……」

悲痛な泣き声とともに、支えを失ったセーラー服の残骸が華奢な肩を滑り落ち、右腕にボロ布同然にぶら下がった。たおやかな乳房の膨らみを覆うレースのリボンを可愛くあしらった純白のブラジャーが露わにさらされる。

「まず乳じゃ」

右腕にぶら下がるセーラー服の残骸を切り捨てたハサミが胸の膨らみのあわい、いかにも少女らしい浅い谷間に差し込まれた。鋭い刃がレースのリボンを挟み込むようにブラジャーを摘みあげる。

「……いやッ……そ、そんなこと……しないで……」

異性の眼にいまだ触れさせたことのない乳房を妖怪さながらの老人の手でさらされる恐怖と羞ずかしさに、恵里香は悲鳴すら満足にあげることができない。啜りあげるように声を慄わせ、しなやかな肢体を消え入りたげに揺するばかりだ。

「……ああっ……お、お願いです……鍋島さまっ……」

そんな娘の恐怖に慄えるさまに、多江は耐えることができず、すがるように鍋島を見つめて屈辱の言葉を口にした。

「……む、娘の代わりに、わ、私を……私を嬲ってください……」

それがどれほどの効果があるかもわからぬままに、藁にもすがる思いで多江は声を慄わせ、せつなく訴えた。

ブチッ——ブラジャーを断ち切る無情な音、それが鍋島の返事だった。

「ひいいっ、いやああっ……」

恵里香が三つ編みのお下げを振りたてるようにして、総身をよじりたて悲鳴を噴きこぼした。

弾けるように左右に散ったブラジャーのカップの下からゴムマリのように瑞々しい半球体の乳房がおののくように外気にさらされる。

見るからに硬く、青い果実のような乳房は、透きとおるように白い肌理を鳥肌だたせて羞じいるようにプルプルと慄えた。桜色に微かに色づいた乳暈の頂点になかば埋もれる小豆のように小さな乳首が、無慈悲に裸に剝かれていく少女の悲惨を痛々しいばかりに際だたせた。

「ふふふ、まさしく未通女の乳じゃな。男の手も舌も知らぬ無垢の乳じゃ。多江、おまえの淫らな乳とは較ぶべくもないわい」

ストラップを断ち切り、ブラジャーを剝ぎとった鍋島は皺だらけの手で染みひとつない小ぶりな乳房をスッポリと包みこんだ。指を弾き返してくるような硬さを確かめながらシナシナと揉み心地を愉しむ。

「いひいいっ……や、やめてっ、いやああっ……」

生まれて初めて乳房を揉まれるおぞましい感触に、恵里香はしなやかな総身を揺すりたて泣き濡れた顔を振りたてて悲鳴を噴きこぼした。

「初々しい反応じゃわい。ふふふ、わかるか恵里香、これが男に乳を揉まれるという感覚じゃ」

ひとしきり処女の悲鳴と身悶えを愉しんだ鍋島は乳房から離した手で滑らかな腹を撫ぜさがり、華奢な腰を包みこむショーツの端を摘みあげた。

「さあて、いよいよ最後の一枚じゃ。儂に女にされるお道具を多江にしっかりと拝ませてやるがいい」

「……い、いやです、裸なんていや……も、もうゆるして……」

「……お、お願いっ、娘をゆるしてあげてっ……ああっ、後生ですから、鍋島さま、お願いですっ……わ、私ならなんでもしますっ……」

全裸に剝かれる恐怖に慄える恵里香の消え入りそうな声と、多江の悲痛な叫びが交錯する。

ショーツの端をつまむようにハサミの刃をあてがった鍋島が多江を見つめ返してニタリと嗤った。

「多江、娘の身代わりとなって、後家の身体で儂の気を引こうというならもったいぶった言い方をするな。儂になにをして欲しいか、淫らに熟れたおまえの身体にふさわしい言葉を使うのじゃ」

「……そ、そんな……」

鍋島の求めるものが恥辱に満ちた言葉であることを察した多江は思わずためらいを

見せた。だが、そのわずかな躊躇も鍋島は許そうとはしなかった。

「ふん、やはり矜持が許さぬか。母親の愛情もたかだかその程度ということじゃな」

ジョリッ——非情な音をたててショーツの端が断ち切られた。

「ひいいっ……」

恵里香の悲痛な声とともにショーツの端が弾けるように前後にめくり返った。

臍の窪みの下の平らで滑らかな抜けるように白い無垢な肌が露わになり、無情に垂れ下がったショーツの端から淡く萌えるような処女の草叢がわずかに覗く。

「ふぉふぉっ、可愛い毛叢が顔を見せたわい。——さあて、いよいよ未通女の秘所のご開帳じゃ」

ギョロ眼をギラギラ淫らに炯らせて鍋島がショーツのもう一方の端を摘みあげた。

「……ま、待ってっ……」

多江が悲痛な声をあげた。

「……ああ……な、鍋島さまっ……娘の代わりに……この私に……た、多江に……お……お、オマ×コを……ああっ……してください……」

娘の前でいやらしい卑語を口にしなければならない羞恥と屈辱に多江は顔を桜色に染め、せつなく声を慄わせて訴えた。

「ふふふ、多江、それほど儂にオマ×コして欲しいか。淫らな女じゃ。その言葉に嘘偽りがないか、試してやろう。——多江の手足の縛めを解いてやれ」

鍋島の言葉を受けて書生たちが多江の手足の革枷をはずした。

「多江、足を掲げて自分の手で腿を支えてオマ×コをさらせ。そしてもう一度オマ×コしてくださいと言ってみせるがいい」

「……ああっ……そ、そんな……」

「できぬか。ならば娘にオマ×コをさらしてもらうまでじゃ」

言うが早いか、鍋島は摘みあげていたショーツの端を無造作に断ち切った。最後の支えを失ったショーツがハラリと夜具の上に舞い落ちる。

「ああっ、いやっ……」

あられもなく割り裂かれた股間が外気にさらされるおぞけるような羞恥に、恵里香が小ぶりな顔を振りたてて消え入りたげに泣いた。最も隠しておきたい秘所を初めて人目にさらす羞ずかしさに桜色に染まった頬を透明な涙が伝い落ちる。

「ふふふ、いかにも未開の慎ましいオマ×コじゃな」

ガクガク慄える恵里香の股間を覗きこんで鍋島が嗤った。

母親譲りの小高く盛りあがった女の丘に絹草さながらの毛叢が萌えるように煙り、

眩しいほど白い股の谷間にバタ一ナイフで入れた切れ込みさながらの淡い桜色のクレバスがピタリと口を閉ざして封印されている。そのひそやかなたたずまいには、見るからに処女然とした潔癖さと頼りなさを併せもつ初々しい風情があった。

「どうした多江、できぬのか。できぬなら、恵里香のオマ×コを嬲ってやる。それで異存はないのじゃな」

もとより恵里香を女にする前に多江を嬲ろうと決めている鍋島が脅しつけるように言った。意地悪い嗤いを浮かべて、恵里香の女の丘に手を伸ばすと柔らかな手触りを確かめながら毛叢をシャリシャリと撫ぜあげる。

「ひいいっ、いやっ、さ、さわらないでっ……」

秘められた丘を初めて嬲られる恐ろしさに恵里香が狙い通りの悲鳴を噴きこぼし、その叫びが多江の最後のためらいを打ち砕いた。

「……ああっ……い、いたします……いたしますから……どうか、娘をゆるしてあげて……」

声を慄わせて哀訴した多江は、唇をギュッと嚙みしめ、スラリとした白い足を膝を折るようにして宙に掲げた。頼りなげに慄える膝の裏に手を添え、足を支える。

（……ああ……こ、こんな……）

娘の眼前で秘所をさらし、男を迎え入れる姿勢を取らされる浅ましさと羞ずかしさに、多江は桜色に染まった顔をシーツに擦りつけると、眼をかたく閉じた。

「……鍋島さま……た、多江に……ああ……お、オマ×コをしてください……」

せつなく声を慄わせて屈辱の言葉を口にする。総身から火が出るような羞恥に、虚空にさらした足が抑えようもなくガクガク慄えた。

「ふふふ、聞いたか、恵里香。おまえの淫らな母親がみずからセックスの模範演技を見せてくれるそうじゃ。こんな機会は滅多にあるまい。男に犯された女がどれほど淫らな狂態を見せるか。母親が一匹の牝に堕ちる姿を、その可愛い眼を見開いてとくと見ているがいい」

鍋島は勝ち誇ったように嗤うと、化け物じみたグロテスクな逸物をそびやかすようにして多江が惨めにさらす股の間に膝をついた。

「……お母さま……」

恵里香はその光景の恐ろしさに声を慄わせた。男と女の肉の交わり——セックスという行為を言葉では知っていても、もちろん目にするのは初めてである。

「……ああっ……恵里香、み、見ないで……見てはだめ……」

多江が恐怖と恥辱を押し殺して、声を慄わせる。

恵里香は多江の切実な声に微かにうなずくと、顔をそむけてきつく瞳を閉じた。自分を救うために我が身を犠牲にしようとする母親の思いが痛いほど胸を締めつける。

「眼を閉じても淫らなヨガリ声は聞こえる。ふふふ、いつまで目を閉じていることができるかのお」

鍋島が面白がるように嗤った。

「じゃが、多江、おまえの健気さに免じてチャンスをやろう。儂の責めに屈服せず、みごとに儂から精を絞りとったら今宵の初夜は中止にしてやる。儂もこの歳じゃ、一度精を放てば娘に挑もうにも挑みようがないわい」

その鍋島の言葉はある意味で嘘ではなかった。

強精ドラッグ、ヘラクレスの効能はたぐいまれな屹立の維持と射精時に味わう並みはずれた快感にあったが、その反動で一度精を放つと激しい虚脱感と著しい体力の消耗に襲われ、すぐに機能が回復することはありえないのだった。

だが、もちろん鍋島は自分が放出するとは露ほども思ってはいない。射精を制御する自信もあり、手練れの梶原に仕込まれた女の脆さはすでに理佐子の身体で確認済みだった。

「さあ、始めるぞ。覚悟はいいな」

鍋島は肉茎を摑むと、多江の肉の亀裂をズルリと擦りあげた。

「……あぁっ……」

硬い亀頭に擦りあげられるヌルリとした感触で多江は女の源泉が淫らな濡れを示していることを知った。梶原にすっかり馴らされた女体は梶原の前に出ただけで淫らな兆候を見せることはあったが、おぞましいばかりの醜悪な老人の前で羞ずかしい格好を強制されただけでまさか花芯を濡らすなどとは思いもしないことだった。しかも娘の前でさえあるのだ。

「ふふふ、どうした？　娘が処女を散らされそうだというのにオマ×コを濡らしてしまったことがそれほど驚きか？　自分の淫らさを知らぬとは不幸な女じゃわい。おまえはオマ×コが死ぬほど好きなんじゃ。そのことを思い知らせてやる。娘の前でスケベな女の姿をいやというほどさらしてみせるがいい」

ズブッ――亀頭が濡れそぼつ肉口を押し広げ、肉壺に没した。化け物のような肉茎が無数に埋め込まれたイボ状の突起で柔肉を擦りあげながら多江の女を深々と刺し貫いていく。

「ひいいっ……い、痛いっ……あぁっ、いやっ……あひぃっ……」

多江が顎を突きあげ、白い喉をのけぞらせて苦鳴をほとばしらせた。

ささくれだった丸太で女の芯を貫かれるような痛みと異様なまでの拡張感が、奇怪な老人に犯されているというおぞましさをかきたて、多江の覚悟は消し飛んでしまう。手で足を支えていた姿勢がたちまち崩れた。

「いやっ、や、やめてっ、放してっ……」

足でシーツを蹴り、のしかかってくる鍋島の肩を両手で押しあげ、凌辱から懸命に逃れようとする。

「ふぉっふぉっ、まるで生娘じゃな」

思わぬ多江の抵抗にも鍋島は余裕しゃくしゃくの嗤いを浮かべる。

「やめて欲しければいつでもやめてやる。恵里香に代わりをさせるまでじゃ。――それでいいのか」

悪魔のように意地の悪いひと言だった。スッと溶けるように多江の抵抗が止まった。こんな化け物じみた男に娘を汚させるわけにはいかない。

「ふふふ、わかったらこの手をどけるんじゃ」

ああっ――深い諦念の嘆息とともに鍋島の肩を摑んでいた多江の手が崩れるようにシーツに落ちた。それを待っていたように剛直が悠々と動き始める。野太く巨大な逸物に肉壺を練りあげ、馴らしていくような深く大きなストロークの抽送だった。

「……ああっ……いやっ……んんっ、あああっ……」

受け入れなくては、そう思ったせいだろうか——、それとも鍋島が指摘したように自分の身体が淫らなせいなのだろうか——、挿入時に感じた痛みもおぞましい異物感も潮が引くようにスーッと消えてゆき、入れ代わるように花芯が灼けるような熱を帯びていく。甘く痺れるような快美な感覚が腰に広がり、背筋をさわさわとおびやかし始める。

それはすでに梶原の手でいやというほど馴染まされた感覚——官能のきざしだった。

「……ううっ……んんっ……」

多江は唇を嚙みしめ、手でシーツをギュッと握りしめた。伸びきった膝頭が慄え、足指がグッと内に折り込まれる。

（……ああ……いけない……ま、負けてしまう……）

そう思った時にはすでに多江は官能に屈していた。

「……ああっ……だ、だめっ……あああっ……」

こらえようもなくきざしきった声が噴きこぼれ、その声にいざなわれるように甘美な痺れが四肢に染み渡っていく。押しとどめようはすでになかった。

そのうえ、生涯にわたり女を屠りあげてきた鍋島はその怪異な容貌に似合わず、技巧に長け、女の勘所を知り尽くしていた。

抽送のテンポに負けまいと多江が歯を食いしばり息む気配を見せると、鋭く張った鰓を肉口付近で小刻みに抜き差しして、焦らしたてた末に挿入感を際だたせるようにズブウッと肉壷を縫いあげる。

皺まみれの手が緩急をつけて乳房を休むことなく揉みしだき、痛いほど屹立した乳首を思いだしたように指先で摘みあげユルユルとしごきたてた。

もちろん舌も休んではいない。右に左に逃げ惑うように振りたてる多江の顔を追いかけ、ネットリと汗ばんだうなじを舐めあげ、赤く染まった耳朶をチロチロとおびやかしては甘噛みする。

「……あああっ……や、やめてっ……んんっ、ああっ、だめっ、あああっ……」

多江の噴きこぼす啼き声が官能に染まり、熱を帯びるに連れ、鍋島の腰の動きも次第に力を増していく。その深く大きく抉りたててくる剛直に操られるように、多江は総身を揉みしぼり、わななくようなヨガリ声を噴きこぼして啼き続けた。

きざしきった声をあげて啼いているのは多江だけではなかった。

「……あひいっ……お、おじさま、ゆるしてっ……あううっ……」

梶原の腕の中で双臀を抉られ続けた早苗が三つ編みのお下げを振りたてて、感極まった声をあげて啼いていた。汗に濡れた少女の裸身が妖しくぬめ光り、高まる官能を抑えきれずになまめいた身悶えに揺れる。

梶原はまだ硬さの残る乳房をグリグリ揉みしだき、無毛の丘に口を開いた鮭紅色の肉の裂け目を指で嬲り、尖りきった女の芽をコリコリ揉みしごいた。

そうしながらも梶原の嗜虐に燃えた眼は美しい母娘の修羅場をじっと見据えていた。醜悪な老人の手管に屈し、あられもなくヨガリ啼く母と、まだ青さの残る裸身をブルブル慄わせ、母の狂態から顔をそむけて耐え続ける少女——滅多に見ることができないその光景に梶原は魅せられ、欲情していた。

「いやあっ、あううっ……」

早苗が顎を突きだし、華奢な身体をガクガク慄わせてなまめいた呻きをあげた。双臀の最奥を刺し貫いていた怒張が爆ぜ、濃厚な精の飛沫が腸を灼いたのだ。

だが、鍋島と違い、梶原の怒張は一度の射精で萎えるようなことはない。梶原は母娘に眼を向けたまま、憑かれたように早苗の肛道を抉り続けていく。

「ああっ……も、もうだめっ……お願い、ゆるしてっ……あああっ……」

多江の切迫した声が広間に響き渡った。

根から絞りだすように乳房を摑まれ、プクンと膨らみきった乳首を赤いヒルのような舌でペロペロ弾き転がすように舐めあげられ、執拗に責められ続けている。

「なに、許してじゃと？」

ニタリと嗤った鍋島が分厚い唇で乳首にむしゃぶりつくと、爆ぜんばかりにしこった官能の尖りを根から千切らんばかりに吸いあげた。子宮を強く突きあげた腰を小刻みに揺すりたて、剛毛で官能の尖りをグリグリ擦りつぶす。

痺れんばかりの快美感が多江の総身にほとばしった。

「あああっ、だ、だめっ、ひいいいいっ……」

吸いあげられた乳首をキリキリ甘噛みされると、きざしきっていた多江はひとたまりもなかった。のけぞり返った顔をワナワナ慄わせ、怪鳥のような悲鳴を噴きこぼして一気に絶頂へと昇りつめてしまう。

（……お、お母さま……）

広間の空気を切り裂くような母の叫びに恵里香は思わず顔をあげた。恐る恐る開いたつぶらな瞳がみるみる驚きの色に染まっていく。

妖怪のような老人に組み敷かれた母の身体は水を浴びたように汗みずくだった。桜色に染まったその裸身が弓なりにそり返り、ブルッブルルッと波打つような痙攣が何度も走り抜けていく。

のけぞり返った母の顔は放心したように照り輝き、よだれにまみれてゆるみきった唇がワナワナ慄え続けている。それは恵里香が知らない母の顔であり、少女が初めて眼にする肉の愉悦に慄える女の恍惚とした表情だった。

「ふふふ、いきおったな。許してとかほざいておったが、本当にここでやめてよいのか？　儂はまだ精を放っておらんぞ」

これがその証しだとばかりに鍋島の剛直が肉壺をズブウッと抉りたてた。

「ああっ……そ、それは……だめ……」

深く喘いだ多江が荒く息を乱しながら微かに首を振る。

「ふふふ、アクメに呆けおってからに。だめとはいったいどっちの意味じゃ？　言葉よりも態度で示せ。オマ×コを続けて欲しければ儂を逃さぬように腰に足を絡めてみせるがいい」

「……ああ……そ……そんな……」

多江はせつなく声を慄わせたが、選択の余地はなかった。気だるく痺れる白い足を重たげに虚空に掲げると、鍋島の腰を抱え込むように絡ませる。

「……ああっ……いや……」

剛直をみずから子宮口に呼び込むような体位の結合感の深さに、多江が腰を揺すりたてるようにして喘いだ。

「チ×ボを淫らにキュウキュウ食い締めおって、オマ×コを続けられることがそんなに嬉しいか。ならば儂への感謝の印しにキスしてと言って舌を差しだしてみろ」

どこまでも意地悪く多江をいたぶる鍋島がニタリと悪魔のように嗤った。

「……ああ……そんな……」

多江は力なくかぶりを振ったが、もうここから引き返すわけにはいかない。

「……き……き、キスして……ください……」

かぼそい声を慄わせると、奈落の底へと自分をズルズル堕としていくかのように、淡いピンクの舌を慄わせながら鍋島の前に差しだす。

「ふふふ、たまらない気分じゃろう」

分厚い唇が多江の舌をジュルッと咥えこみ、ざらついた舌を絡めてキュウッと吸いあげる。

「……ううっ……」

瘴気のような禍々しい口臭に口腔が汚《けが》される汚辱感と、みずから差しだした舌をおぞましく吸われる被虐感に脳が麻痺したようにジーンと痺れた。

（……もっと……私を汚して……）

愛娘を守るためとはいえ、その娘の前で女として最も羞ずかしい姿をさらしてしまった多江は深い諦めとともにそう思った。私はもっともっと汚され、堕とされるべきなのだ——それが被虐の目覚めであるという自覚のないまま、甘美なまでに女肉の芯が痺れていく。

乳房をシナシナと揉みしだかれ、肉壺深く咥えこまされた剛直がユルユル動き始めると、背筋がおぞけるような快美感が多江をとらえ、その焦れるような感覚を追いかけるように腰を揺すりたてずにはいられない。

多江がふたたび官能に絡めとられたと見るや、鍋島の腰の動きが叩きつけるような激しい動きに変わった。

乳房がグリグリ揉みしだかれ、絞りだされた乳首がコリコリしごきたてられる。

「ううっ……んんっ、うううんっ……」

これまでになく激しく荒々しい責めに、女肉の芯がジンジン灼け爛れ、腰骨が砕けんばかりに痺れていく。喉元を押しあげる熱い官能の塊りを声として解き放てない苦しさに、多江は呻き声をあげ、顔を振りたてて唇を振りもごうとした。

乳房を離れた鍋島の手がそうはさせじと多江の頭をガッシリと押さえつけ、唾液まみれの唇と舌でむさぼるように舌を吸いあげた。剛直が抉りぬくような強さで子宮をズンズン突きあげる。

多江はその無慈悲な責めをこらえきることができなかった。

「うううう……」

二度目の絶頂が容赦なく多江に襲いかかった。腰の力が抜け落ち、官能の奈落に放りだされるような凄まじい快美感に、多江は我れ知らず細い腕を鍋島の背にまわしてギュッとしがみつき総身をガクガク慄わせる。

「啼き狂えッ。娘の前でおまえの淫らな本性のすべてをさらすのじゃッ」

多江の舌をようやく解放した鍋島が吠えるように言い放った。

絶頂感にヒクヒク痙攣し、激しく収縮する柔肉を引きずり出し、抉りぬくような激しさで剛直を突き動かして怒濤のように責めたてる。

「あひいっ……いやあっ……ああっ、あああああっ……」

アクメの底からさらに深いアクメへと突き落とされていく快美感に、解き放たれた多江の口から熱いヨガリ声が火を吐くようにわななきこぼれた。

脳髄まで抉りぬいてくる快美な刺戟に意識が消し飛び、娘の前であることも、相手が醜悪な鍋島であることもおぼつかない。総身が灼け痺れていくめくるめく官能に、多江は肉の愉悦に酔い狂い、牝獣さながらに啼き悶えた。

（……ああ……お、お母さま……）

恵里香は眼の前でくり広げられる凄絶なまでに淫らな光景に息を呑み、初めて知らされる男と女の獣じみた肉の交わりに眼をみはった。見てはいけない——そう思っても顔をそむけることができない。

父の死後、時に厳しく時に優しく恵里香を守り、女手ひとつで老舗の料亭を取り仕切ってきた母の凜とした姿はそこには微塵もなかった。

妖怪じみた老人の醜悪な身体にヒシとしがみつき、白い太腿を絡みつかせて快楽をむさぼるように腰を揺すりたて、美しい顔を修羅のようにゆがめてヒイヒイ声を絞ってヨガリ啼くその姿は、まさに淫らな獣さながらだった。

「……あひいっ……も、もう、だ、だめっ……ひいっ、あああっ……」

その母がしとどに崩れた黒髪を振り乱し、わななくような叫び声をあげた。

「ふふふ、またいきそうか。いく時はいくと言って恥じをさらせ。それが女の務めじゃ。さあ、いけいッ、生き恥じをさらして見せるんじゃ」

鍋島が奇怪な嗤いを浮かべて、引導を渡してやるとばかりに激しく腰を突き動かし、トロトロに蕩けきった肉壺を異形の肉茎で抉りぬいた。

「ひいいっ……いやっ、ああっ、い、いくっ……あひいいいっ……」

汗にまみれた顔を折れんばかりにのけぞらせて、多江が末期《まつご》の悲鳴をほとばしらせた。骨ばった鍋島の背中に細い指をギリギリ食い込ませ、身体ごと鍋島を跳ね飛ばさんばかりに腰がガクッガクンッと二度、三度、激しく突きあげられる。

「ううむッ――」

鍋島が歯を剝きだしにして唸り声をあげた。剛直を捻じ切らんばかりに締めつけ、精を絞りとろうとする肉壺の凄まじい収縮に懸命に耐える。処女を屠りあげてやるという執念でギリギリ歯を食いしばり、かろうじて暴発を食い止めた。

「……あうううっ……」

アクメに硬直した裸身をブルブル慄わせていた多江が、精を絞りとれない無念さを嘆くように呻き声をあげた。

精も根も尽き果てたというように総身が弛緩し、汗に濡れた顔がガクリとシーツに崩れ落ちる。

「さすがに熟れざかり、たいしたいきっぷりじゃ。さしもの儂も危うく精を絞りとられるところじゃったわい」

荒い息とともにひとりごちた鍋島が、正体を失った体《てい》の多江の裸身から身を起こした。花芯からズルリと抜き取られた異形の剛直が湯気がたたんばかりの樹液をポタポ夕滴らせて不気味に揺れる。

その禍々しい肉の凶器の矛先が人の字型に吊られた少女の裸身にユラリと向けられた。

「ふふふ、母の次は恵里香、いよいよおまえの番じゃ。その無垢な身体に女の道をつけて、儂の精をたっぷり注ぎ込んでやる」

鍋島の顔にニタリと残忍な嗤いが浮かぶ。

「ひいいっ、いやああっ……」

広間に恐怖に慄える処女の悲鳴が響き渡った——。

3

「いやっ、こ、こんなこと、いやですっ、やめてっ……」

泣き叫ぶ恵里香の哀訴はもちろん聞き入れられるはずもなかった。

吊りから降ろされた身体を書生たちの手で夜具に転がされ、非情な革枷に手足を繋ぎ留められて、無垢な裸身のすべてを隠す術もなくX字型にさらされてしまう。

「ふふふ、可愛いのお」

腰枕を捻じ込まれた裸身を頼りなげに慄わせ、シクシク啜り泣きを洩らす少女の姿に、鍋島は醜怪な頬をゆがめて相好を崩した。悪魔の強精剤ヘラクレス入りの酒精をグビグビ喉を鳴らして飲み干すと、大蛇さながらの剛直をユサユサ揺すりたてながら、無惨に割り裂かれた恵里香の二肢のあいだに腰をおろす。

「……ああっ、いやっ……そ、そんなことしないで……」

「ふふふ、そんなこと、か——。ちと淫らに過ぎる手本じゃったが、母親みずからの性教育は役には立ったようじゃな。女がここで生きておるということがよくわかったじゃろう」

ふっくらと盛りあがった女の丘を撫ぜさすり、淡く萌えでた毛叢を梳きあげるようにして、鍋島が淫猥な嗤いを浮かべた。

「どれ、恵里香、おまえのオマ×コが多江のような淫らな女になる資格があるかどうか、ちと調べてやろう」

鍋島はよだれを垂らさんばかりにニタニタ嗤って股間を覗きこむと、ピタリと封印された肉の閉じ目の両脇に指を添え、初めて男の眼にさらされる女の源泉をグイとくつろげた。

「ひいいいっ……いやあっ……み、見ないで……」

自分ですら、しかとは見たことがない秘所を指で押し広げられ、しげしげと覗き見られる死ぬほどの羞ずかしさに、恵里香は裸身をガクガク揺すりたてて高く澄んだ声を慄わせる。

「ふふふ、まさしく未通女らしい色合いのオマ×コじゃ」

鮭紅色と呼ぶには淡すぎる桜色の女肉が、微かに湿り気を帯びてぬめ光る肉溝の可憐なたたずまいに、鍋島は下卑た嗤いを浮かべた。節くれだった指を伸ばすと、キュッとおののくようにすぼまる肉口をこじ広げる。

「ひいっ……」

女体の芯が外気にさらされるおぞけるような気配に、恵里香の裸身がブルルッと慄えた。そのいかにも処女らしい怯えと、微かに漂う甘酸っぱい女の匂いを愉しみながら鍋島の眼が秘口に注がれる。

「ふぉふぉッ、正真正銘の未通女じゃな」

楕円状の小さな穴があいた肉膜の存在を認めた鍋島がこんなに喜ばしいことはないと言うように奇怪な嗤いを噴きこぼした。

「おさねはどんな具合かのお」

節くれだった指が花弁をなぞりあげ、処女の肉溝を這いのぼった。淡い絹毛に囲まれた肉の莢を慎重な手つきで剝きあげる。恥垢の癒着が剝がれる微かな抵抗感とともに女の芽が外気にさらされた。

「ひっ……いやっ……」

ビクンッと怯えるような慄えが恵里香の裸身に走った。

「どうやら自慰も知らぬらしいの」

いかにも初心《うぶ》な処女らしいほのかに饐えた恥垢の匂いに、満足げに鼻を鳴らした鍋島は小粒の真珠のような肉の尖りを根まで露わに剝きあげた。

「ふふふ、女の味わいを教えてやろう」

唾液をためた舌先を硬く尖らせ、珊瑚色の肉芽に白くこびりつく恥垢を掬いとるようにペロリと舐めあげる。

「……ひいっ……」

秘められた個所を舌で舐めあげられるおぞましい感触と同時に、電気が鋭くほとばしるような得体の知れない感覚が背筋を駆け抜けた。ビクンッ、少女の裸身が跳ねるように慄える。

（……な……なに？……）

それが快感の萌芽であるとは知覚できない恵里香は戸惑い、怯えた。

「なかなかの感度じゃわい。ふふふ、やはり母親譲りと言うべきかな」

舌を刺すような恥垢の味覚さえ鍋島には心地よい。硬く尖らせた舌先で処女の官能の尖りを目覚めさせるようにチロチロチロチロ舐め嬲っていく。

「ひいっ……い、いやっ……あ、あひっ……やめてえっ……ひいっ……」

断続的に背筋を駆け抜ける痺れるような鋭い感覚に恵里香は声を引きつらせ、おぞましい舌先から逃れようと総身を右に左によじりたてる。

だが、X字に拘束された身体は悪魔の嬲りから逃れようもない。舌先で官能の尖りを舐められるたびに、秘められた素質と封印されている官能の豊かな可能性を示すように少女の裸身がビクッビクンッと引きつるように跳ね、可憐な唇から悲鳴が噴きこぼれる。

恵里香の鋭い悲鳴に、朦朧と正体を失っていた多江がうつつに返った。

「……ああ……こ、こんな……」

重たげにもたげられた顔が、眼の前の光景に愕然と凍りつく。

「……や、やめてっ……やめなさいっ……恵里香を放してっ……」

気だるい身体を引き起こすと、多江は這うようにしてにじり寄り、鍋島の腰に懸命にすがりついた。

だが、鍋島の身体を恵里香から引き離すよりも速く、ふたりの書生が動いた。

「……ああっ……いやっ……」

両脇から腕をとられるようにして元の夜具の上まで引きずり戻されてしまう。

「ふふふ、母親の執念、恐るべしか。多江、どうやらおまえはまだ啼き足らぬようじゃな」

ニタリと嗤った鍋島が梶原を見た。

「梶原——。おぬし、すまぬが多江の面倒を見てやってくれぬか」

「ふふ、ご老公、望むところだ」

肛道を犯し続けられ、なかば正体を失っている早苗の身体を前に倒すようにして引き離すと、梶原が悠然と腰をあげた。湯気を立てんばかりに屹立した怒張がブルルッと胴震いを見せる。

嗜虐の嗤いを浮かべた梶原の顔にはすでに鍋島に対する嫉妬も邪心もうかがえない。いや、むしろ、梶原は鍋島に感服してさえいた。

身をさいなむ副作用をものともせずに怪しげな強精剤を飲み続け、理佐子と多江を立て続けに屠った挙句、いままた処女の恵里香を血祭りにあげようとするその飽くことなき女への妄執——それは感嘆に値した。

同じ嗜虐の血を持つ者として畏敬に近い思いを抱いた梶原にとって、鍋島が恵里香を女にするその横で、母親の多江を啼き狂わせることはまさに悦びであり、一度しかない恵里香の破瓜を愉しむ最高の趣向と言うべきだった。

「押さえつけろ」

多江の背後に立った梶原がふたりの書生に命じた。

意図を察した書生たちが膝立ちになっていた多江の上体を左右から捻じ伏せるようにシーツに押さえつける。多江の豊かに熟れた白い双臀が供物のように梶原の眼下にさらされた。

「……ああっ……いやっ……」

凌辱の予感に慄える双臀を梶原がガッシリと抱えた。花芯からしとどにあふれる樹液を掬いとるように、硬い亀頭が肉の亀裂をズルリズルリと擦りあげる。

ヌメリを帯びた亀頭が糸を引きながら蟻の門渡りをずりあがり、多江の肉のすぼまりにググッと押しあてられた。

「ひっ……そ、そこはいやっ……お、お尻はかんにんしてっ……お願いっ……」

あろうことか娘の前で肛門を犯されると知った多江はガクガク身を揺すりたて、哀訴の声を慄わせる。いやというほど馴れ親しまされた肉棒で、そこを貫かれれば自分がどれほど淫らな狂態を見せてしまうか、それを思っただけで気が遠くなる。

ズブッ——すくみあがった肉蕾にためらいもなく無慈悲な亀頭が押し込まれた。

「ひぃいっ……いやあっ……あああっ……」

多江が顔をのけぞらせ、悲痛な叫び声をあげた。だが、我が物顔に肉門を押し広げ、肛道を侵犯してくる肉棒を拒みようはない。深々と双臀の最奥を縫いあげられるままに、多江は声を慄わせることしかできなかった。

怒張を根まで咥え込ませると梶原は顎をしゃくってふたりの書生を下がらせた。間髪を入れずにズルウッ、ズブウッと大きなストロークで媚肉を練りこむように肛道を責め始める。

官能の重い衝撃が多江の背筋を駆け抜け、脳髄を揺さぶる。

「……あひいっ……んん、あううっ……」

自由になった手でシーツを握りしめて多江が呻くように啼いた。痺れんばかりの背徳の快美感に総身がブルブル慄える。

「ふふふ、熟れた女は脆いのお。もう御されてしまいおったか」

愉快そうに嗤った鍋島が恵里香の泣き濡れた顔を覗き込んで指を舐めた。

「多江がどこを犯されてヒイヒイ啼いておるか、わかるか？　ここじゃ」

唾液で濡れた指で恵里香の淡い桜色のすぼまりをなぞりあげ、硬い生ゴムのような蕾をグリグリ押しこむように揉みこんだ。

「ひいっ、いやああっ……そ、そんなとこ、さわらないでっ……いや、やめてっ……」

初心《うぶ》な恵里香にとって肛門は汚らわしい器官でしかない。そこを指で嬲られるおぞましさと恐ろしさに裸身を激しくよじりたてて悲鳴を噴きこぼす。

「コリコリした尻の穴じゃな。ふふふ、女にとってはここも立派な道具だ。オマ×コでヨガリ啼けるようになったらここにも儂が女の道をつけてやるわい」

執拗に肉蕾を揉みこみながら鍋島は顔をめぐらした。夜具の奥に裸身をさらされたままの理佐子をはたと見すえる。

「ふふふ、理佐子、おまえも尻が寂しかろう。今度は尻で啼いてみるがいい」

「……ひっ……そ、そんな……いやですっ……」

美しい母娘が凌辱を受ける凄惨な光景を、なす術もなく茫然と見つめていた理佐子は、ふたたび自分に向けられた矛先に声を慄わせ、X字に吊られた裸身を脅えるように揺すりたてた。

「依子、バイブで理佐子の尻を抉ってやれ」

早苗とともに上座に侍っていた少女のひとり、最前まで強精酒の酌をしていた依子に鍋島が顎をしゃくって命じた。

「……はい、かしこまりました……」

依子が三つ編みのお下げを揺らすように一礼すると、腰をあげた。

夜具の傍らに置かれた漆塗りの盆に並べられている責め具の中から迷わずにバイブを手に取る。いわゆる細身に螺旋の捻じれが入ったアナル責め用のバイブではなく、野太い男根を精巧に模した花芯責め用のバイブだ。

その禍々しい黒いバイブのボディに慣れた手つきで潤滑用のジェルを塗り終えた依子は瑞々しく若い乳房を弾ませるようにして理佐子の前に立った。

「おばさま、怨まないで、素敵な声を聞かせてね」

黒目がちな瞳を妖しく光らせてニッコリと微笑むと、理佐子の双臀の後ろに身を屈ませる。

依子はまだ十八になったばかりだが、鍋島に女にされてからすでに三年、この屋敷に囲われている少女たちの中では最古参だった。その嗜虐的な資質を鍋島に重用され、少女たちを束ねる役目も担っている。

「……ああ……そんなことをしてはだめよ……お願い……」

グロテスクな責め具で排泄器官を嬲られる恐怖に理佐子が声を慄わせた。

「フフ、おばさま、本当は嬉しいんでしょ。お尻の穴がもうヒクヒクしているもの」

意地悪く言葉で嬲った依子は理佐子の尻たぶを小さな手で摑んでグイッとくつろげ、ジェルでテラテラ濡れ光るバイブの亀頭を肉蕾に押しあてると、ためらいも見せずに容赦なく捻じ入れていく。

「ひいいっ……いやっ、やめてっ……あああっ……」

ヒンヤリと冷たい無機質な責め具のおぞましい挿入感と、立位で肛道を縫いあげられる苦しさに理佐子は裸身を揺すりたて悲鳴をほとばしらせた。

「フフ、オーバーね。いやとか言いながらすっかり飲み込んでしまって、こんなに美味しそうに食い締めているくせに。──本当にいやなら吐きだしてみせてよ」

依子は深々と埋め込んだバイブから手を離すと、囃したてるようにビシッビシイッと理佐子の双臀を平手で叩いた。

「いやっ、やめてっ……痛いっ……」

黒い芋虫のような尻尾を振りたてながら理佐子の双臀が打擲から逃げ惑う。

「ほら、全然抜け落ちてこないじゃない。おばさまったら、そんなにお尻の穴が好きなの?」

「……ああ……そ、そんなことない……」

少女に双臀を嬲られる口惜しさと羞ずかしさに理佐子は大きくかぶりを振った。

「私、カッコつける大人って嫌いよ。素直にお尻が好きって言えるまで啼いてみるといいわ」

依子はそう言うと、バイブの尻に付いているスイッチを入れた。ブーンッという低いモーター音とともにバイブが激しく震動し、肛道を練りあげるようにクネクネと淫らに亀頭を振り、茎胴をくねらせ始める。

「ひぃいっ……いやあっ……と、停めてっ……あああっ……」

機械仕掛けの激烈な刺戟に、えもいわれぬ快美感が双臀の芯から襲いかかった。理佐子は裸身をブルブル慄わせ、顔をのけぞらせて悲鳴を噴きこぼす。

「フフ、オッパイをプルンプルン踊らせてしまって、そんなにお尻がいいの」

前にまわった依子が跳ね踊る理佐子の乳房を見て笑った。

細い指が、理佐子の女の丘をこんもりと覆う汗に濡れた毛叢を梳きあげ、プクンと爆ぜんばかりに膨れた珊瑚色の女の芽を剝きだしにする。

「羞ずかしいくらいクリトリスが勃起しているわ。フフ、こうされたくてたまらなかったんでしょ」

依子の小さな唇が肉芽をキューッと吸いあげた。硬く尖った肉の珠をチロチロ舌先がくすぐりながら、背後にまわされた手がバイブを摑んでユルユルと肛道に抽送を加えていく。

「あひいいっ……いやっ、や、やめてっ……ああっ、だ、だめっ、あああっ……」

敏感な肉の尖りをねぶられる痺れるような快美感と、肛肉を抉り、揺さぶる激烈な震動のもたらす妖しい官能のほとばしりに、理佐子はこらえようもなくきざしきった啼き声を噴きこぼした。

「……ああっ……こ、こんなっ、いやっ……ひいいっ……」

十歳も年齢の離れた少女に嬲られる屈辱とせつなさに、理佐子は身を揉みしぼりながら、少女とは思えない巧みな手管に操られるように熱いヨガリ声を噴きこぼして啼いた。

ああっ、だめっ、やめてっ、いやっ——双臀を嬲られる三人の女たちの啼き声が交錯し、広間を満たした。

「ひっ……いやっ……ああっ……や、やめてっ……あっ、あっ、ひいっ……」

いとわしい排泄器官を指でシコシコ揉みこまれ、まだ幼い肉芽を吸いあげられては舌でチロチロくすぐられる執拗な責めに、恵里香はジットリと汗ばんだしなやかな裸身をビクビク慄わせ、泣き濡れた小ぶりな顔を右に捻じり左に打ち振っては透き通るような高い啼き声を噴きこぼす。

（……ああ……こ、これはなに……）

見られることさえ死ぬほど羞ずかしい個所を鍋島の醜くおぞましい唇と舌で嬲られているというのに、身体の芯を痺れるような快美な感覚が駆け抜けていく。

初めて知らされる官能の萌芽に恵里香は戸惑い、うろたえ、そして怯えた。どう対処してよいかもわからないままに、女の肉芽から刺戟を送り込まれるたびに裸身がビクビク慄え、羞ずかしい声を放たずにはいられない。

それればかりか腰の芯が疼くように熱を帯び、なにかがこみあげるように、熱いしたたりがトロリと処女の花芯からあふれでてしまう。

「ふぉふぉッ、母親譲りの淫らな血は隠せぬな。未通女のくせにとうとうスケベな汁を垂れ流し始めたわい」

鍋島が奇怪な顔に喜色を浮かべ、透明な花蜜をあふれさせた花芯を覗き込んだ。

「ふふふ、可愛い顔に似合わぬ甘酸っぱい淫らな女の匂いをプンプンさせおって、たまらぬわい」

我慢ならないとばかりに分厚い唇をベチョッと可憐な花弁に押しあてると、ズルズル音をたてて花蜜を吸いあげ、ベロベロ舌で舐めとっていく。

「ひいいっ……そ、そんなことしないでッ……い、いやいやっ、いやああっ……」

淫らで羞ずかしい音をたてて秘所を吸われるおぞましさに、恵里香は顔を振りたて悲鳴をほとばしらせながら、そのおぞましさの背後に潜む快美な感覚に華奢な腰をブルブル慄わせる。

「ううむ、やはり処女のスケベ汁はなんとも言えず甘露じゃわい。ふぉふぉッ、正真正銘のバージン・オイルというやつじゃな」

奇怪な嗤い声をあげ、いやらしい手つきで口元を拭った鍋島は、責め具の置かれた盆の上から銀色に光るメタリックなローターを取りあげると恵里香の裸身の横にドサリと腰をおろした。

「恵里香、どうやらおまえの身体は母親からスケベな資質をしっかり受け継いでいるようじゃな。ふふふ、男を知る前の未通女の身体に女の悦びを教えてやろう」

鍋島はローターのスイッチを入れた。ブーンと低い音をたてた繭のようなローターが、涙で濡れた少女の可憐な顔の上で不気味に跳ね踊る。

「……ひっ……そ、それは、なに……いやっ、し、しないでっ……」

ローターがなんなのかもわからないままに、恵里香は本能的な恐怖に顔を振り、声を慄わせる。

「ふふふ、怯えた顔が可愛いのお」

ニタニタ嗤いながら鍋島はローターを指で摘んだ。超高速で震動する責め具が恵里香のたおやかな乳房の頂点に煙る乳暈の縁をスーッとまるくなぞりあげた。

「ひいっ……いやあっ……」

ゴムマリのような乳房がプルプル慄え、蒼い肉の芯に沁みいるようなバイブレーションに導かれて、淡い桜色の乳暈の中から乳首がプクンッと頭をもたげる。

「ふぉふぉッ、女じゃわい」

ギョロ眼を淫らに炯らせた鍋島が硬く尖った乳首にローターの震動をグッと押しあてた。

「ひいいっ……や、やめてえっ……いやああっ……」

身体の芯にほとばしる快美な刺戟に怯えるように恵里香が首を振りたて、高く澄んだ声を噴きあげる。

「いやなだけではあるまい」

機械仕掛けの刺戟にますます硬く尖り、赤みを増した処女の乳首に鍋島の分厚い唇がヒルのように吸いついた。

「いやいやっ……やめてっ……ああっ……」

慄える。

ヌルッとした口腔に乳暈もろとも乳首を咥えこまれ、グチュグチュ音をたててねぶられるおぞましくも妖しい快美感に、小さな顎がのけぞり、噴きこぼす声がせつなく慄える。

ローターの震動が波打つ鳩尾から腹部を滑り降り、淡い毛叢の陰に隠れた肉の尖りに押しつけられた。

「ひいいいっ……いやっ……あああっ……」

初めて知らされる脳天まで一気に突き抜けていく激烈な感覚に、恵里香のしなやかな裸身が弓なりにのけぞり返った。太腿の付け根の筋を浮きたたせ、突きあげるように宙に浮いた華奢な腰がブルブルガクガク慄える。

「ひいいっ……こ、怖いっ……あああっ……やめてっ、しないでっ……ひいいっ……」

総身が痺れ、宙に放りだされてしまうような快美感に、恵里香が顔を振りたて恐怖に引きつった悲鳴をほとばしらせる。

男を知らぬままに少女が絶頂を極める予感に、鍋島は嗜虐の悦びも露わに乳首をきつく吸いあげ、もう一方の乳房を手の中でこねるように揉みしだいた。

「あああっ……や、やめてっ……こ、怖いのっ、だ、だめっ……ああっ、た、助けてっ、いっ、いやあああっ……」

小さな唇からわななくような悲鳴がほとばしり、恵里香は生まれて初めて肉の喜悦の洗礼を受けた。そり返った裸身がブルルッとおぞけるように慄え、突きあげられた腰の中心で男を知らぬ花芯がギュッッと収縮し、熱い樹液を絞りだす。

「……はあああ……」

慄え続けていた少女の裸身があえかな喘ぎとともに力尽きたように夜具の上に崩れ落ちる。

「ふぉふぉッ、いっぱしに気をやりおったわい」

自分の身体に起こったことが定かにはわからぬ様子でハアハアッと荒い息を噴きこぼす恵里香の顔を、鍋島がしてやったりとばかりに覗きこんだ。

「やることなすことすべてが初体験というのが未通女のたまらぬところだわい。ふふふ、ほれ、これも初体験じゃろう」

慄えるように喘ぐ桜色の可憐な唇に、鍋島がむしゃぶりつくように分厚い唇をブチュウッと重ねた。

（……ああっ、い、いやっ……）

拒みようもなく、酒臭く禍々しい老人の口臭が穢れを知らぬ少女の口腔を満たした。ヌメッとしたおぞましい感触とともに小さな舌が巨大なヒルのような舌に絡めとられ、キュウッときつく吸いあげられる。

「……ううっ……」

息苦しさに喘ぐ喉に粘つく唾液が容赦なく注ぎこまれる。汚辱に満ちた口吻に、恵里香の瞳から新たな涙があふれ落ちた。

「……ああっ……え、恵里香……あああっ……」

多江が双臀を梶原に突きあげられながら、悲痛な声を洩らした。

最愛の娘が醜悪な老人に嬲られ、肉の悦びを極めさせられる無惨な姿を目のあたりにしながらも助けてやることもできない――それどころか、みずからも排泄器官を犯され、あられもないヨガリ声をあげて身悶えないではいられない哀しさ。

（……ああ……こ、こんな……地獄のような仕打ちを……）

なぜ受けなければならないのか――そう思いながらも、硬く張った怒張の鰓で肛道を掻きだされる妖美な感覚に淫らに腰を揺すりたて、喉を絞って愉悦に慄える声を噴きこぼして啼いてしまう。

「ふふ、多江、娘に負けずにアクメの恥じをさらして見せろ。恵里香はここで気をやらされたようだぜ」

腰の前にまわった梶原の手が樹液でベットリと濡れた毛叢を掻きわけ、プクリと膨れた多江の女の芽を摘みあげた。

「あひいっ……そ、そこはっ……あああっ、だ、だめっ、ひいいっ……」

肛道を責められ続けてきざしきっている女体を、電撃のように快美な痺れが駆け抜けていく。腰が蕩け、脳髄が灼け痺れるような快美感に、多江の視界が白く弾け飛び、鍋島に口を吸われる恵里香の無惨な姿が掻き消えた。

「あああっ……ひいいいっ……」

コリコリ絞りたてるように肉芽をしごきぬかれる快感の前に、多江はひとたまりもなかった。両手でシーツをギリギリ握りしめると、汗にまみれた顔を首が折れんばかりにのけぞり返らせ、甲高い悲鳴とともに絶頂を極めた。

「……あああっ……や、やめてっ、ああっ、あひいっ……」

多江の末期の叫びを追いかけるように、理佐子が切羽詰まった声をあられもなくあげて啼いた。

「……し、しないでっ……だ、だめっ、ひいいいっ……」

依子に痺れんばかりに女の芽を吸いあげられ、激しく震えのたくるバイブで肛道を抉りたてられ続ける容赦のない責めに、理佐子はX字に吊られた汗みどろの裸身をよじるように揺すりたて、黒髪を振り乱して熱いヨガリ声を噴きこぼす。

根から千切れんばかりに吸いあげられた肉芽をコリコリと甘噛みされると、もうこらえようはなかった。

「あひいいいっ……だ、だめっ、んん、あううううっ……」

理佐子は依子の顔に女の丘を押しつけるようにみずから突きだした腰をガクガク慄わせ、グンッと弓なりにのけぞり返ると獣じみた生臭い呻きを放って官能の頂点へと昇りつめた。

硬直した裸身がビクッビクンッと引き攣るように跳ね踊り、ワナワナ慄える唇のあわいから声にすらならないおめきが噴きこぼれる。ヒクヒク痙攣する花芯から熱い樹液があふれ、白い内腿に淫らな航跡を残してトロリと伝い落ちた。

「……はあああああっ……」

尾を引くような長い吐息とともにアクメの呪縛が解け、生汗にぬめ光る裸身が弛緩していく。

理佐子は精も根も尽き果てたというように両手を吊るロープに身をあずけると、頭をガクリと前に落とした。桜色に火照った双臀のあわいに潜り込もうとする芋虫のように、バイブがいつ果てるとなく黒い尻尾を振り続ける。

多江と理佐子のヨガリ啼きがやみ、甘酸っぱい牝の匂いが濃厚にたちこめる広間に、口を吸われ続ける恵里香の哀しく喉を鳴らす呻きだけが染み入るように聴こえた。

「ふふふ、やはり未通女の口は美味じゃわい」

ようやく顔をあげた鍋島が口元を拭いながら満足げに嗤った。

「恵里香、おまえも儂の唾の味を堪能したじゃろう」

初めてアクメを極めさせられたあとの長い口吻から解放された恵里香には反駁する力はもうなかった。啜り泣く気力も萎え果てたように力なく瞳をしばたかせ、ベトベトに唾液で汚れた唇を慄わせてハアハアと荒い息を吐くばかりだった。

「人形のような顔をトロンとさせおって、いい顔になったわい。女になる頃合いの顔じゃな。ふふふ、多江も理佐子もいかされて、初夜の舞台も整ったようじゃ」

股間に屹立する異形の逸物をユラリと誇示するように鍋島は恵里香の裸身をまたぎ越えると、割り裂かれた二肢のあいだに腰をすえた。

「この儂のチ×ボで一人前の女にしてやろう」

どす黒くグロテスクな亀頭で桜色の可憐な花弁をヌルリと擦りあげ、男を知らぬ未開の肉口にグッと押しあてる。

「ひっ……い、いや……」

敏感な肉の芯に灼けるように熱く硬い男根をあてがわれる異様な感触が、恵里香に初めて男に犯される現実をいやおうなく知らしめる。

X字に開かされ、逃れることのできない少女の裸身がガクガク慄えた。

「……こ、怖い……お、お母さまっ……た、助けてっ……」

恐怖のあまり、奥歯がカチカチ音をたて、救いを求める声が引き攣りかすれる。

「……ああ……え、恵里香を……ゆるしてあげて……」

多江がアクメに洗われ気だるく重い身体を夜具から引き起こした。娘を思う母の一念なのだろう、シーツを摑んで懸命ににじり寄っていこうとする。

「……そ、そんな……酷いことはしないで……」

自分が犯された時でさえ痛みを伴ったシリコン入りの化け物のような男根で、まだ幼さの残る娘の身体が貫かれるかと思うと、多江の心は張り裂けそうだった。

「ふふ、多江、娘の初夜を邪魔するのは無粋というものだろう」

怒張をズルリと肛道から抜きとった梶原が、背後から多江の身体をグイと抱え起こした。

「……ああっ……いやっ……」

多江は悲痛な声をあげて裸身を揺すりたてるが、梶原の剛力にかかってはなす術はない。ムッチリとした太腿に手をかけられ、二肢をM字に開いた格好で抱えあげられると、そのまま胡坐を組んだ梶原の腰の上に乗せあげられた。

ズブウッ——しとどに濡れた花芯を野太く硬い怒張がいともたやすく縫いあげる。

「あひいっ……ゆ、ゆるして……ああっ……」

深々と串刺しにされた総身をよじりたてるように多江がきざしきった声で啼いた。

「……ああっ……だ、だめっ……あああっ……」

娘を思う気持ちを裏切るように脳髄が甘美に痺れ、わななくように羞ずかしい声をあげずにはいられない。

「ふふ、これですこしは気がまぎれるだろう。さあ、女にされる娘の姿をしっかりと見届けてやれ」

梶原は多江の重い乳房をユルユルと揉みしだきながら、処女を失おうとする恵里香の顔に嗜虐に炯る眼を向けた。

「……ああ……お、お母さま……」

あられもない多江の姿に恵里香は声を慄わせたが、母の心中をおもんばかる余裕はなかった。

「ふふふ、恵里香、女になるんじゃ」

鍋島が異形の顔を不気味にゆがめると、亀頭に体重をかけるように未開の女芯への侵犯を開始した。

「ひいいいっ……いやあぁっ……いっ、痛いいっ……」

股の付け根が引き裂かれるような激痛に恵里香の顔がのけぞり返った。火を吐くような悲鳴が噴きこぼれる。

「や、やめてえっ……痛いっ……いやああっ……」

メリメリ肉が押し広げられる痛みに恵里香は顔を打ち振り、手首を縛るロープをギリギリ握りしめ、カモシカのように華奢な脚を突っ張らせて総身をブルブル慄わせる。恐怖と痛みに見開かれたつぶらな瞳からボロボロと涙がこぼれでた。

「ふぉふぉッ、そうじゃ痛ければ泣くがいい。泣けッ、泣けいッ、涙を流して泣き叫んで女になるのじゃ」

無垢の身体に男を教え、処女を女にする――至高の悦びによだれを垂らさんばかりに嗤った鍋島は、ギラギラと欲望に炯る眼で苦悶にのたうつ恵里香の顔を見据え、痛いほど締めつける処女肉の軋みを味わいながら確実に未開の肉口に女の道をつけていく。

ズブウッ――裂けんばかりに押し広げられた肉口を塞ぐ肉の膜が破れ、禍々しい亀頭が穢れを知らぬ花芯に没した。真っ赤な鮮血がしぶきをあげ、雪のように白い内腿に飛び散った。

「ひいいいいっ……」

肉が裂け、脳天までを刺し貫く激痛に、魂消えんばかりの悲鳴を噴きこぼした恵里香は小さな顎を突きあげ白い喉をさらしてガクガク慄えながら悶絶した。

シャーッという水音とともに生温かい小水が洩れあふれ、破瓜の血を洗い流す。シリコン入りの野太い男根で花芯を深々と縫いあげられた痛みと衝撃に恵里香は失禁してしまったのだ。

「ふふふ、小便を洩らして気を失いおったか。なかなか愉しませてくれおるわい」

勝ち誇ったように嗤った鍋島が、正体を失った恵里香の裸身を揺すりたてるように二度三度大きく腰を使って道をつけたばかりの狭い肉壺を抉りたてる。

「……ひいいっ……ああああっ……」

梶原に抱えられていた多江が身を揉み絞るように揺すりたて、黒髪を打ち振ってきざしきった声を噴きこぼした。

美しい少女が苦悶にのたうち処女を失う凄惨な光景に、梶原の嗜虐の欲望が臨界点を越え、激しい脈動とともに多江の肉壺に熱い精を放ったのだ。

「気つけ薬を嗅がせろ。初夜の愉しみはまだまだ続く。木偶人形を抱く趣味は儂にはないわい」

鍋島の声に、書生がガーゼにアンモニアを染み込ませると意識を失った恵里香の小ぶりな鼻を覆った。

「……はあああ……」

ツンと鼻腔の粘膜を灼く刺激臭で恵里香が意識を戻した。

腰に鉛の杭を埋め込まれたような息苦しいばかりの拡張感と灼け痺れる痛みに、泣き濡れた顔がふたたび苦悶にゆがむ。

「……ああっ……い、いやっ……も、もう、ゆるしてっ……」

「ふふふ、男が精を放つまで嬲わいは終わらぬ。泣き叫んで儂の精を味わうのじゃ」

鍋島が女になったばかりの花芯を抉りぬくように激しく腰を使い始めた。

「ひいいっ、いやあっ、い、痛いいっ……」

シリコン玉でイボ状になった野太い肉茎で破瓜の痛みをとどめる柔肉を擦りあげられる激痛に恵里香は声を引き攣らせて悲鳴を噴きこぼした。

だが、破瓜の痛みに泣き叫ぶ処女の姿こそが嗜虐者のどす黒い欲望をたぎらせ、かきたてる。淫らな柔肉の蠢きも愉悦に慄えるヨガリ声も必要なかった。可憐な少女の涙と悲鳴、それだけで充分だった。

嗜虐の悦びに酔いしれ、精を放つと決めた鍋島は容赦なく少女の血まみれの花芯を抉りぬいた。

「……ひいいっ……いやあっ……や、やめてえっ……あひいいっ……」

お下げに結った髪を打ち振り、ヒイヒイ喉を絞って泣き叫ぶ恵里香の姿を、淫猥な嗤いを浮かべて見据えながら、鍋島は硬さの残る乳房を両手でグリグリ揉みしだき、怒濤のように腰を使った。

「泣けッ、泣けいッ、泣き叫ぶんじゃあッ」

眼をギラギラと血走らせ、赤く裂けたような口からよだれを滴らせながら、みずからの底なしの欲望に駆られて少女を屠りあげていく——鍋島のその姿は鬼気迫り、悪魔に魂を捧げた淫獣さながらの凄みがあった。

「いくぞおッ、儂の精をたっぷり射込んでやるッ」

咆哮さながらの叫び声をあげた鍋島は壊れろとばかりに腰を突きあげると、どす黒い欲望を解き放った。少女の肉壺の中で化け物のような肉塊がブルブル胴震いとともに膨れあがり、濃厚な白濁が子宮口にしぶき散った。

「ひいいいいっ、いやあああっ……」

灼けるように熱い精をドクッドクンッと体内深く射込まれた恵里香が四肢を突っ張

らせ、ガクガク裸身を慄わせて断末魔の悲鳴をわななくように噴きこぼす。

「ううむッ——」

鍋島の奇怪な身体がオコリにかかったように激しく震え、喉から絞りだした末期の唸り声とともに恵里香の裸身の上に崩れ落ちた。

悪魔のドラッグにボロボロに侵された鍋島の肉体は激しい快楽のほとばしりを持ちこたえることができなかったのだ。

大きく波打つように揺れる少女の硬い乳房の上で、鍋島は白目を剝き、快楽に酔いしれたようによだれを垂れ流して、そのままこときれていた。

それは鬼畜さながらに女たちを屠り続けた人生の終焉にふさわしい、みずからの欲望に殉じた淫獣らしい最期だった——。

エピローグ

（葬式に始まり、葬式に終わったな――）

剣山の私邸のリビングで梶原は年代物のワイルドターキーのロックを嘗めながら、ここ数ヶ月の出来事を反芻した。

不倶戴天の敵であった川奈良一の死によって始まったピンクゾーン撲滅運動への反攻は、北之宮を牛耳る首魁、鍋島久作の腹上死によって終息した。

それは偶然なのか、運命なのか――ふたりの人間の死によって梶原は牙城である北之宮新地の歓楽街を守りぬいたばかりか、鍋島の跡を継ぎ、北之宮の闇を支配する王となった。

だが、梶原はこれを強運とも悪運とも思わなかった。

生きていること——それだけがすべてなのだ。

死ねばすべてを失い、生きていればなにがしかを得ることができる——それが人生だ。

(セ・ラ・ヴィ——俺の人生に乾杯)

壁一面がガラス張りになった巨大な窓の外に広がる北之宮市街の夜景に梶原はグラスを掲げ、みずからの勝利を祝った。いま、眼下に広がるこのすべてが自分のものになったかと思うと嗤いがこみあげてくる。

梶原が手にしたものは権力だけではない。

きらびやかな夜景のパノラマの前でふたつの白い双臀が淫らに揺れている。しとどに濡れたサーモンピンクの亀裂も露わに双臀を虚空に掲げて床に這い、凌辱の時を待つふたりの美しい未亡人——多江と理佐子もまた梶原にとってはなにものにも代えがたい戦利品だった。

「……うう っ……」

梶原の高揚感が伝わったのだろう。股間からあえかな呻きが洩れ聞こえた。

床にひざまずき、三つ編みに結ったお下げを揺らしながら、どす黒い怒張を桜色の唇で咥えこみ、頬を赤く染めて健気に奉仕を続けているのは誰あろう、多江の娘恵里香だった。

「ふふ、恵里香、そろそろ俺の魔羅が欲しいか」

ニタリと嗤った梶原が手を伸ばし、少女の硬く尖った乳首を指で摘みあげコリコリと揉みしごいた。クウンと甘えるように恵里香が喉を鳴らして、返事のかわりにキュウッと舌で亀頭をきつく吸いあげる。

「よし、おまえも尻をさらせ」

「……ああ……」

頬張っていた怒張から口を離すと、恵里香は羞じらうように首を振り、あえかな喘ぎを洩らした。汗の浮いた裸身をおずおずと反転させて、ふたりの未亡人のあいだに四つ這いになり、高々と双臀を捧げる。

多江の熟れた豊かな双臀と、理佐子の瑞々しい張りを見せる双臀のあいだにおさまると、恵里香の双臀はまだどことなく青さを残す頼りなさは否めなかったが、その臀丘の谷間に覗く肉の亀裂はふたりの夫人に負けず劣らずしとどな濡れを示して淫らにぬめ光っていた。

「俺の魔羅が真っ先に欲しい女は誰だ？　尻を淫らに振って俺を誘ってみろ」

「……ああっ……」

三人の女たちはせつない喘ぎを洩らして、双臀を淫らにくねらせ始める。

（可愛い女たちだ——）

舌の上で甘露に蕩ける酒精を味わいながら、梶原は股間に力が充溢していく高揚感に酔った。この高揚感こそが梶原にとって、いま、ここに生きているという生の証しだった。

そして、凌辱への期待に慄えおののきながら双臀を揺すりたてる女たちにとっても樹液で濡れた花芯がジーンと疼く、痺れるような快美な感覚はまぎれもない生の証しであった。

梶原は酒精をあおるように飲み干すと、迷うことなく恵里香の華奢な双臀を背後から抱えた。

最も若い恵里香が犯されることで、待たされる多江と理佐子の官能がより高まることから、この順番はすでに儀式のようにルーティーンになっていた。

「ひいいっ……あああっ……」

ズブウッと濡れそぼつ花芯を一気に縫いあげると、恵里香が可憐な顔をのけぞり返して官能に染まった啼き声を噴きこぼした。

「……ああっ……」

多江と理佐子がせつなく双臀を揺すりたてて淫らな喘ぎを洩らす。

「ううむっ——」

熱く濡れた柔肉が怒張に絡みついてくる心地よさに梶原が満足げに呻いた。

妖しい蠢きとともに蕩けんばかりに怒張に吸いついてくる灼けるように熱い肉壷の感触——すべての快楽はいまここにしかない。

快楽は未来にも過去にもない。記憶の中にある快楽もそれはすでに快楽の記憶であるに過ぎない。

男も女も、いまここにある魂が慄えるような肉の快楽を享受するためにのみ生きている。それ以外はすべて虚飾に過ぎない。

「おまえたちも啼け」

ニタリと快心の嗤いを浮かべた梶原は左右に腕を伸ばすと、多江と理佐子の花芯をズブウッと指で抉りぬいた。

「あひいっ……」

「あああっ……」

多江と理佐子が総身をよじるようにして肉の愉悦にきざしきった声をあげて啼いた。

年齢も性の経験も違う三人の女たちの淫らな啼き声が次第に高まり、交錯して、広いリビングを満たしていく。

濃厚な女の匂いを放ちながら、北之宮の夜景をバックに妖しく身をよじる三つの白い裸身——それはいまこの時しか享受できない官能の愉悦に酔い狂う牝獣の美しいまでに淫らな姿だった。

（完）

本作は『未亡人獄　美獣と麗獣』（フランス書院文庫）を修正、改題の上、刊行した。

フランス書院文庫X

未亡人獄《みぼうじんごく》【完全版《かんぜんばん》】

著　者　夢野乱月（ゆめの・らんげつ）

発行所　株式会社フランス書院

東京都千代田区飯田橋3－3－1　〒102-0072

電話　03-5226-5744（営業）

　　　03-5226-5741（編集）

URL　http://www.france.jp

印刷　誠宏印刷

製本　若林製本工場

ISBN978-4-8296-7648-6 C0193

フランス書院文庫

全裸お手伝いさん
天海佑人
「炊事洗濯、下の世話までお申し付けください」極上のベッドテクを持つ理想の熟女家政婦から、ひとつ屋根の下で受けるエッチで献身的な奉仕！

本当は淫らな兄嫁
未亡人兄嫁、女教師兄嫁、年下の兄嫁
鏡　龍樹
「今夜だけよ、私がこんなに淫らなのは…」恥ずかしそうに下着を脱ぎ、豊麗な裸体をさらす美希。貞淑な仮面を脱ぎ去り僕を狂わせる三人の艶兄嫁。

三匹の女教師
【特別調教委員会】
鳴沢　巧
「先生、イクときはきちんと言うんだぜ」女教師への欲望をすべて実現させる調教委員会。新任、人妻、未亡人——三人の聖職者は美しき淫獣に！

僕の新婚生活
【妻の母、妻の姉と】
弓月　誠
「娘にはもったいないくらいだわ、婿様の××」新婚初夜を前に、フェロモンむんむんの妻の母と気品あふれる妻の姉に「性教育」されるなんて！

インテリ眼鏡美女、堕ちる　香里と美月
綺羅　光
「香里先生が隠しているマゾ性を暴いてあげるよ」ベッドに縛り付けた25歳の元家庭教師を見下ろす真也。知的な分だけ感度も高く、理性を裏切る体。

全員"彼女"
【クラスメイトの母娘と義母】
音梨はるか
シングルマザーの美娘から自宅に招かれた修也。娘の目を盗んで、お母さんがこっそり僕を誘惑!? 全員が彼女で全員が淫ら。狙われる僕の運命は？